华中师范大学中国语言文学一流学科建设资助项目

中国新诗经典导读

○顾问／王泽龙
○○○主编／王雪松
○副主编／张凯成

华中师范大学出版社

新出图证(鄂)字 10 号

图书在版编目(CIP)数据

中国新诗经典导读 / 王雪松主编；张凯成副主编.
武汉：华中师范大学出版社，2024.10(2025.1重印).
ISBN 978-7-5769-0680-6

Ⅰ．I207.25

中国国家版本馆 CIP 数据核字第 2024PZ9828 号

中国新诗经典导读

王雪松　主编

编 辑 室：少儿教育分社	电　话：027-67861321
责任编辑：梅　杰	责任校对：骆　宏　　封面设计：罗明波
出版发行：华中师范大学出版社	
社　　址：湖北省武汉市珞喻路 152 号	邮　编：430079
销售电话：027-67863426（发行部）	
网　　址：https://press.ccnu.edu.cn	电子信箱：press@mail.ccnu.edu.cn
印　　刷：武汉邮科印务有限公司	督　印：刘　敏
开　　本：710 mm×1000 mm　1/16	印　张：18.25　　字　数：330 千字
版　　次：2024 年 10 月第 1 版	印　次：2025 年 1 月第 2 次印刷
定　　价：88.00 元	

敬告读者：欢迎举报盗版，请打举报电话 027-67867353

序

王泽龙

如何解读新诗？这个问题似乎比"如何写诗"更复杂，且在新诗百年发展历程中受到持续关注。在朱自清、废名、袁可嘉等人提出"解诗"理念后，孙玉石在1980年代提出"重建现代解诗学"设想。从1980年代至今，陈超撰写的《中国探索诗鉴赏辞典》（1989年）、孙玉石主编的《中国现代诗导读（1917－1938）》（1990年）、洪子诚主编的《在北大课堂读诗》（2002年）、李怡主编的《中国现代诗歌欣赏》（2004年）等著作，均是新诗研究界解读新诗的重要实践。当然，新诗研究中但凡涉及新诗作品的，或多或少总有解读或赏析，可以说，解读无处不在。即便如此，如何解读新诗，尚缺少方法论上的理论总结。而在教育界，不论是中小学课堂还是大学课堂，关于新诗的解读也一直是个难点，存在失语或失衡现象。具体来说，"失语"表现为缺乏解读的理论话语，"失衡"表现为解读偏向思想意义而文本鉴赏偏弱。

新诗解读不仅关乎研究者或读者对于新诗知识的认知、观念的转变与发展历程的了解，也关系到如何消除诗人与读者之间的审美距离，以及新诗的传播与接受等。本书立足于对中国新诗经典作品的导读，选择新诗发展历程中的一些经典篇目进行审美分析。新诗经典不仅蕴含着丰富多元的诗歌艺术审美信息，而且承载着特定历史时期共同的社会记忆与文化心理，同时饱含着诗人与社会时代、历史现实之间的深入对话与精神交流。诗歌作品的丰富内涵应当处在不断打开的状态中，也与读者的生命体验形成交流。即便是同一首诗，不同时期的影响力以及读者的理解力也存在差异，今天的"解诗者"更应该立足于驳杂的现实，不断探寻诗歌作品与个体生命的交汇点。"经典既是一个实在本体，也是一个关系本体，是一个动态的具有开放性特征的可阐释空间，经典延传是一个被不断阐释与建构的过程。"[①] 这表明经典具有可阐发性与可建构性，我们通过解读一首经典的新诗，可透视其背后所蕴藏的某些文化艺术品格与审美思想意蕴。本书并非意在重述诗歌文本的写作背景、思想内容、价值意义等，也不追求逐行逐句的全面分析，而是以节奏、韵律、听觉、视觉、语言、文体等诗歌形式审美分析为核心，容纳历史语境、文化体制、社会思想等内

---

① 王泽龙：《中国现代文学经典重释的路径探究》，《中国社会科学》2022年第4期。

容，凸显阅读视野的综合性。

  本书名为导读而非细读，意在把诗歌审美形式分析作为切入点，通过诗歌形式诗学元素的探讨，呈现富于张力的诗歌美学空间。或可说，本书主要有两个特色或者意图，一是注重理论话语，特别是文体形式理论话语的运用；二是注重与学术研究界对话，在延伸阅读里提供了学术界相关具有特色的研究成果供读者参考。

  希望这本书对于广大新诗爱好者，中国语言文学专业的研究生、本科生乃至中小学语文教师有所启发。

2024 年 9 月 9 日

目　　录

胡　适：蝴蝶 / 001
　　　　新诗的"蝴蝶"效应 / 001
胡　适：关不住了（译诗）/ 003
　　　　"新诗成立的纪元" / 003
胡　适：人力车夫 / 005
　　　　书写"人力车夫"的先导 / 005
沈尹默：月夜 / 007
　　　　传统意象出新意 / 007
沈尹默：三弦 / 009
　　　　"旧诗音节的精彩" / 009
刘半农：教我如何不想她 / 011
　　　　至今犹唱曲中"她" / 011
刘半农：相隔一层纸 / 013
　　　　白话新诗史上的一首力作 / 013
康白情：草儿 / 015
　　　　象征的魅力：欲望和压力 / 015
康白情：送客黄浦 / 017
　　　　一曲优美的送别之歌 / 018
周作人：小河 / 020
　　　　"新诗中的第一首杰作" / 021
傅斯年：深秋永定门城上晚景 / 023
　　　　繁复细密的美 / 024
陆志韦：幸福 / 026
　　　　主体对照与审美哲思 / 026
刘大白：邮吻 / 029
　　　　含蓄细腻的爱情之歌 / 029
刘大白：卖布谣（一）/ 031
　　　　早期白话新诗的歌谣化尝试 / 031
梁宗岱：晚祷（二）——呈敏慧 / 033
　　　　中西交融下诗意与信仰的交响 / 033
郭沫若：Venus / 036
　　　　爱与美的热情宣言 / 036

郭沫若：天狗 / 038
　　　　　五四精神的爆炸式呈现 / 039
郭沫若：炉中煤 / 041
　　　　　异国游子的爱国恋歌 / 041
汪静之：蕙的风 / 043
　　　　　爱与诗的流转 / 043
应修人：温静的绿情 / 045
　　　　　充满童趣的田园牧歌 / 045
潘漠华：寻新生命去 / 047
　　　　　自由寻爱的生命之歌 / 047
鲁　迅：秋夜 / 049
　　　　　反抗绝望的精神序曲 / 050
冯雪峰：山里的小诗 / 052
　　　　　寄托情思的灵性小诗 / 052
冰　心：春水·七十 / 054
　　　　　重塑青春生命 / 054
冰　心：繁星·一一六 / 056
　　　　　刚与柔之间的沉默力量 / 056
冯　至：蛇 / 058
　　　　　寂寞情思　时代焦虑 / 058
冯　至：我是一条小河 / 061
　　　　　融情入景　哀而不伤 / 062
徐志摩：偶然 / 064
　　　　　偶然的永恒 / 064
徐志摩：康桥再会罢（节选）/ 066
　　　　　难忘康桥 / 067
闻一多：太阳吟 / 069
　　　　　"游子"的独白 / 070
闻一多：忘掉她 / 072
　　　　　中西诗艺的结晶 / 073
闻一多：也许 / 074
　　　　　节制的抒情诗 / 074
朱　湘：采莲曲 / 076
　　　　　温柔无邪的"东方情调" / 077
孙大雨：回答 / 079
　　　　　成功的十四行诗尝试 / 079
饶孟侃：飞——吊志摩 / 081
　　　　　飞翔的理想　浪漫的告别 / 081

饶孟侃：山河 / 083
　　　　重复荣光的动员号 / 084
沈从文：我欢喜你 / 086
　　　　直白语言与诗意形式 / 086
李金发：弃妇 / 088
　　　　形神同构的黑暗之歌 / 089
李金发：里昂车中 / 090
　　　　在想象与现实中"逃离"现代 / 091
冯乃超：红纱灯 / 093
　　　　文明古灯的现代光晕 / 093
穆木天：苍白的钟声 / 096
　　　　感官交响、心灵映射与通感美学 / 097
石　民：无题 / 099
　　　　现代无题诗的佳作 / 099
王独清：我从 Café 中出来…… / 101
　　　　音画合谋，浪人哀愁 / 101
王独清：这时代 / 103
　　　　独行歌者　时代呼喊 / 103
于赓虞：骷髅上的蔷薇 / 105
　　　　暗夜里幽魅的魔音 / 106
戴望舒：印象 / 108
　　　　与寂寞共舞 / 108
戴望舒：我底记忆 / 110
　　　　新诗情绪节奏之探求 / 111
戴望舒：我用残损的手掌 / 113
　　　　深沉明快，时代之歌 / 114
徐　迟：我及其他 / 116
　　　　视觉的游戏与"我"的哲学 / 116
徐　迟：都会的满月 / 118
　　　　现代都会的时间之思 / 118
何其芳：脚步 / 120
　　　　青春的忧郁与感伤 / 120
何其芳：生活是多么广阔 / 122
　　　　一首生活与生命的赞歌 / 122
卞之琳：道旁 / 124
　　　　道旁邂逅的人生智慧 / 124
卞之琳：断章 / 126
　　　　言简义丰的隽永诗篇 / 126

卞之琳：归 / 128
　　　　　疏离者的落寞归途 / 128
曹葆华：她这一点头 / 130
　　　　　一首清丽流美的爱情诗 / 130
废　名：理发店 / 132
　　　　　诗是生活，"兴"发感动 / 132
废　名：街头 / 134
　　　　　自由的美学追求与"寂寞"的现代情绪 / 134
废　名：十二月十九日夜 / 136
　　　　　诗与禅 / 136
陈梦家：都市的颂歌 / 139
　　　　　惶惑的都市经验 / 141
李广田：地之子 / 143
　　　　　大地之子的深沉诗心 / 143
殷　夫：别了，哥哥 / 146
　　　　　阶级手足的诀别宣言 / 147
蒋光慈：哭诉（节选）/ 149
　　　　　暴风雨中浪子的哭诉 / 150
林　庚：路 / 152
　　　　　诗行曼妙　诗语舞蹈 / 152
林徽因：你是人间的四月天 / 154
　　　　　理想的写照　生命的律动 / 154
臧克家：难民 / 157
　　　　　一幅凄凉流离的难民图 / 158
臧克家：歇午工 / 160
　　　　　劳动者身上的光芒和力量 / 160
田　间：给战斗者（节选）/ 162
　　　　　隆隆作响的"鼓声"/ 163
田　间：假使我们不去打仗 / 165
　　　　　燃起斗争的星火 / 165
高　兰：哭亡女苏菲（节选）/ 167
　　　　　家国悲戚的哀悼殇情 / 170
阿　垅：纤夫（节选）/ 172
　　　　　"强进"：拖拽"中国的船"的纤夫 / 173
穆　旦：赞美 / 175
　　　　　民族精神的觉醒 / 177
穆　旦：春 / 179
　　　　　生命之诗，欲望之舞 / 179

郑　敏：金黄的稻束 / 181
　　　　沉思的绘画，静默的雕像 / 181
陈敬容：力的前奏 / 183
　　　　待发之蓄势的多声部交响 / 183
杜运燮：追物价的人 / 185
　　　　轻松的反讽　严肃的机智 / 185
辛　笛：手掌 / 187
　　　　驶向现实的"手掌" / 188
曾　卓：门 / 190
　　　　作为叛逆者的女郎 / 190
牛　汉：山城和鹰 / 192
　　　　以自由为生命的鹰 / 192
杭约赫：知识分子 / 194
　　　　向昔日告别的知识分子 / 194
唐　湜：骚动的城 / 196
　　　　城市在视角变幻中骚动 / 197
朱英诞：夏天 / 199
　　　　平淡之中亦有波澜 / 199
郭小川：望星空（节选）/ 201
　　　　政治抒情语境下的矛盾表达与思考 / 203
流沙河：故乡 / 205
　　　　是重逢亦是初见 / 206
穆　旦：冬 / 208
　　　　寒冬里的生命之歌 / 210
牛　汉：华南虎 / 212
　　　　苦难废墟上怒放的生命之花 / 213
曾　卓：悬崖边的树 / 216
　　　　特殊时代下的精神象征 / 216
食　指：相信未来 / 218
　　　　一代人的精神之窗 / 219
雷抒雁：小草在歌唱（节选）/ 221
　　　　闪耀着的火的光芒 / 222
舒　婷：惠安女子 / 224
　　　　美丽忧伤的女性肖像 / 224
北　岛：回答 / 226
　　　　对称之美 / 227
江　河：星星变奏曲 / 229
　　　　诗中有乐：星星"变奏"美学 / 230

顾　城：生命幻想曲 / 232
　　　　荒滩上开出的小花 / 234
顾　城：一代人 / 236
　　　　一代人的心灵史 / 236
昌　耀：鹿的角枝 / 238
　　　　悲剧是对美的破坏 / 238
昌　耀：紫金冠 / 240
　　　　知识分子的人文精神理想 / 240
傅天琳：月亮 / 242
　　　　最是动人唤娘声 / 242
于　坚：尚义街六号 / 245
　　　　细微日常生活的书写 / 247
唐亚平：黑色睡裙 / 249
　　　　黑夜的重构　女性意识的反抗 / 249
海　子：亚洲铜 / 251
　　　　东方精神与现代意识的融合 / 251
海　子：祖国，或以梦为马 / 253
　　　　在诗人易朽与诗歌不朽之间 / 254
西　川：在哈尔盖仰望星空 / 256
　　　　仰望中唤醒　超验中谦卑 / 256
西　川：致敬（节选） / 258
　　　　诗体的转型　诗思的坚守 / 259
蒋　浩：海的形状 / 261
　　　　捕捉诗意的"形状" / 262
路　也：镜子 / 264
　　　　镜子：观照女性自身的媒介 / 265
陈先发：前世 / 267
　　　　中国蝶的幻变穿越 / 267
古苍梧：铜莲说 / 270
　　　　心火淬炼的精神图腾 / 270
纪　弦：你的名字 / 272
　　　　永恒的圆舞曲 / 272
痖　弦：如歌的行板 / 275
　　　　生存之必要 / 275
郑愁予：乡音 / 277
　　　　落在梦土上的流浪之歌 / 277
余光中：风铃 / 280
　　　　爱如风铃的吟唱 / 280
后记 / 282

蝴　　蝶[①]

胡　适

两个黄蝴蝶，双双飞上天。
　　不知为什么，一个忽飞还。
剩下那一个，孤单怪可怜；
　　也无心上天，天上太孤单。

新诗的"蝴蝶"效应

　　《蝴蝶》最初见于胡适1916年8月23日的日记中，原题为《窗上有所见口占》，1917年2月发表于《新青年》杂志第2卷第6号时曾改题为《朋友》，1920年收入《尝试集》第一编时定名为《蝴蝶》。彼时的胡适还是一名普通的留美学生，正与朋友们激烈讨论着中国文学革命的出路，但他提出的"作诗如作文"和"以白话入诗"等观点都遭到梅光迪等朋友们的反对，感到孤独的他，看见落单的蝴蝶，心有所感，情不自禁写下此诗。此时，胡适应该完全没有意识到，这首看似平平无奇的白话小诗即将扇动历史的翅膀，引发一系列连锁反应，成为新诗乃至新文学诞生的导火索。

　　百年后的我们在阅读《蝴蝶》时，很难忽略它身上的旧诗痕迹。但回到具体的历史语境中，这首白话小诗其实已经悄悄与传统拉开了距离。在《〈尝试集〉自序》中，胡适曾表示："我在美洲做的《尝试集》，实在不过是能勉强实行了《文学改良刍议》里面的八个条件。"正因如此，人们在解读《蝴蝶》时也往往以《文学改良刍议》为线索。首先，这首小诗没有挪用传统诗词的陈词滥调，而是即景抒情，以落单的蝴蝶抒发自己在文学革命酝酿时期，因缺乏朋友理解的孤独与寂寞。诗歌中的蝴蝶，虽是传统诗歌中的常见意象，但在使用中，胡适却以自己的真情实感赋予意象新的诗学内涵，避免了晦涩的用典。其次，在诗意组织中，胡适以"作诗如作文"的方式即散文化，取代传统诗歌讲求对仗的诗思结构，诗意更加畅达。最后，大胆选用通俗易懂的白话入诗，也是这首诗的重要特色。如"怪""也""太"等口语中表情态的词语，以及"不知为什么""也无心上天"等口语化的句式等。这些看似平常的"俗字俗语"，在之后却成为新诗成立的触发点。现代语言学告诉我们，语言不

[①] 选自胡适：《胡适全集》（第10卷），安徽教育出版社2003年版，第50页。

仅是一种表达情感、交流思想的工具，更是思想、思维的本体，语言的变革是文学转型与思想革新的基础。在创作的当下，胡适虽然只是想更新诗歌的语言工具，但他很快发现，"若要充分采用白话的字，白话的文法，和白话的自然音节"，非把"从前一切束缚自由的枷锁镣铐，一切打破"。可以说，白话入诗不仅刷新了诗歌的词汇面貌，也引发了诗歌形式以及诗歌观念的整体剧变，促动了新诗的最终成立。

除了我们常常谈论到的这些创新之处外，当我们检索史料时，还会惊喜地发现《蝴蝶》较早借鉴西诗分行与韵律格式，为之后新诗的文体建构提供了示范。在《蝴蝶》《朋友》初次发表时，胡适特意在诗前对诗歌的诗形编排做了简要说明："此诗天怜为韵、还单为韵、故用西诗写法、高低一格以别之。"从这段话中，我们发现：第一，《蝴蝶》的外形虽然仍采用传统的齐言体，但在实际操作中，胡适已经有意引入西方诗歌的分行方式，更新了传统诗歌竖行直写的书写方式，通过奇偶行的错位安置，突出诗歌的视觉效果，为新诗开拓出"建筑美"的可能性。第二，在现代口语中，"天""怜""还""单"虽然同属一韵，但在遵循韵书的传统押韵规则中，"天""怜"属于一先韵，而"还""单"则属于十三删韵。也就是说，在韵律安排中，《蝴蝶》以西方诗歌中的交韵（abab），打破传统诗歌中的一韵到底（aaba）的韵律安排方式，更新并丰富了诗歌的韵律效果。这些形式上的特点，在之后的新诗创作中得到较为广泛地应用，尤其是分行更成为新诗的重要诗体标志。

当然，在创作《蝴蝶》时胡适只是带着科学实验的精神尝试"白话到底能不能作诗"，其对诗的理解仍然拘囿于传统框架之下。因此，与之后更加自由多变的新诗相比，这首诗仍然散发出较浓的"旧诗"气息，尤其是在停延节奏方面，依然采用整齐划一的划分方式，较为呆板。对此，我们当然不能苛责。当我们重读这首白话小诗时，除了肯定它的"开篇"地位和历史意义之外，由它引发的新诗"蝴蝶"效应，也是我们应当关注的。

（高健导读）

【延伸阅读文献】

1. 胡适：《文学改良刍议》，《胡适全集》（第1卷），安徽教育出版社2003年版。
2. 胡适：《四十自述》，《胡适全集》（第18卷），安徽教育出版社2003年版。
3. 王泽龙、钱韧韧：《现代汉语虚词与胡适的新诗体"尝试"》，《中国现代文学研究丛刊》2014年第3期。

关不住了（译诗）[①]

胡 适

我说，"我把心收起，
　像人家把门关了，
叫爱情生生的饿死，
　也许不再和我为难了。"

但是五月的湿风，
　时时从屋顶上吹来；
还有那街心的琴调
　一阵阵的飞来。
一屋里都是太阳光，
　这时候爱情有点醉了，
他说，"我是关不住的，
我要把你的心打碎了！"

"新诗成立的纪元"

在中国新诗史上，《关不住了》是一首具有特别意义的诗。1920年8月，在梳理自己三年多的白话诗试验成果时，胡适干脆地表示："《关不住了》一首是我的'新诗'成立的纪元。"鉴于胡适在新诗史上的地位，推而广之，这首诗也一直被视作"新诗成立的纪元"。值得注意的是，《关不住了》并非胡适的原创作品，而是一首译诗，翻译自美国意象派女诗人莎拉·蒂斯黛尔（Sara Teasdale，1884—1933）的 *Over the Roofs*。一首翻译之作为何会被胡适给予如此特殊的地位呢？它的独特性体现在哪里呢？以"自由"为关键词，或许我们能发现一些线索。

首先，诗歌内容展现了对自由的追求。五四时期，随着启蒙主义与个人主义的盛行，追求自由成为一时的风尚，其中"恋爱自由""婚姻自由"更成为人人关心的话题，并暗含着现代文明与封建礼教以及新道德与旧道德的对立。杨联芬的《"恋

[①] 选自胡适：《胡适全集》（第10卷），安徽教育出版社2003年版，第94页。

爱"之发生与现代文学观念变迁》(《中国社会科学》2014年第1期)一文指出,"不自由毋宁死",在1920年代初的中国成为青年反抗包办婚姻的口头禅。胡适在1918年还曾创作过一部追求婚姻自由的独幕剧《终身大事》。就内容而言,《关不住了》也是一首呼唤爱情自由的诗歌。全诗共分为三节,第一节主要叙述"我"想要通过关上心门这一"高压政策"浇灭心中燃起的爱意;第二节通过"五月的湿风""街心的琴调"等带有西方现代意味的浪漫意象,表现爱的不可遏制,即使门已关上,滋养爱情的养料还是会从"屋顶""街心"等处源源不断地涌来;第三节以拟人的方式,通过直接引语的方式大声喊出爱的宣言"我是关不住的",一味地压抑只会更让人"心碎"。在诗中,诗人将爱情作为自然人性对伦理道德的胜利,表达了对自由的追求与渴望,超越了传统诗歌的基本内涵。

其次,形式上的"自由"是这首诗的另一个重要特色。在翻译中,胡适虽然采用按己所需选择诗料、裁剪诗意的策略,但总体来说,《关不住了》还是比较顺畅地表达了原诗的基本意思,特别是遵从原诗的语法关系,不仅打破旧诗错综的语序,表达更加严密、婉转,进一步更新古代诗歌固有的节奏组合方式,建构出与白话新诗更加契合的"自然的音节",初步完成新诗的诗体转变。先看"节",即诗歌中的语流顿挫(停延节奏),诗歌打破传统诗歌的固化安排,以音义结合的方式作自由搭配,在音节类型上更加丰富,不仅有二音节和三音节还有"关不住的""街心的琴调"等四音节和五音节。再看"音",即语音节奏,胡适遵循原诗隔行押韵的规则,但创造性地使用了原诗中没有的阴韵做法。如"关了""难了""吹来""飞来","醉了""碎了"等,既摆脱了旧词曲调的纠缠,又自由地融创了西方韵法,达到了他心目中自由与自然的理想状态。另外值得一提的是,译诗采纳了原诗的诗形效果,全诗三节,每节四行,每行字数虽然不等,但总体上做到了自由而有型,视觉效果较为舒适,为之后的新诗诗形安排提供了良好的范例。

不论是在内容上还是在形式上,《关不住了》都表现出对传统的超越,为之后的新诗树立了典范,或许正是从这个意义上,不仅胡适将其视为自己"新诗成立的纪元",在新诗史上,这首诗也被誉为具有开创意义的佳作。

(高健导读)

【延伸阅读文献】

1. 胡适:《谈新诗》,《胡适全集》(第1卷),安徽教育出版社2003年版。
2. 王雪松:《蒂斯黛尔与中国新诗的节奏建构》,《湖北大学学报(哲学社会科学版)》2018年第6期。

人力车夫[①]

胡　适

警察法令，十八岁以下，五十岁以上，皆不得为人力车夫。

"车子！车子！"车来如飞。
客看车夫，忽然中心酸悲。
客问车夫，"你今年几岁？拉车拉了多少时？"
车夫答客，"今年十六，拉过三年车了，你老别多疑。"
客告车夫，"你年纪太小，我不坐你车。我坐你车，我心惨凄。"
车夫告客，"我半日没有生意，我又寒又饥。
你老的好心肠，饱不了我的饿肚皮，
我年纪小拉车，警察还不管，你老又是谁？"……

书写"人力车夫"的先导

　　《人力车夫》创作于1917年11月9日，1918年1月发表于《新青年》第4卷第1号，1920年收入《尝试集》第二编。就新文学史而言，这首诗不仅较早关注并刻画了人力车夫的形象，成为新文学书写人力车夫的先导；在诗体形式上也呈现出较为明显的创新，以长短不一的诗行初步践行了"诗体大解放"的主张，将新诗运动向前推进一大步。

　　就诗歌内容而言，全诗采用对话体形式，以直接引语入诗，通过车夫的自述——"今年十六，拉过三年车了""我半日没有生意，我又寒又饥。你老的好心肠，饱不了我的饿肚皮"等——揭示了底层劳动人民的悲惨生活与命运。在诗歌中，诗人塑造了两个鲜明的形象：一个是未成年的人力车夫，16岁的他迫于生计已拉车三年，面对"客"的同情，备尝生活辛酸的他显得有些冷漠，质问道："我年纪小拉车，警察还不管，你老又是谁？"另一个是"客"，通过他对车夫的态度以及"酸悲""惨凄"的心理陈述，诗人塑造出一个富有人道主义情怀的知识分子形象。但正如车夫所言，在现实面前，客人的好心肠不仅无用甚至有害。在初版本中，"客"最终被说

[①]　选自胡适：《胡适全集》（第10卷），安徽教育出版社2003年版，第74页。

服,"客人点头上车,说'拉到内务部西!'"。收入《尝试集》时,诗人删去这一句,以车夫的反问作结。与诗前的警察法令相对照,这一结尾在突出底层劳动人民生活的悲惨之外,也隐隐透露出社会的黑暗。

在形式上,这首诗初步践行了胡适关于"诗体大解放"的基本主张。1917年回到国内的胡适,与陈独秀、钱玄同、刘半农等一起大力推进新文学革命,有了同志的支持,胡适在白话诗的试验中更加大胆,从对旧诗的简单改良转向有意破坏,提出"诗体大解放"的建构策略。根据胡适的定义,所谓"诗体大解放"即打破旧诗格律的束缚,"有什么话,说什么话;话怎么说,就怎么说"。因此,相对于《蝴蝶》的"削足适履",此诗在形式上更加大胆:第一,以长短不一的诗行打破了古诗的齐言体结构,形式更加自由;第二,在白话的使用方面更加规范,不仅添加现代汉语虚词和人称代词,还富有鲜明的口语化色彩,甚至加入方言,如"你老"就是地道的北京方言,使诗意表达更加生动准确;第三,在韵律上,此诗虽然采用一韵到底的方式,但部分诗行在节奏上依循着说话的自然节奏,打破了传统诗歌呆板的节奏限制。可以说,《人力车夫》从多个方面更为彻底地突破了传统诗歌的格律限制。

不过,相比于我们熟悉的新诗,《人力车夫》的缺点仍较为明显,如一味讲求"诗体大解放",致使诗行在视觉上过于参差,缺乏美感;另外,"话怎么说,就怎么说",混淆了诗与文的界限,影响诗歌艺术的独立性。当然,此诗最突出的缺陷还是在停延节奏方面,特别是其中掺杂的古诗的齐言节奏,如"车来如飞""客看车夫""车夫答客""我坐你车,我心惨凄"等,致使作品的整个节奏基调仍然倾向于传统。不过,也正因如此,胡适逐渐意识到"音节"即节奏在白话新诗创作中的关键作用,并在不断试炼之后,最终打开了新诗之门。

(高健导读)

【延伸阅读文献】

1. 胡适:《〈尝试集〉再版自序》,《胡适全集》(第1卷),安徽教育出版社2003年版。

2. 康林:《〈尝试集〉的艺术史价值》,《文学评论》1990年第4期。

3. 王雪松:《白话新诗派的"自然音节"理论与实践》,《华中师范大学学报(人文社会科学版)》2012年第2期。

月　　夜①

沈尹默

霜风呼呼的吹着，
　月光明明的照着。
我和一株顶高的树并排立着，
　却没有靠着。

传统意象出新意

　　1918年1月15日《新青年》第4卷第1号一口气发表了胡适、沈尹默、刘半农等创作的9首白话新诗，标志着此时白话新诗已经开始由早期胡适的个人尝试，转向文学革命先锋们的集体探索，新诗的声势更加壮大了。也因如此，这9首诗一经发表便引起诗坛的广泛关注，至今仍常常被人提及，沈尹默的代表作《月夜》便是其中之一。与同期发表的其他诗作相比，这首简约朴拙的四行小诗，虽然意象传统，却贵在立意新颖，暗含着张扬自我的五四精神，给人留下清新别致的深刻印象。康白情曾称赞它为新诗中的第一首散文诗，具有新诗的美德，其妙处可以意会而不可言传。

　　从旧意象中开掘出新意境是《月夜》的主要特色。在投身新文学革命之前，沈尹默已经是一位颇为成熟的旧诗词作家，具有很高的传统文学造诣。因此，在创作方法上，《月夜》沿用了传统诗歌咏物抒怀的写法。此外，"霜风""明月""高树"等也都是传统诗歌中的常见景物。但与题材新而立意旧的《人力车夫》（沈尹默作）不同，《月夜》却从传统意象中翻出新意，透露出鲜明的五四时代精神。

　　诗歌的前两句写景，在一动一静间塑造出一幅萧瑟空旷的霜夜明月图，较为平常。但紧接着第三句却由景过渡到人，将一个独立的抒情主人公"我"推至幕前，打破了古诗长期以来隐藏主体的含混状态。与此同时，与古诗常见的人与境谐的氛围不同，沈尹默重点突出"我"的主体性和独立性，在诗人的笔下，"我和一株顶高的树并排立着／却没有靠着"，一种新的人和自然的关系呼之欲出，"我"的形象被放大，即使是和一株"顶高"的树并排，也依然保持着自己的独立地位。正因如此，

---

①　选自《新青年》第4卷第1号，1918年1月15日。

和传统的咏物抒怀诗相比，《月夜》透露出一种全新的自然观和人生观，较早彰显出五四时期讲求个性解放、张扬自我的时代精神。

就形式而言，这首诗响应胡适"诗体大解放"的倡导，一方面，以白话入诗，尤其是"的""着""却"等现代汉语虚词的使用，有效摒除了文言句法的干扰，使诗歌具有一种流畅自然的散文美。另一方面，此诗在诗行的安排上，也较为自由，不拘长短，没有严格的字数限制。在排版时，诗人还注意奇偶行的错落安排，既在一定程度上贴合"并排立着"的诗歌内容，也在参差对称中显露出一种新的和谐之美。在节奏效果上，《月夜》没有一味拘执于外在韵律的营造，着重以对偶、反复等修辞手法中暗含的声音复沓来搭建与诗意更加契合的内在旋律。如"呼呼的""明明的""顶高的"以及"吹着""照着""立着""靠着"等，虽不符合严格的押韵规则，但其中蕴含的声音重复，的确为诗歌增加节奏上的美感。这一手法被之后的自由体诗歌吸取，成为营造诗歌节奏的重要方式。

（高健导读）

【延伸阅读文献】

1. 周而复：《与大海永存——怀念沈尹默先生》，《新文学史料》1989年第2期。
2. 朱伟华：《中国新诗创始期中的旧中之新与新中之旧——沈尹默〈月夜〉〈三弦〉的重新解读》，《贵州社会科学》2002年第1期。

三　　弦[①]

沈尹默

中午时候，火一样的太阳，没法去遮拦，让他直晒着长街上。静悄悄少人行路；只有悠悠风来，吹动路旁杨树。

谁家破大门里，半院子绿茸茸细草，都浮着闪闪的金光。旁边有一段低低土墙，挡住了个弹三弦的人，却不能隔断那三弦鼓荡的声浪。

门外坐着一个穿破衣裳的老年人，双手抱着头，他不声不响。

"旧诗音节的精彩"

《三弦》发表于1918年8月15日《新青年》第5卷第2号，是沈尹默另一首广为人知的作品。作为新诗中的名篇之一，《三弦》自发表以来便广受好评，胡适就曾指出："这首诗从见解意境上和音节上看来，都可算是新诗中一首最完全的诗。"（《谈新诗——八年来的一件大事》）朱自清在选编《中国新文学大系·诗集》时特别强调："像《三弦》等诗，是不该遗漏的。"（《选诗杂记》）

用散文的分段写法而诗性十足，是这首诗的突出特色之一。在新诗草创期，受旧诗书写方式以及"诗体大解放"的影响，分行在新诗诗体建构中的作用和意义尚未充分引起诗人们的重视与讨论。在《三弦》中，沈尹默就以分段代替分行，用散文的形式承载诗情，但这一操作不仅没有影响诗歌的格调，茅盾《论初期白话诗》一文甚至表示："这首诗的意境是三段，写式亦只是依意境而分为三段，完全是散文的写式，然而读了只觉得是诗，比我们常见的分行写成长短一样的几行而且句末一字押韵的诗是更其'诗些'的。"究其缘由大致有以下两方面：一是此诗在散文化的白描中透露出浓郁的抒情性；二是诗中难以忽视的音乐美。

与早期白话诗讲求清楚明白的诗风不同，这首诗虽然画面清晰，但意境朦胧，在长夏的炎热中道尽人生的苍凉，令人回味。全诗共分为三段：第一段写夏日午后静寂的长街，寥寥数笔，渲染出夏日午后的热与静；第二段则写静寂中忽然飘来的三弦声，在这里诗人匠心独运地设置一系列对照，如草木的生机与院落的破败，声音的可闻与演奏者的不可见等，在炎夏中透露出丝丝凉意；最后，诗人将镜头转向

[①] 选自沈尹默：《沈尹默诗词集》，书目文献出版社1982年版，第6—7页。

近处默坐的老人，在这样的午后他抱着头听着三弦，不声不响，似有所思又似无所思。全诗到此戛然而止，其中的弦外之音，画外之意吸引着读者的思考。

当然，此诗最为人所称道的，还是以双声叠韵的方式摹写三弦的鼓荡之声。对此，胡适曾有过较为详细地分析："看他第二段'旁边'以下一长句中，旁边是双声；有一是双声；段，低，低，的，土，挡，弹，的，断，荡，的，十一个都是双声。这十一个字都是'端透定'（D，T）的字，模写三弦的声响，又把'挡'、'弹'，'断'、'荡'四个阳声的字和七个阴声的双声字（段，低，低，的，土，的，的）参错夹用，更显出三弦的抑扬顿挫。"（《谈新诗——八年来的一件大事》）从音韵学的角度来说，所谓双声是指两字声母相同；叠韵则指两字韵母相同。在听觉效果上，相对于整齐的脚韵，双声和叠韵是一种整齐中含有变化，变化中蕴含着整齐的独特的音韵组织方式，能够有效增加诗行内部音韵节奏的和谐。在《三弦》中，沈尹默利用旧诗中的双声叠韵，使这首缺乏外在韵律的白话新诗，依然有令人难以忽略的音乐美。

值得注意的是，作为"旧诗音节的精彩"，相较于之后的新诗创作者，双声叠韵更受早期新诗创作者的青睐。这主要是因为，受"诗体大解放"创作理念的影响，初期新诗创作者在诗歌形式建构中强调"有什么话，说什么话"，在音节安排上又偏向于意义划分，难免会在一定程度上损害诗歌内部节奏的和谐，而借助双声叠韵的句内押韵方式，构造出句内音韵的和谐，可以为他们在诗歌节奏建构上提供必要补充，避免了音节的散漫化。《三弦》的创作为我们留下了早期新诗在寻求声音和谐方面所作的努力，"旧诗音节的精彩"的巧妙引入，也为新诗的节奏建构提供更加多元的可能。

（高健导读）

【延伸阅读文献】

1. 废名：《沈尹默的新诗》，《谈新诗》，商务印书馆 2018 年版。

2. 王雪松：《校园期刊与新诗文体建构——以〈新潮〉与〈清华周刊〉为例》，《中国高校社会科学》2019 年第 3 期。

教我如何不想她[①]

刘半农

天上飘着些微云,
地上吹着些微风。
啊!
微风吹动了我头发,
教我如何不想她?

月光恋爱着海洋,
海洋恋爱着月光。
啊!
这般蜜也似的银夜,
教我如何不想她?

水面落花慢慢流,
水底鱼儿慢慢游。
啊!
燕子你说些什么话?
教我如何不想她?

枯树在冷风里摇,
野火在暮色中烧。
啊!
西天还有些儿残霞,
教我如何不想她?

至今犹唱曲中"她"

《教我如何不想她》是刘半农1920年于英国伦敦大学留学期间所作,最初于

[①] 选自刘半农:《刘半农诗选》,人民文学出版社1958年版,第28—29页。

1923年发表在《晨报·副镌》上，原题为《情歌》。1926年9月收入北京北新书局出版的新诗集《扬鞭集》时，改题为《教我如何不想她》。

  如何冲破古典诗歌语言与形式的束缚，建立现代新诗的审美规范，是白话新诗初创期的一大难题。《教我如何不想她》即作出成功的示范。全诗共四节，每节五句，前两句均为七字，每句音步数三个，音步类型为"二三二"或"二二三"（第四节为"二四一"），如"天上/飘着些/微云，地上/吹着些/微风"，"水面/落花/慢慢流，水底/鱼儿/慢慢游"，音步的长短变化带来节奏的抑扬顿挫，开篇即酝酿出缱绻柔和的抒情语调；且每节均有押韵，如第一节结尾"发""她"，第二节开头"洋""光"等，音韵和谐、朗朗上口。第四句都为八个字，音步数量仍为每句三个，音步类型由"二三四""二三三""二四二"交替进行，第三句到第四句由短变长，带来节奏的大幅度变化，情感随着第三句"啊！"逐渐上扬至高潮，诗歌每节结尾的问号牵引着语调上扬，最终戛然而止，强烈的思念之情在"教我如何不想她？"的自问中喷薄而出。诗歌既顺应了现代白话的自然音节，又吸收了传统民歌的复沓和比兴手法，无论是微云白云、海洋月光、落花游鱼，还是冷风中的枯树和暮色中的野火，这些缠绵凄清的意象均与"思念"的内在品格和谐共振，"教我如何不想她"一句反复吟咏，造成缠绵悱恻的思念效果，产生一唱三叹、回环往复的诗情之美。

  在这首诗中，刘半农首创"她"字并进行使用。五四以前，汉字中的"他"字无男女之分，若需特指女性时，常用"伊"来代替。1920年，正致力于语言学研究的刘半农提出以"她"代指女性的构想，认为"伊"字使用范围很小，不够通用，且偏近文言，用于白话中不甚协调。刘半农认为"她"字形表女性清晰明白，且坚信"在今后的文字中，我就不敢说这'她'字绝对无用，至少至少，总能在翻译的文字中占到一个地位"（《"她"字问题》）。此时的刘半农正远赴英国求学，诗中的"她"也许是一位女性，也许是诗人所思念的祖国，正是这种真挚深沉的情感启发刘半农为祖国文字贡献出"她"字，使得那些隐身于"他"之后、处于宾位的女性获得语言形式上明确的主体地位和性别色彩。

  整齐对称的诗歌形式、朗朗上口的音韵效果、缠绵悱恻的诗歌情感，使《教我如何不想她》在中国新诗史上留下浓墨重彩的一笔，既体现了白话新诗与旧体诗的不同姿态，同时又内在地实现了白话新诗与传统民歌的现代沟通。"她"字的首创和运用更使这首诗富有语言和文化史上的重要意义。1926年，《教我如何不想她》被语言学家赵元任谱成曲并广为传唱，成为新诗发展和传播史上永恒的经典之作。

（王丽娜导读）

【延伸阅读文献】

  1. 郑成志：《初期白话诗的另一种形式构想——以刘半农、赵元任和陆志韦等人为例》，《中国现代文学研究丛刊》2011年第7期。

  2. 孙良好：《刘半农和他的〈教我如何不想她〉——现代"歌诗"赏析（二）》，《名作欣赏》2010年第10期。

相隔一层纸[①]

刘半农

屋子里拢着炉火,
老爷吩咐开窗买水果,
说"天气不冷火太热,
别任它烤坏了我"。
屋子外躺着一个叫化子,
咬紧了牙齿对着北风喊"要死"!
可怜屋外与屋里,
相隔只有一层薄纸!

白话新诗史上的一首力作

《相隔一层纸》是刘半农于 1917 年 10 月创作的一首白话新诗作品。该诗于 1918 年 1 月发表于《新青年》第 4 卷第 1 号。作为白话新诗的试笔之作,这首诗在艺术上难免有些单薄和清浅,但与同时期的其他新诗作品相比较而言,它却显示出独特的语言艺术和诗史价值,可以说是初期白话诗歌中的一首力作。刘半农与胡适、沈尹默等同为新文学史上第一批现代白话诗的实践者。如果说胡适对新诗运动的贡献主要在于提倡白话入诗与诗体解放,那么刘半农对新诗运动的贡献则在于他对诗的精神的革新的关注和强调。旧诗不仅在形式上保守封闭,在内容上也同样陈腐老朽。因此新诗运动必须在形式与内容上进行同步变革,才能创造出真正的新诗。刘半农就是最早关注新诗内容变革的诗人之一。

这首诗在新诗史上的意义,就在于它是刘半农尝试着用新诗的形式表达新的时代精神内容的新诗创作实践。该诗篇幅不长,短小凝练,虽只有八行,却似一个框架,镶嵌了一幅令人战栗的画面:在一个寒冷的冬天,富人家的老爷,在屋子里烤着炉火,他担心炉火太旺烤坏了身子,便吩咐下人打开窗户并给他买些水果吃。而窗户外,却躺着一个被冻得瑟瑟发抖、无家可归、直呼快要被冻死了的乞丐。富与贫,热与冷,两种生活境遇和感受有着天壤之别,形成了强烈的反差和对比。这不

[①] 选自刘半农:《刘半农诗选》,人民文学出版社 1958 年版,第 6 页。

禁让人想到唐代著名诗人杜甫的名句:"朱门酒肉臭,路有冻死骨。"

整首诗采用白描的手法,使用日常口语娓娓道来,自由而不散漫,平淡而不平冗,鲜明地描绘了一幅贫富差别、阶级对立的图画。这种用白描手法如实摹写具体生活场景的客观写实倾向,是早期白话新诗人们共同的写作追求,主张一种平易真切、直白易懂的诗风,如胡适的《人力车夫》、沈尹默的《月夜》、康白情的《草儿》等亦是如此。但刘半农并未满足于这种对画面的直接描写和对比刻画,而是在诗的末尾又添加两句直抒胸臆的内容,抒发了诗人对不公平的社会现实的不满和愤恨,增强了诗的思想性和艺术感染力。另外,诗人注意到语言的音乐性,前后四句可各视为一个部分,中间换韵,押韵自然,韵律齐整,节奏鲜明有力,读起来朗朗上口。尤其是诗歌最后一句,节奏达到最强音,既呼应了诗歌的题目,又深化了诗歌的主题。刘半农的新诗观点"只须将思想中最真的一点,用自然音响节奏写将出来便算了事,便算极好",在此诗中得到完美实践。

(向阿红导读)

【延伸阅读文献】

1. 李乡浏:《谈刘半农的〈相隔一层纸〉》,《热风》1959 年第 5 期。
2. 彭秋芬:《"自造一完全直译之文体"——刘半农的诗歌试验》,《中国现代文学研究丛刊》2011 年第 1 期。

草　儿[①]

康白情

草儿在前,
鞭儿在后。
那喘吁吁的耕牛,
正担着犁鸢,
眨着白眼,
带水拖泥,
在那里"一东二冬"地走着。

"呼——呼……"
"牛吔,你不要叹气,
快犁快犁,
我把草儿给你。"

"呼——呼……"
"牛吔,快犁快犁。
你还要叹气,
我把鞭儿抽你。"

牛呵,
人呵,
草儿在前,
鞭儿在后。

象征的魅力:欲望和压力

康白情的《草儿》创作于1919年2月1日,曾发表于《新潮》1919年第1卷第

[①] 选自康白情:《康白情新诗全编》,花城出版社1990年版,第23—24页。

4号,发表时标题为《牛》,收入诗集初版本时标题被改为《草儿》,后来在诗集三版和四版重校本中,标题又被诗人改为《草儿在前》。这首诗是康白情的代表作,也是诗人最为看好的一首诗歌作品,被置于其同名诗集《草儿》的篇首。该诗朴实简洁,既有对耕牛艰辛劳作情状的描写,又有对主人和牛儿进行戏剧性对白的设计,表面上描绘了一幅农事耕耘图,实际上具有极强的象征意义。

  生为畜生——牛,它的一生命运都将与辛苦耕作无法分开,工作环境差,劳动强度大,没有片刻的喘息与休憩,在主人鞭子的驱策下,只能低头奋力向前。"草儿在前,鞭儿在后",形象地说明了牛的前途和命运取决于它自身的努力。当牛儿耕耘不辍、持续劳作时,就会获得维持生命需求的草料;当牛儿偷懒、停滞不前时,就会遭到主人的鞭打。全诗形式自由灵活,不受格式、平仄的限制,语言生动形象,流畅自如,采用通俗易懂的大众化语言,使全诗显得非常亲切、自然。诗歌最后一节再次强调"牛"夹在"草儿"和"鞭儿"之间的困窘,与第一节前后呼应,凸显诗歌的主旨。

  从创作背景来看,该诗写于五四运动前夜,具有极强的象征意义,我们从中也可以窥探出康白情为其更名的用意。诗中描写了"我"与"牛儿"一前一后艰辛犁地的情形,表面上写耕牛的艰辛,实际上暗示了在剥削压迫的封建阶级社会里,劳苦人民过着像牛一样的悲惨生活,吃的是"草",受的是鞭挞之苦。"草儿"象征着自我生存的欲望,在后的"鞭儿"则象征外界压力的威逼。诗中"牛呵!牛呵!"的感叹十分真切而有力,使我们想到千百年来在欲望和压力之下寻求生存的中国农民和劳苦大众的艰辛不易。整首诗表达了诗人对广大劳动人民悲苦命运的深切同情。另外,此诗还有更深层次的意蕴。"草儿在前,鞭儿在后",象征着新诗的发展虽然遭受着一定的阻碍,也难以摆脱旧律的束缚,但新诗发展是有希望和前途的,"草儿"(即胜利)就在前方。康白情将该诗的标题从《牛》改为《草儿》,且其诗作在结集出版时,将诗集也命名为《草儿》,可见诗人的用意以及对此诗的喜爱之情。而诗人在诗集《草儿》的修正三版中不仅将该诗再次更名为《草儿在前》,而且也将诗集名改为《草儿在前集》,更加体现了他对新诗发展的前途赋予极高的期望。

(向阿红导读)

【延伸阅读文献】

  1. 梁实秋:《〈草儿〉评论》,《冬夜草儿评论》,清华文学社1922年版。

  2. 宋桂友、孙宗广:《康白情诗歌意象"草"解读》,《苏州大学学报(哲学社会科学版)》2007年第1期。

送客黄浦[1]

康白情

一

送客黄浦，
我们都攀着缆——风吹着我们的衣裳——
站在没遮拦的船楼边上。
黑沉沉的夜色，
迷离了山光水晕，就星火也难辨白。
谁放浮灯？——仿佛是一叶轻舟？
却怎么不闻桡响？
今夜的黄浦；
明日的九江。
船呵，我知道你不问前途，
尽直奔向那逆流的方向！
这中间充满了别意，
但我们只是初次相见。

二

送客黄浦，
我们都攀着缆——风吹着我们的衣裳——
站在没遮拦的船楼边上。
看看凉月丽空，
才显出淡妆的世界。
我想世界上只有光，
只有花，
只有爱！
我们都谈着——
谈到日本二十年来的戏剧，
也谈到"日本的光，的花，的爱"的须磨子。
我们都相互的看着，

---

[1] 选自康白情：《康白情新诗全编》，花城出版社1990年版，第35—37页。

只是寿昌有所思,
他不曾看着我,
也不曾看着别的那一个。
这中间充满了别意。
但我们只是初次相见。

三

送客黄浦,
我们都攀着缆——风吹着我们的衣裳——
站在没遮拦的船楼边上。
四围的人籁都寂了,
只有她缠绵的孤月,
尽照着那碧澄澄的风波,
碰着船毗里绷珑的乱响。
我知道人的素心,
水的素心,
月的素心——一样。
我愿水送客行,
月伴我们归去!
这中间充满了别意。
但我们只是初次相见。

一曲优美的送别之歌

  康白情的《送客黄浦》创作于1919年7月18日,初刊于《新潮》1919年第2卷第1号,再刊于《少年中国》1919年第1卷第2号。该诗是一首送别诗,被选进《中国新文学大系·诗集》时,是康白情诸多送别诗中唯一一首被经典化的。这首诗记录了五四时代一群初次相见的青年们一起交流的情景,抒发了分别时依依不舍的情感,暗含五四时期的青年聚集在一起而又因志向不同相互分离的遗憾。当时出现许多由青年组成的社会组织与团体,康白情非常提倡这种联合,认为"诗可以群",因而写了大量的"社交诗"。该诗就是其中之一,是康白情赠予其少年中国学会挚友的一首送别诗。梁实秋在《〈草儿〉评论》中曾高度称赞此诗:"通盘计算,《送客黄浦》一首,可推绝唱。意境既超,文情并茂。"

  这首诗的出色之处在于它的音乐性。康白情不是像胡适、刘半农那样着重从音韵格律、结构用字等方面解放诗体，而是从诗与散文的融合角度倡导无韵的自由诗。朱自清曾评价："解放算彻底的，他能找出一些我们好的音节，《送客黄浦》便是。"胡适也曾说："自由（无韵）诗的提倡，白情平伯的功劳却不少。"康白情的诗歌创作注重随口随心地写，不拘一格，变化无穷，以散文的语句入诗，完全摆脱旧诗的格律。他的诗节数、行数、字数讲究随性，有时一首诗多至几十行，少至一两行；字数一行有的多达二十几个字，有的只有一两个字。在节数方面，也没有一定的规则，但凭情感的驱遣。《送客黄浦》就是康白情创作风格的集中体现。

该诗虽然名为"送客"，实写"黄浦"风景。诗歌开头，康白情寥寥几笔先勾勒出"我们"的群像，接着诗人使用他最擅长的写景手法，描绘了一幅迷离的黄浦夜景图，在黑沉沉的底色上，捕捉到微弱的光影变化，并由此引发诗人一连串的联想。整首诗并没有表现出多少分离的伤感，而多是相互勉励之意。全诗一共三节：第一节以逆水行舟来作比，希望朋友们在人生的旅途上努力奋斗，不懈地前进；第二节诗人希望"世界上只有光，只有花，只有爱"，表达对朋友们的美好祝愿；第三节同样倾诉朋友之间的纯洁友谊和心声。每一小节开头均以相同的句子开始，结尾也都以"这中间充斥了别意，/但我们只是初次相见"两句作结，重章叠唱，犹如一首古曲，营造了一种依依惜别的氛围。

从总体上来看，全诗节奏自然，没有任何格律、音韵的严格限制，但每节开头和结尾叠唱却又形成一定的音韵格式，每节中间的诗句虽然是散漫的，但是整体读起来却使人觉得全诗散中有韵，韵中有散。所以，这首诗虽没有固定的押韵，却有难得的音韵之美。

（向阿红导读）

【延伸阅读文献】

1. 丘力才：《矛盾而复杂的五四诗人康白情》，《新文学史料》1990 年第 2 期。
2. 诸孝正、陈卓团：《论康白情在新诗史上的地位》，《中国现代文学研究丛刊》1991 年第 1 期。

小 河[①]

周作人

　　一条小河,稳稳的向前流动。
经过的地方,两面全是乌黑的土,
生满了红的花,碧绿的叶,黄的果实。
　　一个农夫背了锄来,在小河中间筑起一道堰,下流干了,上流的水被堰拦着,
下来不得,不得前进,又不能退回,水只在堰前乱转。水要保他的生命,总须流动,
便只在堰前乱转。
堰下的土,逐渐淘去,成了深潭。
水也不怨这堰,——便只是想流动,
想同从前一般,稳稳的向前流动。
　　一日农夫又来,土堰外筑起一道石堰。
土堰坍了,水冲着坚固的石堰,还只是乱转。
　　堰外田里的稻,听着水声,皱眉说道,——
"我是一株稻,是一株可怜的小草,
我喜欢水来润泽我,
却怕他在我身上流过。
小河的水是我的好朋友,
他曾经稳稳的流过我面前,
我对他点头,他向我微笑,
我愿他能够放出了石堰,
仍然稳稳的流着,
向我们微笑,
曲曲折折的尽量向前流着,
经过的两面地方,都变成一片锦绣。
他本是我的好朋友,
只怕他如今不认识我了,
他在地底里呻吟,
听去虽然微细,却又如何可怕!
这不像我朋友平日的声音,

---

① 选自周作人:《过去的生命》,岳麓书社1987年版,第6—7页。

被轻风挽着走上沙滩来时,
快活的声音。
我只怕他这回出来的时候,
不认识从前的朋友了,——
便在我身上大踏步过去,
我所以正在这里忧虑。"
　　田边的桑树,也摇头说,——
"我生的高,能望见那条小河,——
他是我的好朋友,
他送清水给我喝,
使我能生肥绿的叶,紫红的桑葚。
他从前清澈的颜色,
现在变了青黑;
又是终年挣扎,脸上添出许多痉挛的皱纹。
他只向下钻,早没工夫对了我的点头微笑。
堰下的潭,深过了我的根了。
我生在小河旁边,
夏天晒不枯我的枝条,
冬天冻不坏我的根,
如今只怕我的好朋友,
将我带到沙滩上,
伴着他卷来的水草。
我可怜我的好朋友,
但实在也为我自己着急。"
　　田里的草和虾蟆,听了两个的话,
也都叹气,各有他们自己的心事,
　　水只在堰前乱转,
坚固的石堰,还是一毫不摇动。
筑堰的人,不知到那里去了。

"新诗中的第一首杰作"

　　周作人的《小河》创作于1919年1月24日,曾发表于《新青年》1919年第6卷第2号的头条位置。同一时期,他还创作了《两个扫雪人》《微明》《路上所见》等对日常生活进行如实记述的白话诗歌作品。相比较而言，这首极具象征意味的诗歌作品，是周作人早期诸多新诗尝试之作中少有的一种类型。这首诗实践乃至深化了胡适关于新诗写作的理念——诗体大解放，即一种完全放开了手脚的写作。该诗自由、散漫的句式，无韵以至趋于自然的音节，都非常合乎胡适的诗学理想。因此，胡适将这首诗称为"新诗中的第一首杰作"。可以说，该诗无论在语言还是在体式，甚至在诗的格局与气象上，都为后来的新诗开辟了一条路向，因而具有典范意义。

这首诗具有叙事诗的基本样态。它采用拟人化的手法，叙述了曾经极富生命活力的小河，遭受围堰的阻拦而不得流动的际遇，以及稻草、桑树等旁观者对于小河际遇的复杂态度。该诗语言平实，清新自然，讲究对意境的营造，融景于情，融情于理，情、景、理巧妙地融合在一起，使其充满象征意味。象征手法的运用也正是该诗在艺术上的关键之处。当时周作人正热心于西方艺术作品的译介，自然不可能不受西方艺术的影响。但关于诗歌的象征主题，历来众说纷纭。由于该诗创作正值五四运动前夕，新文化运动已经兴起，文学革命正在逐步深入，这些背景使多数学者对该诗的主题作政治意味的解读和研究，认为诗中的"小河"象征着人民的力量，表达了周作人对新文化运动的发展所必然引发的政治革命的忧虑等等。从作品发表后至今的多元解读，也给予今天读者的启示：这首诗值得考究的显然已不再是其平淡的语句，以及与时代相映衬的主题本身。阅读过后，我们的脑海中也许还会闪现诗歌里丰富驳杂的色彩感，如"乌黑的土""红的花，碧绿的叶，黄的果实"等，以及整首诗带给我们的朴实无华的力量。除此之外，我们还能否解读出其他的或者更深层次的象征意蕴呢？

细读文本可以发现，整首诗充满矛盾和忧郁。小河本可以自然流淌，灌溉周边的万物，一切皆可以和谐共处、肆意生长。但问题是，现在这条河被筑堰隔断了，因此一系列矛盾随即产生：一面是小河想要冲破这坚固的堰追求自然流淌而不得；一面是小河周边的农田、树木既想得到小河的灌溉，又担心决堤会被河水的冲刷力摧毁。所以，堰里堰外，矛盾重重，而"筑堰的人，不知到那里去了"。小河的乱转和两岸万物既期盼又担忧的复杂心理，正传达作者一种忧郁困惑的情感。这种情感源于人的无意识。因为世界万物皆处于矛盾之中，相互联系和牵制。有矛盾势必会造成一种困惑和忧郁的情绪。而矛盾是对立统一的，既有好的一面也有不好的一面。就像这小河两岸的万物一样，如果想得到小河的灌溉，就要承担可能被摧毁的风险。同样，小河如果顺利冲破了决堤，就可以自然地流淌了，但随即也可能让两岸的植物遭殃。世间万物的矛盾性，正是人类难以突破的一种困境。

（向阿红导读）

【延伸阅读文献】

1. 姜涛：《从周作人的〈小河〉看早期新诗的政治性》，《海南师范大学学报（社会科学版）》2012年第8期。

2. 张传敏：《百年新诗"第一首杰作"〈小河〉解》，《现代中国文化与文学》2019年第2辑。

深秋永定门城上晚景①

傅斯年

我同两个朋友,
 一齐上了永定门西城头。
这城墙外面,紧贴着一湾碧青的流水;
 多少棵树,装点成多少顷的田畴。里面淤漫的芦苇,
 镶出几重曲折的小路,几堆土陇,几处僧舍,陶然亭,龙泉寺,鹦鹉邱。城下枕着水沟,
 里外通流。

最可爱、这田间。
看不到村落,也不见炊烟;
 只有两三房屋,半藏半露,影捉捉在树里边,
虽然是一片平衍,
 树上却显出无穷的景色,
 树里也含着不尽的境界,
 丛错,深秀,回环。
那树边,地边,天边,
 如云,如水,如烟,
 望不断——一线。
忽地里扑喇喇一响,
 一个野鸭飞去水塘。
仿佛像大车音波;漫漫的工——东——当。
又有种说不出的声息,若续若不响。

转眼西看,
 日已临山。
初时离山尚差一竿;
 渐渐的去山不远;
 一会儿山顶上只剩火球一线;

---

① 选自许德邻编:《分类白话诗选》,崇文书局1920年版,第25—28页。

忽然间全不见。
这时节反射的红光上翻。
山那边，冈峦也是云霞，云霞也是冈峦；
层层叠叠一片，
　　费尽了千里眼。
山这边，红烟含着青烟，
　　青烟含着红烟，
　　一齐的微微动转；
　　似明似暗：
　　山色似见似不见；——
　　描不出的层次和新鲜。
只可惜这舍不得的秋郊晚景，昏昏沉沉的暗淡；
　　眼光的圈，匆匆缩短。
树烟和山烟，远景带近景，一块儿化作浓团。

回身北望，
　　满眼的渺茫；
　　白苇渐渐成黄苇；青塘渐渐变黑塘。
任凭一草一木，都带着萎黄——颓唐，模糊模样。
远远几处红楼顶，几缕天灶烟，正是吵闹场，繁华地方：
　　更显得这里孤伶凄怆。
　　荒旷气象，
　　城外比不上他苍凉。

繁复细密的美

　　傅斯年的写景诗《深秋永定门城上晚景》，曾发表于《新潮》1919年第1卷第2号。在新诗草创期，风景入诗是颇为普遍的现象，如胡适的《一颗星儿》《鸽子》，康白情的《晚晴》《日观峰看浴日》，郭沫若的《登临》《日出》等，均是这一时期写景诗的代表作。作为写景诗，《深秋永定门城上晚景》最大的特色是把所见之景表现得复杂且细密，意境如画，格调清新，给人以美的艺术享受。这种繁复细密的写景，是旧诗所鞭长莫及的，新诗在写景中初步彰显了对旧体诗词的优势。
　　全诗通篇写景，采用散文化的手法，利用语句的错综表达和语言的色彩，将诗人所见之景一一描写出来，勾勒出一幅声色浓郁的深秋晚景图。诗人开篇即设定观看风景的固定视点——永定门西城头，举目眺望，流水、树木、田畴、芦苇、土陇、僧舍、亭子、寺庙、水沟、村落等。但凡诗人目光所及，这些景致均被其记录下来，且集中捕捉、描绘风景的色彩和形态。在描写过程中，诗人讲究剪裁，注重视觉距离和层次感，从远到近、从高到低、由此及彼、由外而内地对所见之景进行描绘，勾勒了一幅宏大、多层次的具有立体感的风景画。全诗不仅线条、色彩错落有致，而且动静结合，不息的流水、飞动的野鸭、转动的青烟等增添无限的生气。从人与自然的关系而言，诗人既自满于刻画风景的细节，流露出沉浸其中的喜悦，又情不自禁地对这风景背后的自然规律和秩序充满困惑，并流露出一种惋惜之情——风景处于一种无所依附的流动性中，成为难以把握的对象。因此，才有了诗歌中诗人抒发的感慨。结尾之处，诗人采用对比的手法，将远处繁华吵闹的地方和这"荒旷气象"进行比较，用远处的"闹"更加反衬出这里的"孤伶凄怆"和"苍凉"。

除了对景致的描写之外，诗歌的散文化特色，充分彰显白话诗体的高妙。旧诗由于受到文言和格律的限制，诗人总是难以尽情地抒写自己的观察和感受，不得不在有限的文字里进行剪裁和压缩，使诗歌作品显得非常简约紧促。五四诗界革命打破旧诗的桎梏，提倡采用白话文、自由诗体进行创作，借胡适的话来说就是"有什么话就说什么话，话怎么说就怎么说"。因而在写景诗中，新诗人们可以尽情地描写景致、抒发感慨。在此诗中，傅斯年与友人们在城头上沉浸于欣赏美景之中，并沿着自己的视线和感觉的流动自如地书写。他的情思与文字、格式已融为一体，不受文字和格式的限制，情感的流动随意自然，实现了诗情与诗形的和谐统一。

（向阿红导读）

【延伸阅读文献】

1. 万冲：《视觉转向与形似如画——中国早期新诗对风景的发现与书写》，《中国现代文学研究丛刊》2018 年第 8 期。

2. 宋夜雨：《近代"自然"的产生与早期新诗的兴起》，《中国现代文学研究丛刊》2020 年第 11 期。

幸　　福①

陆志韦

早上，有一只淡绿色的蝴蝶
　从紫牵牛花飞到红的牵牛花。
　挑重担的见了，把重担放在路上，
　好几天的怨恨像烟消雾化。

我见了，静悄悄的走到花边，
　两个手指把蝴蝶那一撮。
　他原来不是我的，所以扑扑的动。
　不多一会，损坏了好些颜色。

我得了一件残缺不全的东西，
　倒像失掉了主意，匆匆忙忙的。
　放在手里没有用，隔在书里罢，
　钉在墙上罢，总不免要损伤的。

我仍旧放他在光天化日之下，
　从紫牵牛花飞到红的牵牛花。
　挑重担的见了，把重担放在路上，
　我见了，我的贪心立时隐化。

主体对照与审美哲思

　　陆志韦生于浙江湖州，1913年毕业于东吴大学，1915年赴美留学。1920年回国后，他历任南京高等师范学校、国立东南大学、燕京大学教授等。陆志韦从事心理学研究，是我国现代心理学的开创者之一；之后又转入语言学领域，在汉语音韵、

---

① 选自陆志韦：《渡河》，亚东图书馆1927年版，第48—49页。

语法方面有不少重要论著。同时，他也是中国新诗史早期的一位杰出探索者。针对早期白话诗的散文化倾向，陆志韦提出"节奏千万不可少，押韵不是可怕的罪恶"（《我的诗的躯壳》），较早在新诗音韵、节奏方面进行探索，尝试为新诗赋予恰当的形式，从而开启了之后徐志摩、闻一多、卞之琳等人对新诗格律的建构。朱自清在《中国新文学大系·诗集》的导言中这样评价他："第一个有意实验种种体制，想创新诗格的，是陆志韦氏。"

《幸福》创作于1921年，最初收录在陆志韦自印的第一部诗集《不值钱的花果》（1922），后又收入其代表诗集《渡河》（1923）。通过对"美"的三次"见"，这首小诗表现了不同主体对于美的态度，探讨了审美体验与欲望之间的关系，在曲折的诗意流转中蕴含着美学的哲思。开篇是一幅色彩斑斓的小景，绿色的蝴蝶在紫色、红色的牵牛花间蹁跹，"美"在日常生活中蓦然显现。"挑重担的见了"，暂时忘却了生活的重压，突如其来的审美时刻使肉身的苦痛升华了，"好几天的怨恨像烟消雾化"。这是诗中第一次对"美"的"见"，展现的是对于"美"的朴素感受过程。而后"我见了"，心生占有的欲望，伸手捕获蝴蝶，却发现"我得了一件残缺不全的东西"。只因为"他原来不是我的"，蝴蝶只有在自然环境中自在飞舞才能显现其美丽，占有、控制、囚禁都会损坏其美好，它给人带来的原有的审美体验也被破坏了。这是对"美"的第二次"见"，即发现了"美"与私欲的矛盾以及审美体验的超功利性。最后，"我"将蝴蝶放归自然，于是有了第三次对"美"的发现："挑重担的见了，把重担放在路上。/我见了，我的贪心立时隐化。"这时，"挑重担的"与"我"都重新看到了自然状态下蝴蝶的美。同时，"挑重担的"看到"我"放归蝴蝶的善举，"我"看到"挑重担的"对美的观照。不同主体在审美活动中建立沟通、理解的复杂关系，诗歌的主题得到深化。除了对于"美"之不可占有的领悟之外，两个审美主体的对照还使诗歌隐含一层文化批判的视角。"挑重担的"显然是一位体力劳动者，而"我"则可以推断为知识阶层（抓到蝴蝶会想将其"隔在书里""钉在墙上"），然而受过教育的"我"并不比"挑重担的"更懂得欣赏美，现代文明带来的"贪心"使人失却体验自然的童心。这其中蕴含的文化反思也许可成为我们对诗题"幸福"的一种理解：现代人知道的更多了、拥有的更多了，但体验"幸福"的能力却似乎并没有因此而增强。

从形式上看，《幸福》每节四行，二、四行尾押韵，诗行长度大致相当，整体上建构了一个均齐的诗形，而内部又有一定的灵活和变化。第三节二、四行末"匆匆忙忙的""要损伤的"用ang韵脚加助词"的"，是胡适所说押"阴韵"者。第三节三、四行采取句内跨行的手法，节奏上带来一种隔而不断的连绵感。首尾两节重复诗行形成呼应，但重复中又有变奏。这些手法都能看出诗人对新诗构型方面的重视。陆志韦在中学时就已成为基督徒，宗教文化、宗教情结对他有着深刻的影响，其诗作往往将西方宗教式的哲思与东方传统相结合，孕育出沉静、深思、清新的风格。

陆志韦及其创作也因此与五四时代的风云激荡保持距离，这或许就是其一定程度上隐没于时代的原因。

（杨柳导读）

【延伸阅读文献】

1. 郑成志：《初期白话诗的另一种形式构想——以刘半农、赵元任和陆志韦等人为例》，《中国现代文学研究丛刊》2011年第7期。

2. 赵思运：《诗人陆志韦研究及其诗作考证》，东南大学出版社2012年版。

邮　　吻[①]

刘大白

我不是不能用指头儿撕，
我不是不能用剪刀儿剖，
只是缓缓地
　　轻轻地
很仔细地挑开了紫色的信唇；
我知道这信唇里面，
藏着她秘密的一吻。

从她底很郑重的折叠里，
我把那粉红色的信笺，
很郑重地展开了。
我把她很郑重地写的，
一字字一行行，
一行行一字字地
很郑重地读了。

我不是爱那一角模糊的邮印，
我不是爱那满幅精致的花纹，
只是缓缓地
　　轻轻地
很仔细地揭起那绿色的邮花；
我知道这邮花背后，
藏着她秘密的一吻。

含蓄细腻的爱情之歌

五四新文化运动以来，呼吁人的个体意识觉醒与个性解放成为新文学作家的共

[①] 选自刘大白：《邮吻》，开明书店1927年版，第1—3页。

同宗旨,对自由爱情的呼唤与宣扬成为这一时期文学创作的重要题材。刘大白认为:"几千年来被压在礼教的磐石下面的中国人底男女之情,差不多不敢堂堂皇皇地表现。然而情苗是压不住的,礼教的磐石,无论怎样大而且重,它总要横抽侧进地从磐石底裂缝里、罅隙里钻出来。"作为早期白话新诗的开创者之一,刘大白身体力行对爱情诗做出大量的创作实践。

《邮吻》是刘大白1923年创作的一首新诗,1926年被收于开明书店出版的同名诗集中。这首诗通过对拆信、读信、揭邮花等一连贯动作的描述,着力展现了一个处于热恋中的青年,在收到恋人来信时激动亢奋而又小心珍视的甜蜜情愫。在诗的开篇,面对恋人的来信,诗人连用两个"我不是不能"来表现主人公想用"指头儿撕""剪刀儿剖"的急切。但在这种急切心情的催促下,主人公偏偏要"缓缓地""轻轻地""仔细地"去"挑"开信封,"揭"起邮花,再"郑重地"一字一行地去读对方的来信。这种前后急和缓的动作对比冲突,将青年对爱情的大胆向往及爱恋珍重予以淋漓尽致地呈现。值得注意的是,这番纯真炙热的爱恋不是青年一个人的自说自话,而是得到对方真挚含蓄的回应,从对方精心挑选的紫色信封、粉红色信笺、绿色邮花以及郑重地回信中,可见恋人之间的情感互动与双向奔赴,由此更突显出这份爱情的美好与珍贵。从整体结构来看,全诗有意用句式话语的连绵重复来营造一种舒缓的节奏效果,如叠用"我不是不能……""我不是爱……"的否定句式,通过增加否定词扩展诗行的音节容量,拉长诗句的延绵视觉以促成情绪上的强化与延长;反复运用"缓缓地""轻轻地""郑重地""一字字一行行"等修饰性叠词,在音韵上给读者以缓慢轻柔的听觉感受;第一节与第三节同类句式的重复形成回环往复的呼应,使主人公婉转深沉的情感得以逐层递进地传达与呈现。

五四时期的爱情诗志在通过对爱情的抒发实现诗人主体意识的高扬,刘大白的《邮吻》截取青年收到恋人信笺时的一系列动作,来传达其热烈而含蓄的爱情,以此宣扬人对自由美好的精神的向往。可贵的是,诗人没有因对爱情的大胆告白致使诗歌流于直白浅露,而是将火热的爱情以克制的告白和细腻的动作表现出来,实现一种"外冷内热"的艺术观感与阅读体验,对遣词造句的精心设计也促成诗歌音韵和谐、语言清新的艺术效果。这在充斥着大量浅薄直露表白的爱情白话新诗创作早期,实属难得。

(倪贝贝导读)

【延伸阅读文献】

1. 刘大白:《〈抒情小诗〉序》,《白屋说诗》,上海大江书铺1932年版。
2. 萧斌如:《刘大白研究资料》,知识产权出版社2010年版。

卖布谣(一)[①]

刘大白

嫂嫂织布,
哥哥卖布。
卖布买米,
有饭落肚。

嫂嫂织布,
哥哥卖布。
弟弟裤破,
没布补裤。

嫂嫂织布,
哥哥卖布。
是谁买布,
前村财主。

土布粗,
洋布细,
洋布便宜,
财主欢喜。
土布没人要,
饿倒哥哥嫂嫂!

早期白话新诗的歌谣化尝试

《卖布谣(一)》创作于1920年,后收于刘大白的诗集《旧梦》。1922年,《卖布谣(一)》被赵元任谱曲后得以广泛传唱。作为"由旧入新的过渡时代"的诗人,刘

[①] 选自刘大白:《卖布谣》,升明书店1930年版,第14—16页。

大白坦言，因沉溺于旧诗词的时间太久，他的诗受古典传统的影响很深。五四新文化运动以来，诗人开始将目光转向社会现实，关注广大底层民众的生存现状。而在形式上，尚不能完全摆脱旧体诗词的痕迹，唯有努力进行"旧瓶装新酒"的尝试。反映到《卖布谣（一）》的创作实践上，则体现为通过汲取古代和现代民歌的养分，使之凸显歌谣化的特质。

从取材来看，《卖布谣（一）》聚焦于当时社会底层贫苦农户的生活。一家靠织布卖布为生的穷苦农民，只有把布卖出去，才能换回一家人赖以生存的口粮，因此即便弟弟衣裤破了，也舍不得添块布补上。饶是如此，当西方现代工业入侵，外来的洋布以其材质细密、价格便宜的优势瞬时挤占了手织土布的市场，致使这困窘的一家生活愈发雪上加霜。《卖布谣（一）》旨在反映民生疾苦，语言通俗易懂，明白晓畅。整首诗共有四个诗节，总体来看，诗歌承袭以《诗经》为代表的传统歌诗的四言句式，在诗行上呈现出"2｜2"的节奏特征，读起来朗朗上口，易于传唱。在最后一节，通过"土布粗，洋布细""土布没人要，饿倒哥哥嫂嫂"产生"2｜1，2｜1"与"2｜3，2｜2｜2"的音节变奏，将土布面对洋布市场冲击的无力和主人公因走投无路发出的对生存困境的喟叹予以呈现。

作为新诗草创时期的一种尝试，刘大白的《卖布谣（一）》算不上白话新诗创作的成功范例，但诗人在旧体诗的形式里注入全新的现代社会生活题材的内容。诗人通过对土布和洋布的对比，折射出西方工业文明对传统农业、手工业的冲击，由此引发对底层民众悲苦的生存状态的同情以及对现实社会的人文关怀，正是对五四以来关注现实、呼吁人的自由解放精神的体现。这种直面社会人生的创作态度在传统旧诗中是很难见到的。《卖布谣（一）》尝试以歌诗的形式来表现社会性的题材，对早期白话新诗无疑是一次富于先驱意义的实验，为1930年代新诗大众化、歌谣化的发展提供了借鉴。

（倪贝贝导读）

【延伸阅读文献】

1. 赵元任：《新诗歌集·序》，《新诗歌集》，商务印书馆1928年版。
2. 黄丹纳：《学堂乐歌：中国"新诗"历史的开端》，《贵州社会科学》2010年第8期。

晚祷 (二)

——呈敏慧①

梁宗岱

我独自地站在篱边。
主呵，在这暮霭底茫昧中，
温软的影儿恬静地来去，
牧羊儿正开始他野蔷薇底幽梦。
我独自地站在这里，
悔恨而沉思着我狂热的从前，
痴妄地采撷世界底花朵。
我只含泪地期待着——
祈望有幽微的片红
给春暮阑珊的东风
不经意地吹到我底面前。
虔诚地，轻谧地
在黄昏星忏悔底温光中
完成我感恩底晚祷。

中西交融下诗意与信仰的交响

  1924年，梁宗岱，这位岭南大学的学子，以其深邃的笔触，绘制了《晚祷（二）》中虔诚、静谧的精神图景。同年12月，梁宗岱的诗集《晚祷》由商务印书馆精心印制，虽薄如蝉翼，却承载着19首新诗的厚重，不仅标志着梁宗岱文学生涯的一个里程碑，更是他精神探索的见证。从14岁起，梁宗岱在广州培正中学度过了六年时光。作为由华人教徒开办的教会学校，培正中学的宗教氛围对青少年梁宗岱产生深远影响。在基督教的信仰中，晚祷如同一曲悠扬的晚钟，它在日暮时分敲响，引领信徒们在一天的落幕之际，向上帝献上最诚挚的感恩。这祈祷，既是对恩典的颂赞，也是对自我的反省，更是对宽恕的渴望。梁宗岱的《晚祷（二）》不单是一首

---

① 选自梁宗岱：《梁宗岱文集》（第1卷），中央编译出版社2003年版，第32页。

诗歌，它是一次心灵的对话，一场与神性的邂逅。诗中浸透了宗教的意蕴，每一行文字都如同信徒的低语，透露出对至高存在的虔诚与敬畏。在这首诗中，我们不仅能窥见诗人对信仰的执着，更能感受到他内心世界的丰富与深邃。

《晚祷（二）》是一首自由体新诗。细品此诗，我们不难发现，尽管摆脱了韵律桎梏，诗中却自有一番韵律之美。如"篱边""从前""面前"三词押以 ian 韵，而"茫昧中""幽梦""片红""东风""温光中"则押以 ong 或 ng 韵。这些韵脚的巧妙运用，如同隐匿于诗行间的音符，跳跃而和谐，为全诗增添了一种难以言喻的音韵之美。在诗歌的节奏构建上，梁宗岱更是匠心独运。多数诗行由四个顿组成，这四顿的节奏，如同心跳，沉稳而有力，构筑了全诗从容、静谧、诚挚的基调。而在这平稳的节奏中，诗人又巧妙地以五顿句进行调节，如"牧羊儿/正开始/他/野蔷薇底/幽梦"，"悔恨/而沉思着/我/狂热的/从前"，这种节奏的变换，不仅丰富了诗歌的音韵层次，更表现了抒情主体在忏悔时的苦思与挣扎。诗的结尾，"虔诚地，轻谧地"两顿的轻盈强调，如同祷告后的一声叹息，既凸显了祷告的主题，又给人以完成忏悔并获得心灵新生的松快之感。诗人以十四行的篇幅，不拘泥于韵式规则，却依旧在无形中流露出诗人对调式意识的精当把握。

在梁宗岱的《晚祷（二）》中，我们还可以窥见一种独特的中西交融之美，这种美不仅体现在诗歌的主题上，更渗透在每一个精心挑选的语词之中。"主""牧羊儿""野蔷薇""晚祷"等词，携带着宗教色彩和象征意义，暗示着整首诗的意境。然而，诗中亦不乏"暮霭""片红""春暮""阑珊""东风"等语汇，它们汲取了中国古典诗词的精髓，带着东方的温婉与含蓄。这两类词汇在诗中的交织使用，非但没有显得突兀，反而相互映照，相得益彰，共同构筑了一种跨文化的诗意空间。从"野蔷薇"的色彩中，我们不难联想到"片红"的意象；而黄昏时分的"暮霭"，那朦胧而忧郁的氛围，又与"茫昧""恬静""幽梦""幽微"等词产生了语义或情感上的共鸣。"茫昧"一词，更是巧妙地牵引出"痴妄"的联想，为诗歌增添了一层深邃的心理维度。特别是抒情主人公"独自地""含泪地"进行晚祷的形象，与诗末的"黄昏星"相呼应，再结合梁宗岱在《象征主义》一文中所描绘的"西方孤零零的金星像一滴秋泪似的晶莹欲坠"的景象，抒情主体与天边孤星之间的联系被巧妙地勾连起来，抒情主体心境之幽微、玄秘亦得到恰当呈现。

在梁宗岱的诗歌创作和理论探索中，我们不难发现一种对语言形式的深刻关注和对中西美学的巧妙融合。这种独特的文化追求不仅彰显了他那深厚的文化底蕴和超前的文化视野，更映照出他在诗歌创作中所展现出的非凡才华和创新精神。在欧洲的游学之旅中，他与象征主义大师瓦雷里结下了一段难忘的忘年之交。瓦雷里，这位挑剔的批评家，在读到梁宗岱诗歌的法译版后，不禁赞叹其为"轻盈美妙的佳作"，这无疑是对梁宗岱诗歌艺术的最高赞誉。然而，历史的长河往往波诡云谲，梁宗岱的诗歌创作并未在后世得到应有的关注和评价。与此形成鲜明对比的是，他在文学翻译和理论建设上的成就却影响深远。他对瓦雷里等象征主义诗人的译介工作，不仅架起了中西文化交流的桥梁,更为新诗艺术的本土化探索铺就了道路。他在新诗形式诗学理论上的建设,更是对1930年代最有才华的诗人之一卞之琳产生了不可磨灭的影响。他的理论,如同一股潜流,在文学的海洋中悄然涌动,影响着一代又一代的诗人。

(夏莹导读)

【延伸阅读文献】

1. 黄建华、赵守仁:《梁宗岱传》,广东人民出版社2003年版。
2. 刘志侠、卢岚:《青年梁宗岱》,华东师范大学出版社2014年。
3. 张枣:《梁宗岱与象征主义诗学》(亚思明译),《学术月刊》2019年第1期。

Venus[①]

郭沫若

我把你这张爱嘴,
比成着一个酒杯。
喝不尽的葡萄美酒,
会使我时常沉醉!

我把你这对乳头,
比成着两座坟墓。
我们俩睡在墓中,
血液儿化成甘露!

爱与美的热情宣言

  这首诗是诗集《女神》第三辑中的第一首,在收入《女神》之前未见发表,可以视为郭沫若的一种私人化的情绪体现。据郭沫若回忆,他在故乡的婚姻由父母包办,是一次悲剧性的结合,而写作这首诗的时候,郭沫若正与日本姑娘安娜相爱,正是安娜让诗人萌发写诗的冲动。Venus 即古罗马神话中司掌爱与美的女神维纳斯,这首诗表达了诗人对爱与美的热情赞颂。

  全诗仅有两节,基本形成上下对称,且两节诗都以维纳斯的身体部位为切入点,进行联想与展开,使维纳斯的雕塑(一般被称为"断臂的维纳斯")具有动态,如同诗人的身边人。诗的第一节紧扣维纳斯的"嘴",并将"爱"用作形容词,携带着诱人的柔软与香艳,使人对嘴唇这一身体器官产生无限的遐想。随即"爱嘴"被比喻成"酒杯",红色的嘴唇与红色的葡萄酒不仅在颜色上类似,其共同的流动感让诗人心儿沉醉。诗的第二节将目光下移,停留在维纳斯的"乳头"上,这本身也是雕塑最为人称道的地方,象征着人的青春、美的理想,同时这对最具女性特征的身体器官也直接表露了诗人对爱的渴望。但是,如此具有美感的"乳头"被诗人比作"坟墓",或许是早年的婚姻经验让诗人对爱产生畏惧,也或许是预见了生命的未来,以

---

  ① 选自郭沫若著作编辑出版委员会编:《郭沫若全集》(文学编·第1卷),人民文学出版社1982年版,第130页。

想象中生命的终结来宣告自己对爱的至死不渝。所以在诗的最后，诗人与爱人相依偎着躺在坟墓中，即使身体承受着腐烂，但血液也一同化为"甘露"，回扣第一节的"葡萄美酒"，即不论生死，对爱与美的追求始终不变，带着爱意的死亡也不会令人恐惧。

除了对爱与美的歌颂，始终洋溢的热烈情绪其实也是时代精神的反映，尤其是对自由的追求。诗人选择运用女性的身体器官"嘴"和"乳头"作为比喻对象，以火辣的炽热之情大胆地突破"灭人欲"的传统观念，身体的开放与爱情的自由都冲击着五四青年的内心。同时，这首诗采用的是格律体，而非郭沫若一直提倡的自由体，可以看出郭沫若的早期诗作尚未摆脱旧体诗词的束缚，但诗的用词、用句都是地道的白话，语言浅白不加修饰，正符合郭沫若追求的"诗不是'做'出来的，只是'写'出来的"，情感的直接外露也恰好体现了郭沫若此时的创作风格和五四时代的自由风气。

（肖柳导读）

【延伸阅读文献】

1. 黄曼君、王泽龙、李郭倩：《图本郭沫若传》，长春出版社2011年版。
2. 刘奎：《泛神论、主情主义与五四时期郭沫若的情感总体观》，《中国现代文学研究丛刊》2021年第4期。

天　　狗[①]

郭沫若

我是一条天狗呀！
我把月来吞了，
我把日来吞了，
我把一切的星球来吞了，
我把全宇宙来吞了。
我便是我了！

我是月底光，
我是日底光，
我是一切星球底光，
我是 X 光线底光，
我是全宇宙底 Energy 底总量！

我飞奔，
我狂叫，
我燃烧。
我如烈火一样地燃烧！
我如大海一样地狂叫！
我如电气一样地飞跑！
我飞跑，
我飞跑，
我飞跑，
我剥我的皮，
我食我的肉，
我吸我的血，
我啮我的心肝，
我在我神经上飞跑，
我在我脊髓上飞跑，

---

① 选自郭沫若：《郭沫若选集》（第 3 卷），四川人民出版社 1979 年版，第 35—36 页。

我在我脑筋上飞跑。

我便是我呀!
我的我要爆了!

五四精神的爆炸式呈现

　　《天狗》最初于1920年2月发表在上海的《时事新报·学灯》上,后收入郭沫若的第一部诗集《女神》。初读这首诗,给人一种狂躁、焦灼的印象,伴随着"我"的急遽的呼喊声,某种按捺不住的情绪在往外喷泄,似乎蕴含着无穷的精神能量。

　　中国古代的民间素有"天狗食月"的传说,"天狗"也被视为一种反面的形象,预示着厄运或灾难即将降临。诗的首句借用"天狗"的意象,将自我与天狗进行对照,赋予"自我"一个全新的、野兽一般的身份。接下来的诗行连用四个"吞",以气吞山河的力量表现出五四青年宏大超群的气魄,也显示出诗人超越时代的想象力。在吞噬完一切后,诗人禁不住发出"我便是我了!"的呼声,洋溢着一种个性充分张扬所带来的自豪感,以及对自我的绝对肯定,对人的尊严和创造力的肯定,表现五四青年想要冲破一切束缚、自由发展个性的巨大勇气。诗的第二节依旧以"我"为主语,动作却由"我吞"转变为"我是",也就是说,"我"在吞掉"日""月""星球""宇宙"之后自然而然地拥有它们的光和能量,完成自我的觉醒。此时的"我",已经成为一个自足、自生、自创的个体,是一个已经从黑暗的封建社会中觉醒的全新的人。但是,第二节末句的"Energy的总量"也预示着自我膨胀已经到达某种极限,个人难以承受的能量亟待爆发和释放。所以,在诗的第三节中,"我"变得狂躁,企图以不断的飞跑来摆脱这难以承受的能量,在巨大的压力之下,"我"开始自我吞噬,诗人以"剥""食""嚼""啮"四个动作和过去的自我告别,并从中获得新生。自我吞噬实现了身体内外空间的转变,"我"开始进入自己的身体内部——"神经""脊髓""脑筋",在一种极度痛苦的自我毁灭中,一个全新的、现代的自我得以诞生。完成自我吞噬后,新的"爆炸"即将到来,新生的渴望使诗人不能容忍任何旧的束缚,包括自己肉体的束缚,所以诗的最后以"我的我要爆了!"作为结尾。此时此刻,"天狗"的内涵也由古典传说中的厄运形象变成包孕时代精神的现代意象,它象征着破坏一切旧传统、彻底毁灭旧世界、创造新世界和新我的五四时代理想。所以,闻一多在评价《女神》的时候,说"郭沫若君底诗才配是新诗","他的精神完全是时代的精神——二十世纪底时代的精神"(闻一多《〈女神〉之时代精神》)。

　　值得注意的还有《天狗》采用的自由体诗歌形式,它在节数、行数和字数上都不固定,也少有统一的押韵规律,以自由的诗形呼应五四时代的自由精神,如郭沫若所说,"我所写的一些东西,只不过飞翔我一时的冲动,随便地乱跳舞的罢了"(郭沫若、宗白华、田汉《三叶集》)。事实上,《天狗》还是有一定的内在律可以遵循:诗的开头以"我是一条天狗呀!"奠定了全诗的情感基调,随后以五个"了"作为结尾,形成一种吞吐宇宙的气势;诗的第二节押 ang 韵,响亮的开口呼形成了情感的酝酿,极有气势;第三节则以 3/3/3/4/3 三行式均衡的不连续对称,推动整体节奏的飞奔;末尾直接回扣第一节的"呀"和"了",实现了情绪的爆发。总体来看,《天狗》从内容到形式都体现了五四时期的时代精神,以及五四青年之狂飙突进的思想。

(肖柳导读)

【延伸阅读文献】

1. 郭沫若、宗白华、田寿昌(田汉):《三叶集》,上海书店 1982 年版。
2. 闻一多:《〈女神〉之地方色彩》,1923 年 6 月 10 日《创造周报》第 5 号。

炉中煤[1]

郭沫若

啊,我年青的女郎!
我不辜负你的殷勤,
你也不要辜负了我的思量。
我为我心爱的人儿
燃到了这般模样!

啊,我年青的女郎!
你该知道了我的前身?
你该不嫌我黑奴卤莽?
要知道在这黑奴的胸中,
才有火一样的心肠。

啊,我年青的女郎!
你该知道了我的前身
原本是有用的栋梁,
我活埋在地底多年,
到今朝才得重见天光。

啊,我年青的女郎!
我自从重见天光,
我常常思念我的故乡,
我为我心爱的人儿
燃到了这般模样!

异国游子的爱国恋歌

《炉中煤》作于1920年1月至2月间,最初发表在上海的《时事新报·学灯》

---

[1] 选自郭沫若:《郭沫若选集》(第3卷),四川人民出版社1979年版,第39—40页。

上，彼时的诗人正在日本留学，而中国国内才刚刚爆发五四运动，高涨的爱国热情也蔓延到海外，郭沫若在时代精神的感召下写成此诗。

正如诗的副标题所言——"眷恋祖国的情绪"，诗中"年青的女郎"便是五四运动后新生的中国的象征，诗人以其作为倾诉的对象，诉说着异国游子的思念与喜悦。全诗分为四节，每一节都以感叹句"啊，我年青的女郎！"为开头，不仅明确了抒情对象，也奠定了全诗的情感基调。诗的第一节明确了"我"（诗人）与"你"（祖国）的互动关系，正如诗题"炉中煤"一样，"我"是包含在"你"的身躯之内，所以"辜负"一词的重复使用一方面说明祖国对于诗人的呼唤，另一方面也表现了诗人对祖国的期望。双向的情感互动促成"我"心甘情愿地为"你"燃烧，"燃"符合"煤"的物质特性，也彰显了诗人愿为祖国奉献一切的决心。随后的第二、三节诗回顾了"我"的过去，即埋藏在地底的黑色煤块，诗人以"黑奴"自比，以"卤莽"自谦，以低贱、粗糙的外形凸显"火一样的心肠"和"有用的栋梁"等崇高内在品质，而这些内在品质遭到长期的"活埋"，正是随着"你"的革新，"我"才得以"重见天光"，将自我的选择与祖国的命运紧紧地联系在一起。诗的最后一节继续向前推进，描写"我"在重见天日之后的所见、所感，以"思念"为核心紧扣诗的副标题，诗的末尾两句则重复第一节的末二句，强化了异国游子对祖国的眷恋之情，将全诗推向一个情感的高潮。

郭沫若提倡写自由诗，认为"诗无论新旧，只要是真正的美人穿件什么衣裳都好，不穿衣裳的裸体更好"以及"形式方面我主张绝端的自由绝端的自主"（郭沫若、宗白华、田汉《三叶集》），《女神》中的大部分作品也确是无拘无束的自由体新诗。但这首《炉中煤》从形式上看，是十分规整的：全诗共四节，每节五行，诗行虽长短不一但也大致整齐，没有特别突兀的诗行；每一节都以同样的感叹句起头，也都以 ang 韵（"样""肠""光""样"）作为结尾的押韵，以开口呼的清澈明亮强化了诗人对于祖国的思念与赞美之情；在四个不同诗节的内部，第一、三、五行也都是押 ang 韵，读来音乐感十分强烈。结合诗歌主题来看，《炉中煤》是一首恋歌——祖国由一般人心中的"母亲"形象变为诗人笔下的"恋人"形象——既是恋歌，当然需要在格律上符合歌曲的形态，也正是恋歌，赋予了这首爱国诗作浓郁的浪漫主义气息。

（肖柳导读）

【延伸阅读文献】

1. 闻一多：《〈女神〉之时代精神》，1923 年 6 月 3 日《创造周报》第 4 号。
2. 李斌：《女神之光：郭沫若传》，作家出版社 2018 年版。

蕙的风[①]

汪静之

是那里吹来
这蕙花的风——
温馨的蕙花的风?

蕙花深锁在园里,
伊满怀着幽怨。
伊底幽香潜出园外,
去招伊所爱的蝶儿。

雅洁的蝶儿,
熏在蕙风里
他陶醉了;
想去寻着伊呢。

他怎寻得到被禁锢的伊呢?
他只迷在伊底风里,
隐忍着这悲惨而甜蜜的伤心,
醺醺地翩翩地飞着。

爱与诗的流转

《蕙的风》于1922年1月初次刊载在《诗》第1卷第1号上,后来收录在汪静之的同名个人诗集《蕙的风》(1922年8月出版)中,是汪静之早期诗歌创作的代表。胡适在为《蕙的风》作序的时候曾说,"我现在看着彻底解放的少年诗人,就像一个缠过脚后来放脚的妇人望着那些真正天足的女孩子们跳来跳去,妒在眼里,喜在心头",胡适以"天足"比喻湖畔诗社的创作,并将这些年轻诗人创作与自己"缠过脚

[①] 选自汪静之:《蕙的风》,亚东图书馆1923年版,第1—2页。

后来放大"的《尝试集》相比，认为他们的作品有着更加彻底的解放，他们坦率地表达自己对自由恋爱的追求，给五四时期的新诗吹来一股新风，而汪静之便是其中最具代表性的。

  诗中的"蕙花"指的是蕙兰，中国古代素有"兰心蕙质"的比喻，用以称赞女子的淑美善良。诗歌开篇就写到蕙花的香气随着风吹到远处，虽是淡雅，虽是温馨，但也足以勾起闻者的好奇，好奇着香味从何而来。循着疑问，诗人寻到蕙花的所在——"深锁在园里"，园子可以锁住蕙花的身体，她感到"幽怨"，但气味（或精神）是锁不住的，它偷偷地"潜出园外"去追寻自己的"所爱的蝶儿"。诗情在这里已经十分明了，诗人以"蕙花"比作向往爱情的女子（"伊"），以"蝶儿"比喻女子心爱的"他"，"园"则是禁锢着青年人的旧式家庭和封建家长，身体可以被封锁，但心中爱的萌芽不可能被消灭，总有风透过园子的缝隙将爱的心声带出，传到"他"的身边。如果说，诗的前两节从"蕙花"的角度写了爱意的传递，那么诗的后两节便转换视角，从"蝶儿"的寻找写爱情的交互。寻找的过程是艰难的，正与五四青年想要冲破家庭牢笼自由恋爱的情景相同，"他"的心态就像寻不到花朵的蝴蝶："陶醉"在蕙花的香气中，也"迷失"在带来花香的暖风里，如醉酒般找不到方向，只能默默忍受爱情带来的"悲惨而甜蜜的伤心"。"蕙花"与"蝶儿"的爱情是美好的，但诗中的一系列动词"深锁""禁锢""隐忍"都强化了美好爱情所面对的困难，而"园"正是阻挠爱情的最大外力，诗人借助自然意象表达了五四青年对自由恋爱的向往，以及想要冲破旧家庭束缚的渴望。虽然诗的结局并不十分美好，"蕙花"与"蝶儿"终未相见，但诗人关于爱情的坦率表达在以往的中国诗歌中确实罕见。

  朱自清在《中国新文学大系·诗集》的导言中说过，"中国缺少情诗"，"坦率的告白恋爱者绝少，为爱情而歌咏爱情的更是没有"。以汪静之的《蕙的风》为代表的一系列湖畔诗社的情诗作品或许填补了这一缺憾，《蕙的花》全篇都没有直接的情感抒发，而是借助自然意象，细腻地抒写爱情带来的欢乐和爱情无法得到成全的忧愁，有一种含蓄、委婉的艺术效果。

（肖柳导读）

【延伸阅读文献】

  1. 胡适：《胡序》，汪静之《蕙的风》，亚东图书馆1922年版。

  2. 朱自清：《〈蕙的风〉序》，《朱自清全集》（第4卷），江苏教育出版社1990年版。

温静的绿情①

应修人

也是染着温静的绿情的,
那绿树浓荫里流出来的鸟歌声

鸟儿树里曼吟;
鸭儿水塘边徘徊;
狗儿在门口摸眼睛;
小猫儿窗门口打瞌睡。

人呢?——
还是去锄早田了,
还是在炊早饭呢?

蒲花架上绿叶里一闪一闪的,
原来是来偷露水吃的
红红的小蜻蜓!

充满童趣的田园牧歌

　　除了多写爱情诗,湖畔诗社也有很多专写自然景物的诗作。在1923年出版的诗歌合集《春的歌集》中,扉页题有"树林里有晓阳,村野里有姑娘"的句子,或许意味着这部诗集包含有较多田园牧歌式的作品,而应修人的《温静的绿情》正收录在《春的歌集》中,这首诗描写的也正是一幅春意盎然的山野美景。

　　诗的开头直接用了通感,并有意违反正常的汉语语序。如果将第一节的两句话调换位置,变为"那绿树浓荫里流出来的鸟歌声/也是染着温静的绿情的",似乎更符合现代汉语的一般逻辑,主语为"鸟歌声",谓语和宾语则是"染着绿情",不仅句子完整,也不会对诗的整体氛围产生影响。但是,诗人为什么要将两句话倒过来

---

① 选自应修人、潘漠华:《修人漠华诗全编》,浙江文艺出版社1995年版,第84页。

写？如果诗的首句直接切题，以"染着"作为动词将"温静的绿情"扩大为一种气氛，那么从第二句往下的所有内容都会包括在这篇弥漫着"绿"的春景图中，包括"鸟歌声"。声音本是没有颜色的，但诗人用了"染着"和"流出"这样的词语，读者脑海中的飞鸟被带上色彩，飞鸟张嘴时发出的声音也俨然成为绿色，句子位置的调换实际上是凸显了"绿情"弥漫的范围之广，甚至超越颜色成为整个春日的感受。在后面的诗句中，鸟、鸭、狗、猫、绿叶、红蜻蜓都被容纳在"绿情"中，构成一幅和谐的田园春景。值得注意的是，诗人在写到乡村的各类景物时，借用儿童的视角，给每个小动物都加上"儿"的后缀，使这些小动物都变得灵活生动起来，尤其是对"狗儿"和"小猫儿"的描写，模仿了儿童的语气，用"摸眼睛"和"打瞌睡"来形容它们的动态，栩栩如生的画面就这样在读者脑海中展开，甚至带着一丝孩童的雀跃，给整个"温静的绿情"增添了灵动。诗的第三节恍如无人之境，反诘句的连续使用强调了人的不知所踪，只剩自然之物在此静静地享受春日。诗的末节则用了感叹句，加上"原来是"的儿童语调，让绿色中的一点红变得惊喜，也说明春日景色的丰富和活泼。虽然有"红红的小蜻蜓"，也有伴着鸟声的各类小动物，但整个乡村的春色并不浓烈，一如诗题的"温静"，或许诗人要描写的正是早春景色，也或许印证了朱自清在《中国新文学大系·诗集》的导言中评价的那句"应修人氏却嫌味儿淡些"。

从某个角度上说，儿童口吻的运用说明应修人诗歌中所用白话的纯净，完全摆脱文言的束缚，如废名在《谈新诗》中对湖畔诗社的评价，是"没有沾染旧文章习气老老实实的少年白话新诗"。在写早春景色的诗词中，苏轼《惠崇春江晚景二首》中的"春江水暖鸭先知"堪称名句，面对同样的景象，应修人写的是"鸭儿水塘边徘徊"，虽然省去介词"在"，但已然是纯粹的白话表述，从语言层面彰显湖畔诗社在中国新诗草创期的独特贡献。

（肖柳导读）

【延伸阅读文献】
1. 陆耀东：《论"湖畔"派的诗》，《文学评论》1982年第1期。
2. 废名：《谈新诗》，人民文学出版社1984年版。

寻新生命去[1]

潘漠华

我火般的狂了，
不愿把我俩底生命，
埋没在草莱下的荒冢；
愿把我俩底生命，
就毁灭也毁灭在我俩底爱恋里。

卸去一切的羁绊，
斲断心灵上的锁链，
妹妹，风朝也好，雨夜也好，
我们相存逃亡吧，
我们须生存于新的意味里。

风般掀动我们底衣衫，
洪水般泛滥我们底心潮，
我们狂舞在火光里，
合唱我们男女相恋的歌，
唱起我俩底情火满天红。

不想只在故乡生存了，
愿把我俩消磨在奔波上；
我们停留山与海里，
尽我们光明的血汗，
去日夜创造我们底宇宙。

自由寻爱的生命之歌

在湖畔诗社的四人中，潘漠华的诗作总是给人一种哀婉、孤寂的感觉，没有汪

---

[1] 选自应修人、潘漠华：《修人漠华诗全编》，浙江文艺出版社1995年版，第284—285页。

静之爱情诗中的明丽，也没有应修人自然诗中的明朗，也无怪乎朱自清在《中国新文学大系·诗集》导言中的评价——"潘漠华氏最凄苦，不胜掩抑之致"。这首《寻新生命去》将爱情与生命牢牢捆绑，以一种狂热的感情诉说着对爱的渴求，甚至可以为爱丧失生命。

　　诗的首句"我火般的狂了"直接从感情的爆发点起笔，没有任何铺垫，将感情的酝酿、发展全部省去，让读者好奇这种狂热的情绪从何而来。随后，以"不愿"和"愿"分别起首，表达对平庸度过一生的抗拒，以及对热烈的爱情的期待，并且把"我俩底爱恋"视为一种具有毁灭性力量的生命选择。当爱情成为生命中最重要、最坚定的选择后，诗人面对现实的"羁绊"和"锁链"展现出一种决断的态度，即使未来充满"逃亡"，也誓要与过去的一切一刀两断，只有切除过去的生命，"新的意味"才会到来，这个过程便是诗题"寻新生命去"的必由之路，爱情则化为"新生命"不可或缺的一部分。诗的第三节可以视为"逃亡"过程中的所见、所感，恋人们对狂风和洪水毫无畏惧，只是自顾自地沉浸在相爱的恋歌之中。这一节诗通过"掀动""泛滥""狂舞""合唱"等动词强化了外界力量的强势，以及恋人抵抗外力的决绝，同时也通过"心潮""情火"等词语隐晦地进行性的暗示，但这种暗示并不会使人感到低俗，反而从中体会到生命的力量。在诗的最后一节，诗人明确地说宁愿"消磨在奔波上"，也要逃离"故乡"，空间的明确让人不免怀疑诗中"妹妹"的身份。事实上，汪静之在后来的访谈中揭开了谜题："漠华诗里的'妹妹'，其实就是他的堂姐潘翠菊。他们俩从小感情很好，后来就相爱了。"（贺圣谟：《论湖畔诗社》）这种有悖礼法的恋爱关系让诗人感到痛苦，即使后来接受以进化论为代表的科学知识，也不能让诗人坦然地抽身而出，刻骨的爱让他痛苦地面对周遭的一切，最后只能选择离开故乡。

　　值得注意的是整首诗的最后两句，面对未知的新生活，诗人说要用"光明的血汗"去"创造"可以容纳他俩的新的"宇宙"。对于"血汗"和"创造"的强调，使这首诗超越一般爱情诗的范畴，因为这表明诗人的思想转变，他开始关注到劳动者的血汗和劳动者的创造力，也无怪乎潘漠华后来会成为北方"左联"的领导人物。可惜的是，潘漠华在1934年12月24日被敌人灌以滚烫开水而惨烈牺牲，年仅32岁。

（肖柳导读）

【延伸阅读文献】

1. 朱自清：《诗话》，《中国新文学大系·诗集》，上海文艺出版社1981年版。
2. 贺圣谟：《论湖畔诗社》，杭州大学出版社1998年版。

秋　夜[①]

鲁　迅

在我的后园，可以看见墙外有两株树，一株是枣树，还有一株也是枣树。

这上面的夜的天空，奇怪而高，我生平没有见过这样奇怪而高的天空。他仿佛要离开人间而去，使人们仰面不再看见。然而现在却非常之蓝，闪闪地？着几十个星星的眼，冷眼。他的口角上现出微笑，似乎自以为大有深意，而将繁霜洒在我的园里的野花草上。

我不知道那些花草真叫什么名字，人们叫他们什么名字。我记得有一种开过极细小的粉红花，现在还开着，但是更极细小了，她在冷的夜气中，瑟缩地做梦，梦见春的到来，梦见秋的到来，梦见瘦的诗人将眼泪擦在她最末的花瓣上，告诉她秋虽然来，冬虽然来，而此后接着还是春，蝴蝶乱飞，蜜蜂都唱起春词来了。她于是一笑，虽然颜色冻得红惨惨地，仍然瑟缩着。

枣树，他们简直落尽了叶子。先前，还有一两个孩子来打他们，别人打剩的枣子，现在是一个也不剩了，连叶子也落尽了。他知道小粉红花的梦，秋后要有春；他也知道落叶的梦，春后还是秋。他简直落尽叶子，单剩干子，然而脱了当初满树是果实和叶子时候的弧形，欠伸得很舒服。但是，有几枝还低亚着，护定他从打枣的竿梢所得的皮伤，而最直最长的几枝，却已默默地铁似的直刺着奇怪而高的天空，使天空闪闪地鬼䀹眼；直刺着天空中圆满的月亮，使月亮窘得发白。

鬼䀹眼的天空越加非常之蓝，不安了，仿佛想离去人间，避开枣树，只将月亮剩下。然而月亮也暗暗地躲到东边去了。而一无所有的干子，却仍然默默地铁似的直刺着奇怪而高的天空，一意要制他的死命，不管他各式各样地䀹着许多蛊惑的眼睛。

哇的一声，夜游的恶鸟飞过了。

我忽而听到夜半的笑声，吃吃地，似乎不愿意惊动睡着的人，然而四围的空气都应着笑。夜半，没有别的人，我即刻听出这声音就在我嘴里，我也即刻被这笑声所驱逐，回进自己的房。灯火的带子也即刻被我旋高了。

后窗的玻璃上丁丁地响，还有许多小飞虫乱撞。不多久，几个进来了，许是从窗纸的破孔进来的。他们一进来，又在玻璃的灯罩上撞得丁丁地响。一个从上面撞进去了，他于是遇到火，而且我以为这火是真的。两三个却休息在灯的纸罩上喘气。那罩是昨晚新换的罩，雪白的纸，折出波浪纹的叠痕，一角还画出一枝猩红色的栀子。

---

① 鲁迅：《鲁迅全集》（第2卷），人民文学出版社2005年版，第166—168页。

猩红的栀子开花时,枣树又要做小粉红花的梦,青葱地弯成弧形了……我又听到夜半的笑声;我赶紧砍断我的心绪,看那老在白纸罩上的小青虫,头大尾小,向日葵子似的,只有半粒小麦那么大,遍身的颜色苍翠得可爱,可怜。

我打一个呵欠,点起一支纸烟,喷出烟来,对着灯默默地敬奠这些苍翠精致的英雄们。

反抗绝望的精神序曲

《秋夜》是鲁迅于 1924 年创作的一首叙事兼抒情的散文诗,是散文诗集《野草》的首篇。当时,帝国主义、北洋军阀与封建势力相互勾结,中国北方的民主革命处于低潮。同时,五四退潮后新文化战线发生分裂,思想界起了巨大分化,原来"同一战阵中的伙伴"不少产生理念分歧,流散各处,而彼时北京的文化界和教育界又涌起一股妄图将青年重新拉回故纸堆的复古思潮。面对这些社会的变故和强大的统治势力,鲁迅不免孤寂、彷徨,时而感到一种"成了游勇,布不成阵"的苦闷,但他没有丧失勇气和信心,一方面急切地找寻生力军,另一方面孤军奋战,坚忍地进行反帝反封建的斗争。《秋夜》正是作者在这种思想情感下所创作的散文诗。

鲁迅采用象征手法构筑极具时代特点的意象世界,将自己在秋夜室内屋外的所见所闻所感融为一体,使秋夜的真实景象和自己丰富的联想交织在一起。鲁迅将秋夜后园中不同景物人格化,代表不同类型的社会人物:"奇怪而高"的天空象征着当时压迫和摧残进步力量的反动势力,在寒冷夜气中期盼"春的到来"的小粉红花象征着善良的底层弱者,耸立在后园的两株枣树,象征着与黑恶势力积极抗争的坚毅刚强的社会进步力量。其中枣树是作者花费大量笔墨着力刻画的核心意象。他饱经沧桑却依旧坚韧不拔,面对黑暗势力,"他都一意要制他的死命,不管他各式各样地映着许多蛊惑的眼睛",毫不畏惧。他在寒流肆虐中保持着冷静清醒的思索,他深刻体认小粉红花、落叶等底层弱者的梦境,他知道前途之光明,也知道道路之曲折。因而,他并不沉溺于虚妄的幻想与空谈,不受反动势力任何蛊惑,始终直面现实的黑暗。正是有这样的傲然挺立、意志坚定、顽强不屈的战士,象征着反动势力的天空"不安了,仿佛想离开人间,避开枣树","月亮也窘得发白",只得"暗暗躲到东边去了"。作者在枣树这一意象中寄寓了自己对革命斗争情势的清醒认知,以及反抗绝望的韧性战斗精神,其间流露出因革命声浪处于低潮、缺少同路战友的苦闷孤独。通过对这些景物的含蓄描绘,鲁迅表达了对社会现实的深刻思索,对黑暗势力的抗争和愤怒,也表达了自己与恶势力作韧性战斗的意志。

《秋夜》在语言运用上也较适应象征主义手法的需要。为了使语言更加符合人格化了的自然景物的特征,鲁迅特意选择许多动静结合、有声有色的语言,使得阅读效果更为立体多元。以"哇的一声,夜游的恶鸟飞过了"一句为界,全诗上下可分为"室外""室内"两个场景。前文的室外之景以系列萧瑟惨淡的意象勾勒幽深晦暗的秋叶图景,整体奠定了阴冷幽静的氛围基调,在整片静默中鲁迅着重点出了种种涌动的潜流:夜空映着冷眼嘴角冷笑、粉色小花瑟缩着做梦、枣树枝桠如铁般直刺天空、月亮窘得发白……动静结合,使得诗歌叙事节奏熨帖自然,使读者更直观感受到阴冷肃杀的时代幕布下的波涛汹涌—反动势力的压迫与窘境、革命者的战斗与苦闷、知识分子的挣扎与希冀,简练明快的语言中包含着深远的意蕴。随着恶鸟一声鸣叫,寂静的夜景被打破,视点切换到诗人所处的室内场景,诗歌后半部分的语言转向书写"我"此时颤动的思绪与感受:"我"嘴里的笑声带动四周空气,象征着英雄的小青虫不停撞向窗纸,猩红色的栀子窗花勾起"我"苦闷中的希望,"我"继续在绝望之中思索出路……随着语言风格的切换,诗人主题情感色彩也不断变化,更为全面丰富地呈现了寒流肆虐中孤独、彷徨但革命理想坚定的思考者形象。整体而言,诗歌语言细腻精准,结构严谨,饱含哲思,为象征散文诗民族化的创造提供一种全新的风范。

《秋夜》是一篇寓意深刻、语言优美的散文诗,是鲁迅自己的人格、精神和战斗豪情的诗意写照,是"鲁迅散文诗召唤力的最好说明"(李欧梵《铁屋中的呐喊》语)。它通篇采用象征手法,通过各种鲜明的意象来表现主题,构成幽深奇幻的意境,充满反抗绝望的诗情画意,具有深刻的社会内容和思想意义,是《野草》的精神序曲。它语言含蓄凝练,富有诗意,奠定了《野草》的艺术风格。

(黄仁志导读)

【延伸阅读文献】

1. 孙玉石:《〈野草〉研究》,北京大学出版社2002年版。
2. 张洁宇:《独醒者与他的灯——鲁迅〈野草〉细读与研究》,北京大学出版社2013年版。
3. 文贵良:《从"枣树语句"说起——〈秋夜〉的白话诗学》,《鲁迅研究月刊》2020年第8期。

山里的小诗[①]

冯雪峰

鸟儿出山去的时候,
我以一片花瓣放在它嘴里,
告诉那住在谷口的女郎,
说山里的花已开了。

寄托情思的灵性小诗

  五四时期,随着社会模式的转变以及西学浪潮的渐入,人们的生活方式、思维方式和情感体验也发生翻天覆地的变化,人的个性意识逐渐觉醒。如何用诗歌来抒写表达现代化的日常生活和情感体验,成为诗人们共同关注的问题。受五四个性解放时代气息的吹拂,应修人、汪静之、潘漠华、冯雪峰这四位年轻的新诗创作者于1922年4月在杭州结社,名曰"湖畔"。他们满怀创作热情,书写真挚的个性情爱,描绘自然的生活画卷,反对封建礼教和旧道德,怀着对未来的执着向往,歌咏崭新的生命体验,以灵动温婉的笔触把握五四时期追求个体心灵自由的时代脉搏。冯雪峰的这首《山里的小诗》便是"湖畔"情诗的代表之作。

  鸿雁传书,自古便是文学作品中常见的寄寓相思情愫的美丽想象。"鸟儿""花瓣"在中国古典诗歌中便时常被化用为象征两性之爱的意象,如"蓬山此去无多路,青鸟殷勤为探看""去年今日此门中,人面桃花相映红"等。冯雪峰的这首诗也托鸟儿将象征着爱情和春天的花瓣捎给谷口的女郎,花瓣居然由"我"亲手放到鸟儿嘴里,诗人的想象力超越现实世界的时空秩序,寥寥几句勾勒出温馨芬芳的相思图景,整首诗氤氲着一种浪漫主义的气息,带有五四时期青年向往新生活的希冀以及歌咏爱情的稚气,显得天真活泼、清新可爱。"恋爱"也并非这首山间小诗的唯一价值取向,冯诗体现了五四的思想解放潮流,表现了五四文学的时代主题。花鸟传情的灵动诗句在某种程度上更是五四青年谋求心灵自由、个性解放的心曲,歌唱自己的爱情,又具有参与历史创造的意义,这也与"湖畔"诗人早期创作旨趣相契合。

  此外,值得一提的是"小诗"这种形式。所谓"小诗",便是用短小的形式和凝

[①] 选自冯雪峰:《冯雪峰全集》(第1卷),人民文学出版社2016年版,第36页。

炼含蓄的语言抒发诗人特定时分的感受情思，注重碎片化记述之外的情致哲思。1921年周作人翻译、介绍了日本的短歌和俳句，后来泰戈尔的《飞鸟集》进一步推动中国现代小诗的生成与建构，五四时期新诗创作中出现一股"小诗热"。这首《山里的小诗》便是在这股文学浪潮影响下创作的。短短四句，像是用白话写就的绝句，情深意长，韵味无穷。山里，交代两人所处的空间；春天，点明男女相思萌动的时间，但实际上这首诗却是超越了时空。"我"托鸟传花，寄寓相思，无限的情思超越有限的空间与短暂的时间，拓展开更悠长的意蕴。诗歌描写远离尘嚣的山谷中的纯洁爱恋，全诗却不言及一个情字，只写"我"请鸟儿传递相思这一行为。"我"所传达的也只有一句委婉浪漫的信息："山里的花开了"，简短结尾，留下空白，给予读者充分的想象空间。"我"和"女郎"，何时得以相见？两人分别在"山谷"与"山口"，是否有种种现实性障碍阻止两人相会？"山里的花开了"，这一句究竟意味着什么？此句是对女郎发出入山赏花的委婉邀请，还是"劝君惜取少年时"的积极示爱？这无限曼妙的情思，含而不露，意境悠远。

  这首湖畔小诗用一片小巧纯洁的花瓣让鸟儿带往谷口的女郎以寄托情思，以清新明净的笔触展现了青春恋情的原初之美，呼应五四时期追求个性解放、突破传统礼教束缚的时代潮流，充分展现小诗这一文体含蓄精悍的审美效果，境界独特、意味深长，富有韵外之致。

（黄仁志导读）

【延伸阅读文献】

1. 贺圣谟：《论湖畔诗社》，杭州大学出版社1998年版。
2. 罗振亚：《日本俳句与中国"小诗"的生成》，《中国社会科学》2010年第1期。

春水·七十[①]

冰 心

玫瑰花的浓红
在我眼前照耀
伸手摘将下来
她却萎谢在我的襟上
我的心低低的安慰我说
"你隔绝了她和'自然'的连结
这浓红便归尘土
青年人!
留意你枯燥的灵魂"

重塑青春生命

  《春水·七十》选自冰心的第二部小诗诗集《春水》。1922年3月至6月,冰心在北京的《晨报副镌》上陆续刊载小诗,1923年5月结集出版《繁星》之后的另一部小诗体诗集《春水》。《春水》与《繁星》都是冰心在特定的时代背景之下汲取异域先进文明的写作成果,也是诗人转向自我表达的体现。小诗诗体的自由轻快充分解放了传统诗歌形式上的束缚,在当时迅速流传开来,被茅盾称为是"繁星体""春水体"。

  "爱的哲学"是引导冰心诗歌创作的艺术观念,母爱、儿童之爱与自然之爱是《春水》的三大主题,构筑了冰心"真善美"的诗歌底色。《春水·七十》这首诗表达的是正是诗人对自然生命的尊重与热爱。诗人把"玫瑰花"放置在不同环境中,呈现出不同的生命状态:玫瑰花在自然界中,顺应着生命的大自在而自由成长时,花朵呈现出"浓红"的生机与美好;但如果被摘将下来放置在胸口时,花朵"却萎谢"。这两种状态的对比在冰心看来,是因为"隔绝了和自然的连结"。冰心自幼熟读古典诗词,受到中国传统文化观念中"自然"观的影响,让万物回归"自然"状态,恢复到原始的运转中,这是冰心诗歌所呈现出来的审美理想,也是她认为的万

[①] 选自冰心:《繁星·春水》,人民文学出版社1998年版,第36页。

物生生不息、蓬勃生长的源头，正如她在《繁星·十四》中所说的"我们都是自然的婴儿/卧在宇宙的摇篮里"。这份对大自然的尊重与热爱使冰心能够从名利的束缚中解脱出来，看到人性因为过度追求而丧失自然性，她由此告诫青年人要产生警惕："留意你枯燥的灵魂"，正如诗人在《春水·十四》中所说的"自然唤着说：将你的笔尖儿浸在我的海里罢！/人类的心怀太枯燥了"。在这首诗中，诗人提及"青年人"时使用了感叹号，强调青年人要像大自然一样拥有蓬勃的生机，警惕枯燥的灵魂。《繁星》《春水》中大量使用感叹号，体现了诗人情感的浓烈。彼时的冰心只是个20岁出头的女子，她的很多诗作都与青年人有关，比如《春水·三》《春水·三十六》《繁星·一三七》《繁星·一六》等，这是年轻的诗人对自己的提醒，也是诗人社会责任感的体现。自1917年中国爆发改变历史的新文化运动以来，早期新诗革命作为其中重要的组成部分和先锋，迎来一次空前的诗学嬗变。在这个特殊的历史语境下，中国的新青年们对文学革命作出热烈的响应，他们努力汲取来自异域的新鲜思想与文化，表达心声、彰显个性。他们一边打量着外部的世界，扩展认知，一边反观内心，深入探索自我。冰心作为其中的一员，也在新文化运动的感召下表达对世界的新感知，思考青年人在社会中的使命，这也正是这首诗的题中之义。

（许陈颖导读）

【延伸阅读文献】

1. ［日］中里见敬：《冰心手稿藏身日本九州大学——〈春水〉手稿、周作人、滨一卫及其他》，《中国现代文学研究丛刊》2017年第6期。
2. 王炳根：《冰心年谱长编》，上海交通大学出版社2019年版。

繁星·一一六[①]

冰 心

海波不住的问着岩石，
岩石永久沉默着不曾回答；
然而它这沉默，
已经过百千万回的思索。

刚与柔之间的沉默力量

《繁星·一一六》这首小诗出自冰心先生的诗集《繁星》。冰心的诗集《繁星》《春水》是早期新诗中小诗的代表作，对五四之后中国小诗创作影响深远，至今仍作为中小学语文课外读物而被推荐阅读。《繁星》是冰心的第一部诗集，以序号代替标题。她在西方现代思潮的影响下，汲取日本小诗、泰戈尔诗集《迷途之鸟》等作品的营养，对日常的感悟进行表达与创作，1922年结集出版为《繁星》，共收录诗人1919年至1921年间所写的164首小诗，为当时的五四的诗坛带来一股清新之气，颇受赞誉。

《繁星·一一六》以海洋为题材。在冰心的小诗世界中，不仅有对爱的温柔呼唤，也有对文学艺术的反思，还包括对自然万物的深情观照等，其中大海是她抒写的重要对象。诗人的故乡是福建长乐，一个被海风吹拂的城市，大海的气息刻入诗人最初的生命记忆里。冰心三岁时举家随父亲迁往烟台，终日面朝大海，因此大海成为诗人灵感的源泉，也成为冰心作品中习见的题材与意象。在《繁星·一一六》中，诗人是以沉思的面貌去体认大海与社会，以小见大，以单纯见丰富。"海浪"象征着人类思想在升华过程中需要面对的磨练而产生的各种疑惑；"岩石"的"沉默"或可以象征着人类思想、智慧的特质。需要注意的是，诗人在许多地方喜欢使用"沉默"或"默默"，她在《繁星》中是这样解释的："我的朋友/为什么说我'默默'呢/世间原有些作为/超乎语言文学以外。"（《繁星·一七》）在诗人看来，"沉默"比语言更具力量，更显智慧，甚至包含着"经历了千百次的思索"。这首诗的意象所提示的审美内蕴是丰富和多义的，这种多义并非模糊不清，而是指向审美经验的完整

[①] 选自冰心：《繁星·春水》，人民文学出版社1998年版，第75页。

性。换言之,"海波""岩石"这些物象割裂开放置是无法产生如上意义的,只有这四句作为整体出现时,内在的意蕴才开始得以显现,沉默的岩石具备一个智者的品质特征。与《繁星·一一六》相似的是《春水·一一二》:浪花愈大/凝立的磐石/在沉默的持守里/快乐也愈大了。这首诗也使用"海浪""沉默的岩石"等意象,但却构成另一个具有哲思意义的整体意象。"沉默的持守"提示的是一种坚强意志的品质特征。这些小诗虽然精悍短小,但诗人沿着言语的路径所呈现的整体意象,却可以传达出各种细微的感觉经验,使她的小诗具有突出的哲思品格,赋予早期新诗某种独特的质地。

当然,以这首诗歌为代表的小诗写法在当时也受到一定的质疑。成仿吾把冰心的诗称为是"哲理诗",并在1923年5月13日的《创造周报》中认为"冰心亦不过善于把一些高尚的抽象的文字集拢来罢了"。即使是诗人自己,也曾在1923年写的《中国新诗的将来》中有所反思:"为做这篇论文,又取出《繁星》和《春水》来,看了一遍,觉得里面格言式的句式太多,无聊的更是不少,可称为诗的,几乎没有!"但无论如何,冰心的小诗通过整体意象展示给读者的是诗人审美经验所编织的世界,有力推动着中国小诗诗体的最终形成和确立。

(许陈颖导读)

【延伸阅读文献】

1. 王炳根:《玫瑰的盛开与凋谢:冰心吴文藻合传》,福建教育出版社2017年版。
2. 王炳根:《冰心年谱长编》,上海交通大学出版社2019年版。

蛇①

冯 至

我的寂寞是一条长蛇,
冰冷地没有言语——
姑娘,你万一梦到它时,
千万啊,莫要悚惧!

它是我忠诚的侣伴,
心里害着热烈的乡思:
它在想着那茂密的草原,——
你头上的,浓郁的乌丝。

它月光一般轻轻地,
从你那儿潜潜走过;
为我把你的梦境衔了来,
像一只绯红的花朵!

寂寞情思　时代焦虑

　　冯至在 1920 年代以其幽婉的浪漫主义抒情诗作蜚声诗坛,鲁迅称他为"中国最杰出的抒情诗人"。冯至的代表作《蛇》,以其深邃的意象和独特的情感表达,展现了诗人对情欲的渴望、生命的孤独体验以及对时代的焦虑反思。通过精细的描绘和巧妙的比喻,冯至将内心的寂寞与蛇的生理特性相结合,构建了一个充满神秘和浪漫色彩的抒情世界。

　　诗人以蛇喻情,将自己的寂寞比作一条静静蜷伏在草丛中的长蛇,它表面漠然冰冷,内心却万种柔情。这首诗细腻地描写了一个青年男子在远方对家乡心爱姑娘的深深思念。全诗分为三节,第一节将自己痛苦寂寞又略带羞怯的相思之情比作长蛇,爬入心上人的梦境,并以安慰的口味告诉心爱女子不必害怕,极写自己对孤苦

---

① 选自冯至:《冯至诗选》,四川人民出版社 1980 年版,第 21 页。

的难耐以及对爱情的渴望。第二节写"蛇"的相思,取"蛇"栖息草丛的生活习惯,在想象中向恋人倾诉衷肠。诗的最后一节写"蛇"从女子的梦中归来,并带回了"绯红色的"梦境。全诗构筑了梦中梦的结构,"我"在梦中将寂寞思念化形为"蛇"潜入你的梦乡,把"你"的梦境衔来,最终得到的仍是寂寞,与篇首的"寂寞"巧妙照应。"寂寞"可以说是诗歌的题眼所在。

另外,诗歌也抒发了诗人生命的孤独体验,揭示了潜藏在人类生命当中的深沉欲望。在冯至的诗歌中,蛇不仅是情欲的象征,更是诗人孤独生命的写照。诗人通过描绘蛇心中"热烈的乡思",以及对"茂密的草原"的向往,表达自己对温厚亲密的社会关系的渴望。冯至以智性内敛的语言探索人类孤独寂寞的生存体验。如他自己所说,"没有一个诗人的生活不是孤独的,没有一个诗人的面前不是寂寞的"(冯至《好花开放在最寂寞的园里》)。在冯至看来,孤独尽管具有神秘和恐怖的色彩,却也是人类自身"忠诚的伴侣",这首诗中,它化形为蛇,承载着诗人最原始本真的情感欲望,成为诗人感知世界、探知他者梦境的路径,揭示自己最终只得孑然一身的孤寂境遇。

诗中的落寞情思与孤独体验也体现诗人对时代的焦虑反思。作为一个经历五四时代浪潮洗礼的知识分子,诗人秉持着改造社会的美好理想以及突破封建礼教束缚的个性追求,然而军阀混战的政治局面以及文人阵营的分崩离析,使得新文化运动陷入低谷期,诗人追求个性自由的热烈愿望和黑暗混乱的社会现实相矛盾,进而萌发出一种不满苦痛沉闷社会现实、渴求亲密社会关系以及追求全新理想社会图景的时代焦虑,这种情绪也渗透到此诗中。蛇的"冰冷"与"没有言语",不仅反映了诗人个人的孤独和寂寞,也隐喻了那个时代人们的普遍情感状态。在动荡不安的社会环境中,人们往往感到无所适从、无法言说,这种情感状态与蛇的生理特性有着惊人的相似性。同时,诗人通过蛇对草原的向往,表达了对美好生活的渴望和对社会现状的不满。在那个充满变革和不确定性的时代,人们渴望找到一片属于自己的草原,过上安宁而幸福的生活。然而,现实却往往与理想背道而驰,诗人将欲念化蛇探梦归来仍是幻梦。诗人竭力平复自己的焦虑情绪,却依然郁结于心,只余落寞情思。

从诗歌语言形式特点来看,冯至的《蛇》一诗语言简练而富有张力,形式自由而又不失规整。诗人通过对蛇的细腻描绘和巧妙比喻,构建了充满神秘和浪漫色彩的抒情世界。同时,诗歌的节奏感和音韵美也给人留下深刻印象,整体音节柔缓,每节四行,第二、四行押脚韵,并且每节换韵,以求诗歌形式获得强烈而富于变化的多层次美感。此外。诗歌中多重人称代词的交替转换变位——"我""你""它""姑娘""蛇"在简短篇幅内灵活切换,为表现现代个体生命情感体验的复杂性与丰富性提供语言空间,使得整首诗在情感表达上更加深邃和动人。

综上所述,冯至的《蛇》一诗以其深邃的意象和独特的情感表达,展现了诗人对情欲的渴望、生命的孤独体验以及对时代的焦虑反思。通过对蛇的描绘和比喻,诗人巧妙地传达了自己内心的复杂情感和对时代的独特思考。这首诗不仅具有很高的艺术价值,也为我们了解冯至及其所处的时代提供重要的参考。

(黄仁志导读)

【延伸阅读文献】

1. 陆耀东:《冯至传》,北京十月文艺出版社 2003 年版。
2. 张辉:《冯至:未完成的自我》,文津出版社 2005 年版。
3. 何雪凝:《冯至诗歌中蛇的思想谱系探析》,《中国文学研究》2017 年第 4 期。

我是一条小河[①]

冯　至

我是一条小河,
我无心从你的身边绕过,
你无心把你彩霞般的影儿
投入了河水的柔波。

我流过一座森林,
柔波便荡荡地
把那些碧翠的叶影儿
裁剪成你的衣裳。

我流过一座花丛,
柔波便粼粼地
把那些彩色的花影儿
编织成你的花冠。

最后我终于
流入无情的大海,
海上的风又厉,浪又狂,
吹折了花冠,击碎了衣裳!

我也随着海潮漂漾,
漂漾到无边的地方;
你那彩霞般的影儿
也和幻散了的彩霞一样!

[①] 选自冯至:《冯至诗选》,四川人民出版社1980年版,第17—18页。

融情入景　哀而不伤

五四时期，书写现代爱情的新诗步入初步繁荣，激情高扬的爱情赞歌迭出。而当新文化运动退热后，随着改造社会的理想陷入低潮以及新文化阵营的分化，知识分子沉闷伤感的思绪开始在作品中蔓延。冯至1925年所作的《我是一条小河》，正是那个时代思想文化氛围的写照。

诗人撷取"小河"和"彩霞般的影儿"两个意象，以河水经过森林、花丛并最终汇入大海的过程为抒情线索，表现青年男女的爱恋与离别。诗的感情推进取迂曲之势，格调幽婉，形成三个层面。首节为第一个层面。在首节中诗人将"我"比作一条小河，将相爱的女子比作河中美好景色的投影，两相胶合，缓缓前进。诗人借着"小河"与"影儿"之间的自然联系喻指青年男女间两心相印，所取意象清丽幽婉，生动表达了两性之间真挚纯洁的邂逅与爱恋。

诗歌第二、三节为第二个层面。诗人用两节工整对称的诗直写主人公的浪漫柔情：小河流过森林，便将碧翠的叶影裁剪成裙裳；柔波淌过花丛，就把凄艳的花影编织成花冠。不管在任何时空，"我"一心惦念着将所见的美好事物赠予心上人。此时相较于前文，两人情感明显进一步加深，优美浪漫的情感氛围也被渲染到高潮。诗的第三个层面即全诗末尾两节，诗人笔调突转，两人爱情遭受挫折：主人公自身无法超脱自然规律与现实束缚只得流入大海，先前爱意织就的"裙裳""花冠"被海上的狂风骇浪破坏，甜美的爱情也只能化作幻影，但最后仍然留下了彩霞般的美好印记。

《我是一条小河》整体呈现一曲男女爱情悲歌，其间蕴藏着诗人对社会现实、个体命运的哲思，于沉郁中亦可见希冀。诗中"小河"与"影儿"的情感历程自然是作者经由自然景物而抒写的男女情爱之思，同时也与诗人所处的1920年代中国社会文化环境相映照。五四时期高扬的改造社会、启蒙大众的理想风帆暂时搁浅，一众知识分子于风雨飘摇之际苦求救亡道路而不得，诗人身处其间对个人与社会的前路也感到些许迷茫，种种残存的旧礼教也束缚着个体情爱的发展。诗歌也展现出冯至对于人类命运的哲思，个体恰如"小河"，在自然规律与时代等不可抗力因素面前被裹挟前进。但诗人的思考并未倾向消沉虚无，认为人即使无法摆脱客观环境的制约但仍然可保留人类情感所萌发的片刻温存，混乱之际也依然保有"彩霞般的"念想。

在语言形式上，诗歌自由而又有所规范。诗歌整体间用对偶与复沓，格式表达自然、优雅，渲染浪漫氛围的第二、三两节工整对仗，书写情感挫折的第四、五节在同处使用破折号与感叹号，使得诗歌整体生发出灵动和谐的音乐美。此外，诗歌的用词也极为讲究。诗人注意运用语言的感情色彩来烘托一种特定的、浓郁的氛围。

首节两个"无心"对照,小河"无心"绕过,姑娘也是"无心"投影于柔波。情不知所起,一往而深,此处两者"无心"更巧妙勾勒出青年男女自然真挚的命定之缘。结尾两个"彩霞"重复,小河与投影即使被迫分离,甜蜜的美梦即使散落依然留下美丽的回响,表明诗人伤心之际仍对理想心存希望。诗人也巧用迭字,形容水波"软软的""荡荡地""粼粼地",写出主人公的似水柔情,营造澄明温婉的意境,同时与最后狂风巨浪的挫折形成鲜明对比,酝酿出一种灵动明快又具有悲剧色彩的情韵。

全诗借景抒情,哀而不伤,形散神聚,用词讲究,轻灵婉转地抒写了诗人对自然、对爱情、对人生、对社会现实的独特感受,使这首短短的小诗成为中国现代抒情诗歌的经典之作。

(黄仁志导读)

【延伸阅读文献】

1. 冯姚平:《冯至与他的世界》,河北教育出版社 2003 年版。
2. 陆耀东:《冯至传》,北京十月文艺出版社 2003 年版。
3. 张枣:《传统与实验:卞之琳和冯至的客观化技巧》(亚思明译),《文艺研究》2019 年第 7 期。

偶　　然①

徐志摩

我是天空里的一片云，
偶尔投影在你的波心——
　　你不必讶异，
　　更无须欢喜——
在转瞬间消灭了踪影。

你我相逢在黑夜的海上，
你有你的，我有我的，方向；
　　你记得也好，
　　最好你忘掉，
在这交会时互放的光亮！

偶然的永恒

　　这首诗作于 1926 年 5 月中旬，乃是诗人徐志摩偶遇林徽因于伦敦时所写，最初于 1926 年 5 月 27 日发表在《晨报副镌·诗镌》第 9 期，收入诗集《翡冷翠的一夜》。后来，这首诗成为徐志摩和陆小曼合写剧本《卞昆冈》第五幕中的歌词，还被多次改变成流行歌曲，传唱至今。

　　《偶然》一诗没有直白的抒情，全诗两节描绘了一明一暗两幅画面：晴日里，流云投影于大海的波心；黑夜中，两只船儿相逢于海上。前段作者使用"云""水"两个意象，一主一客，但是两者都不是一成不变的，烘托出荡漾迷离的情愫。后段两人都是水上的船，主客之势变成平等的对驶。诗人创造了极大的审美空间。诗歌多是对画面的勾勒，没有直接抒情，却创造出了引人遐想的复杂情感，也留下一丝对人生的思考。

　　这首诗的形式构建也十分精妙。全诗大致采用 aabba 的押韵模式，第一段是押宽韵；除了第二段一二行为四音步和五音步节奏模式，其他都是三音步节奏模式。诗

---

① 选自徐志摩：《徐志摩全集》（诗歌卷），浙江人民出版社 2015 年版，第 126 页。

歌节奏稳定，在第二段开头迎来情感高潮，最后回归三音步节奏，平静收束。虽然诗歌以三音步节奏为主，但是节奏时值却有变化，第一段有三处四音节的音组，在第二段第二句出现22222的节奏模式，达到最快，最后一行又出现舒缓的五音节音组，由慢到快，再转慢。可见诗人表面节制，但是内含深刻的情感波动。"你有你的，我有我的，方向"10个字中有6个是几乎连续的三声调。三声调为音调中最不易发声的，会形成气息阻滞之感，再配上五音步的短促节奏，发音的艰难烘托出两人注定分离的痛苦，能够引发读者多种感官的情感体验。而且一般的语言习惯是"你有你的方向，我有我的方向"，徐志摩让不同主语的两个动词，合用一个受词。虽然中文里是罕见的，但让诗歌语言更简洁，而且产生了交错延宕的节奏感。"你记得也好，/最好你忘掉，/在这交会时互放的光亮！"这三句话也是用了同样的语法处理方式，和前文节奏形成呼应，情感也更余味悠长。"在这交会时互放的光亮"10个字里有6个是嘹亮的去声字，第二段的韵脚"上""向""掉""亮"又都是去声。去声是全降调，音调高亮而短促，情感饱满决绝。无论是对方记得还是放下，诗人都将铭记这"交会时互放的光亮"。

林徽因之子梁从诫在《悠忽人间四月天——回忆我的母亲林徽因》中说道："徐志摩那首著名的诗歌《偶遇》是写给母亲林徽因的。"虽说诗人可能是应为爱情有感而发，但是这首诗，却可以引发读者的广泛共鸣和联想，让人思考不仅人与人之间，还有人与理想，人与情感等之间都存在着"偶然"。偶然的相遇，转瞬即逝的美好，是一种遗憾的美，最是能引起读者的共鸣，诗人让瞬间的存在变成了值得铭记的永恒。诗人敏锐地捕捉到了自己人生中独特的情感体验，并且以恰当的艺术语言将它升华。

（王璐导读）

【延伸阅读文献】

1. 谢冕主编：《徐志摩名作欣赏》，中国和平出版社2001年版。
2. 陆红颖：《不是无端悲怨深——徐志摩、林徽因情诗发微》，《文学评论》2009年第4期。

康桥再会罢(节选)[①]

徐志摩

康桥,再会罢;
我心头盛满了别离的情绪,
你是我难得的知己,我当年
辞别家乡父母,登太平洋去,
(算来一秋二秋,已过了四度
春秋,浪迹在海外,美土欧洲)
扶桑风色,檀香山芭蕉况味,
平波大海,开拓我心胸神意,
如今都变了梦里的山河,
渺茫明灭,在我灵府的底里;
我母亲临别的泪痕,她弱手
向波轮远去送爱儿的巾色,
海风咸味,海鸟依恋的雅意,
尽是我记忆的珍藏,我每次
摩按,总不免心酸泪落,便想
理箧归家,重向母怀中匐伏,
回复我天伦挚爱的幸福;
我每想人生多少跋涉劳苦,
多少牺牲,都只是枉费无补,
我四载奔波,称名求学,毕竟
在知识道上,采得几茎花草,
在真理山中,爬上几个峰腰,
钧天妙乐,曾否闻得,彩红色,
可仍记得?——但我如何能回答?
我但自喜楼高车快的文明,
不曾将我的心灵污抹,今日
我对此古风古色,桥影藻密,
依然能坦胸相见,惺惺惜别。

康桥,再会罢!

[①] 选自徐志摩:《徐志摩全集》(诗歌卷),浙江人民出版社2015年版,第108—112页。

你我相知虽迟，然这一年中
我心灵革命的怒潮，尽冲泻
在你妩媚河身的两岸，此后
清风明月夜，当照见我情热
狂溢的旧痕，尚留草底桥边，
明年燕子归来，当记我幽叹
音节，歌吟声息，缦烂的云纹
霞彩，应反映我的思想情感，
此日撒向天空的恋意诗心，
赞颂穆静腾辉的晚景，清晨
富丽的温柔；听！那和缓的钟声
解释了新秋凉绪，旅人别意，
我精魂腾跃，满想化入音波，
震天彻地，弥盖我爱的康桥，
如慈母之于睡儿，缓抱软吻；
康桥！汝永为我精神依恋之乡！
此去身虽万里，梦魂必常绕
汝左右，任地中海疾风东指，
我亦必纤道西回，瞻望颜色；
归家后我母若问海外交好，
我必首数康桥；在温清冬夜
蜡梅前，再细辨此日相与况味；
设如我星明有福，素愿竟酬，
则来春花香时节，当复西航，
重来此地，再捡起诗针诗线，
绣我理想生命的鲜花，实现
年来梦境缠绵的销魂踪迹，
散香柔韵节，增媚河上风流；
故我别意虽深，我愿望亦密，
昨宵明月照林，我已向倾吐
心胸的蕴积，今晨雨色凄清，
小鸟无欢，难道也为是怅别
情深，累藤长草茂，涕泪交零！

难忘康桥

这首诗写于 1922 年 8 月 10 日，诗人徐志摩即将离开英国回国，就在回国前夕，他写下了这首《康桥再会罢》。1923 年 3 月 12 日在上海《时事新报》副刊《学灯》发表，因格式排错，同年同月 25 日重排发表，署名徐志摩；初收入 1925 年 8 月中华书局版《志摩的诗》，再版时被删。

在这首诗里，诗人表现了对康桥难舍难分的依恋之情。此诗融汇传统诗歌表达。诗中古典的意象不时出现，诗人笔下的康桥尽显自然古朴。诗人虽然生活在现代都市里，却始终保持对古典和浪漫精神的追求，"我但自喜楼高车快的文明，/不曾将我的心灵污抹，今日／我对此古风古色，桥影藻密，／依然能坦胸相见，惺惺惜别。"康桥是诗人的精神故乡。正如徐志摩曾说："我的眼是康桥教我睁的，我的求知欲是康桥给我拨动的，我的自我意识是康桥给我胚胎的。"（徐志摩《吸烟与文化》）

然而这首诗歌从篇幅、句长、节奏押韵模式上形成区别于传统的现代诗歌风格。对比同时期的诗歌，这首诗篇幅较长，共有 112 行。诗歌采用独白的叙事抒情方式，以对康桥的呼唤语组织篇章结构，引领段落的同时贯穿在诗行间。诗歌用语词汇多处对仗，但不是严格的词性意义等的对仗，如"清风明月夜，当照见我情热/狂溢的旧痕，尚留草底桥边"，主要按根据诗意表达需要灵活使用，形成语法句意的大致对称，甚至镜像对称。诗人充分运用跨句分行使诗句长短基本一致，具有一种整齐美，但有时分行显得刻意，"不昧的明星；赖你和悦宁静／的环境，和圣洁欢乐的光阴，／我心我智，方始经爬梳洗涤"，读起来语义和语气不能连贯。诗歌虽整齐，但是全诗诗行平均为 13 个字，有别于常见的五七言格律诗；在跨句分行和标点的辅助之下，节奏停顿更多变，如诗句"小鸟无欢，难道也为是怅别／情深，累藤长草茂，涕泪交零！"诗歌还打破了传统的节奏定式，也没有统一押韵，韵律的稳定感减弱，这难免减弱阅读时的期待满足，需要诗人探索更加符合现代白话的韵律感。

《康桥再会罢》是徐志摩一篇较为重要的早期诗作。诗歌情感喷薄，细节铺陈，意象繁复。诗人是凭借着情感冲动写诗，正如他回忆早期的创作风格时说："我是一只不羁的野驹，我往往纵容想象的猖狂。"（《徐志摩全集》）陈梦家在《纪念徐志摩》中也曾指出，徐志摩前期的诗歌是有火气的，后期才抹去这种火气。1928 年诗人重回康桥，离开时又写了一首《再别康桥》，此诗被后世奉为经典。我们将《康桥再会罢》和《再别康桥》两者对比，可见诗人诗歌观念的转变，有利于回溯新诗成长的路径。《康桥再会罢》浓缩了年轻的徐志摩早期强烈的情感表达特色，也代表了五四时期尚在构建阶段的新诗将传统融汇创新的一种有意义的尝试。

（王璐导读）

【延伸阅读文献】

1. 韩石山：《徐志摩传》，北京十月文艺出版社 2001 年版。
2. 缪惠莲、张强：《徐志摩诗歌音乐性构成的显性与隐性因素》，《江汉学术》2020 年第 2 期。

太阳吟[①]

闻一多

太阳啊,刺得我心痛的太阳!
又逼走了游子底一出还乡梦,
又加他十二个时辰底九曲回肠!

太阳啊,火一样烧着的太阳!
烘干了小草尖头底露水,
可烘得干游子底冷泪盈眶?

太阳啊,六龙骖驾的太阳!
省得我受这一天天底缓刑,
就把五年当一天跑完那又何妨?

太阳啊——神速的金乌——太阳!
让我骑着你每日绕行地球一周,
也便能天天望见一次家乡!

太阳啊,楼角新升的太阳!
不是刚从我们东方来的吗?
我的家乡此刻可都依然无恙?

太阳啊,我家乡来的太阳!
北京城里底官柳裹上一身秋了罢?
唉!我也憔悴的同深秋一样!

太阳啊,奔波不息的太阳!
——你也好像无家可归似的呢。
啊!你我的身世一样地不堪设想!

[①] 选自闻一多:《闻一多选集》(第1卷),四川文艺出版社1987年版,第57—59页。

太阳啊，自强不息的太阳！
大宇宙许就是你的家乡罢。
可能指示我我底家乡底方向？

太阳啊，这不像我的山川，太阳！
这里的风云另带一般颜色，
这里鸟儿唱的调子格外凄凉。

太阳啊，生命之火底太阳！
但是谁不知你是球东半底情热，
同时又是球西半底智光？

太阳啊，也是我家乡底太阳！
此刻我回不了我往日的家乡，
便认你为家乡也还得失相偿。

太阳啊，慈光普照的太阳！
往后我看见你时，就当回家一次；
我的家乡不在地下乃在天上！

"游子"的独白

  《太阳吟》这首诗是闻一多在美国留学期间所作，时间大约是1922年9月。同他这一时期创作的《孤雁》《忆菊》《晴朝》等诗一样，表达了诗人强烈的爱国思乡之情。诗歌题咏的是太阳，实际歌唱的却是由太阳而联想到的祖国家乡，充分表现了他对故乡的殷切思念。

  诗歌以向太阳问话的方式展开，诗中出现"我"、"你"（太阳）、"他"（游子）三个形象。"我"是诗歌的抒情主人公，是诗中唯一的说话者。第一人称代词"我"的使用，便于诗人直抒胸臆。以"我"为抒情主体引领的句子自然显得亲切与平易近人，如"我家乡来的太阳！""我也憔悴的同深秋一样！""我的山川，太阳！"等诗句。

  诗中的第二人称代词"你"指向的是作为倾听者的太阳，"你"与"我"之间存在着一种宛如对话的关系。然而，这种对话始终没有建立起来。因为"你"是沉默者，是"我"的倾诉对象，"你"的存在只是为避免独语型诗歌的主观色彩和陷入说教。《太阳吟》中出现"你"的诗行有"让我骑着你每日绕行地球一周""太阳啊,奔波不息的太阳!/你也好像无家可归似的呢。/啊!你我的身世一样地不堪设想!""太阳啊,慈光普照的太阳/往后我看见你时,就当回家一次"等。可以看出,"你"(太阳)是作为抒情主人公发挥想象力,抒发诗情的凭依物而存在的。

诗中的第三人称代词"他"只在诗歌的第一节中出现一次——"太阳啊,刺得我心痛的太阳!/又逼走了游子底一出还乡梦,/又加他十二个时辰底九曲回肠!"诗句中的"他"代指的是游子,而游子是作为特殊的意象出现在诗歌中,它是诗中的抒情主人公和隐藏在抒情主人公背后的诗人形象的角色化显现。因此,"游子"这一形象背后蕴含着三重意义:其一,是作为被关照的沉默者"他";其二,是诗歌中的说话者"我";其三,是身处异国他乡的诗人闻一多。《太阳吟》这首诗表面是在歌咏太阳,实际上是在表达游子的心境,是游子真挚的内心独白。

(李小歌导读)

【延伸阅读文献】

1. 陆耀东:《论闻一多爱国诗》,《武汉大学学报(社会科学版)》1984年第4期。

2. 黎风:《闻一多爱国诗歌的思想特色》,《人文杂志》1984年第4期。

3. 闻一多:《闻一多论新诗》,武汉大学出版社1985年版。

忘掉她①

闻一多

忘掉她,像一朵忘掉的花,——
　　那朝霞在花瓣上,
　　那花心的一缕香——
忘掉她,像一朵忘掉的花!

忘掉她,像一朵忘掉的花!
　　像春风里一出梦,
　　像梦里的一声钟,
忘掉她,像一朵忘掉的花!

忘掉她,像一朵忘掉的花!
　　听蟋蟀唱得多好,
　　看墓草长得多高;
忘掉她,像一朵忘掉的花!

忘掉她,像一朵忘掉的花!
　　她已经忘记了你,
　　她什么都记不起;
忘掉她,像一朵忘掉的花!

忘掉她,像一朵忘掉的花!
　　年华那朋友真好,
　　他明天就教你老;
忘掉她,像一朵忘掉的花!

忘掉她,像一朵忘掉的花!
　　如果是有人要问,
　　就说没有那个人;
忘掉她,像一朵忘掉的花!

---

① 选自闻一多:《闻一多选集》(第1卷),四川文艺出版社1987年版,第92—93页。

忘掉她，像一朵忘掉的花！
 像春风里一出梦，
  像梦里的一声钟，
忘掉她，像一朵忘掉的花！

中西诗艺的结晶

《忘掉她》是诗人闻一多1926年创作的一首现代诗。此诗是诗人在其长女闻立瑛不幸病逝后，怀着悲痛欲绝的心情写下的。闻一多的这首《忘掉她》与美国诗人莎拉·蒂斯代尔的诗歌 Let It Be Forgotten 有诸多相似之处，许多研究者认为闻一多的这首诗明显受到蒂斯代尔诗歌的影响，并且给出有力证据。很显然，《忘掉她》这首诗融合中西诗歌的艺术特点，是中西诗歌艺术结合的宁馨儿。

《忘掉她》这首诗一共七节，每节四行，共二十八行。其中，"忘掉她"这三个字重复出现十四次，表现出诗人在"想要忘掉"（理性上）与"无法忘记"（情感上）之间反复撕扯的精神痛苦。从诗的外形上看，这首诗的每一小节都大致相同。每节诗都是第一行和第四行有十个音节，第二行和第三行有七个音节，构成"长—短—短—长"的视觉节奏形式，诗歌后六节的诗形仿佛是对第一节诗诗形的复制。于规律中有参差，参差中见规律，诗歌在整体上呈现出视觉美感。从韵式上看，闻一多显然借鉴英语诗歌的押韵方法，在《忘掉她》这首诗中使用"抱韵"。所谓"抱韵"，即abba的押韵方式。例如，在诗歌第一节"忘掉她，像一朵忘掉的花，——/那朝霞在花瓣上，/那花心的一缕香——/忘掉她，像一朵忘掉的花！"中，第一行诗的结尾音节"花"与第四行诗的结尾音节"花"同韵，第二行诗的结尾音节"上"与第三行诗的结尾音节"香"押韵，构成abba的押韵方式。同理，剩下的七节诗也是用此方法来安排韵脚的。在声音节奏方面，整首诗的节奏大致可做如下划分，以诗歌的第二节为例："忘掉她，｜像一朵｜忘掉的｜花！／像｜春风里｜一出梦，／像｜梦里的｜一声钟，忘掉她，／／像一朵｜忘掉的｜花！"每节诗的第一行和第四行节奏类型相同，为四音顿停延节奏；第二行和第三行的节奏类型相同，为三音顿停延节奏。这样的节奏类型使得这首诗读起来既朗朗上口，又舒缓有致，便于表达诗人的情绪。

（李小歌导读）

【延伸阅读文献】

1. 刘烜：《论闻一多的新诗》，《北京大学学报（哲学社会科学版）》1979年第5期。

2. 陈义海：《闻一多的〈忘掉她〉与蒂斯黛尔的〈忘掉她〉》，《名作欣赏》2021年第34期。

也　　许①

闻一多

也许你真是哭得太累，
也许，也许你要睡一睡，
那么叫夜鹰不要咳嗽，
蛙不要号，蝙蝠不要飞。

不许阳光拨你的眼帘，
不许清风刷上你的眉，
无论谁都不能惊醒你，
撑一伞松荫庇护你睡。

也许你听这蚯蚓翻泥，
听这小草的根须吸水，
也许你听这般的音乐
比那咒骂的人声更美；

那么你先把眼皮闭紧，
我就让你睡，我让你睡，
我把黄土轻轻盖着你，
我叫纸钱儿缓缓的飞。

节制的抒情诗

　　《也许》这首诗是诗人借诗中抒情主人公"我"之口为"你"吟诵的一曲葬歌。面对终极的离别——死亡，诗人将内心的恐惧、不安、害怕等痛苦情绪全部压抑在心底，转而用平静的心态面对现实，用理性的文字抒发情感。作为一首新格律诗，《也许》很好地实践了闻一多"理性节制情感"的新格律诗主张，践行了他提出的

---

① 选自闻一多：《闻一多选集》（第1卷），四川文艺出版社1987年版，第90—91页。

"三美原则"诗歌理论。

《也许》这首诗共有四节，每节四行，每行九个音节，大致可以划分为四个音顿。例如，诗歌第一节的声音节奏可以划分为："也许｜你真是｜哭得｜太累，/也许，｜也许｜你要｜睡一睡，/那么｜叫夜鹰｜不要｜咳，/蛙｜不要号，｜蝙蝠｜不要飞。"可以发现，诗歌的音顿类型多样，既有单音节音顿、双音节音顿，还有三音节音顿。然而，每行诗的音节数相同，而且每行诗均可划分为四个音顿。因此，《也许》是一首以四音顿停延节奏为基本声音节奏形式的新格律诗。诗歌整体节奏和谐，具有音乐美。

建筑美指的是诗歌的形体美，是从诗歌外形上见出的视觉美感。《也许》这首诗每行都有九个音节，外形整饬。然而，为避免造成过度整齐的豆腐干体，闻一多用标点符号占位的方式调整诗歌的视觉节奏。如诗歌的第一节"也许你真是哭得太累，/也许，也许你要睡一睡，/那么叫夜鹰不要咳嗽，/蛙不要号，蝙蝠不要飞"，其中使用的逗号不仅具有停顿作用，还有占据空间位置的功能。逗号的运用使得这节诗不再是"方块诗"，而是具有参差对称美感的新的建筑形式。

绘画美主要与诗歌所用辞藻（主要是意象）的色调有关。诗中的夜鹰、蝙蝠显现为灰、黑色；蛙、细草、松荫的主色调为绿色；蚯蚓是红色；黄土、阳光为黄色；纸钱儿属于白色。可以看出，闻一多是设色的高手，他擅于运用不同颜色的意象来表现诗歌的绘画美。

（李小歌 导读）

【延伸阅读文献】

1. 何报琉：《〈也许〉的写作时间及其寓意质疑》，《中央民族学院学报》1988年第6期。

2. 山风：《闻一多〈也许〉发表的年代与思想》，《中国现代文学研究丛刊》1991年第1期。

3. 王泽龙、王雪松：《闻一多的诗歌节奏理论与实践》，《人文杂志》2010年第2期。

采莲曲[①]

朱 湘

　　小船呀轻飘，
杨柳呀风里颠摇；
　　荷叶呀翠盖，
荷花呀人样娇娆。
　　日落，
　　　微波，
金线闪动过小河。
　　左行，
　　　右撑，
莲舟上扬起歌声。

　　菡萏呀半开，
蜂蝶呀不许轻来；
　　绿水呀相伴，
清净呀不染尘埃。
　　溪间
　　　采莲，
水珠滑走过荷钱。
　　拍紧，
　　　拍轻，
桨声应答着歌声。

　　藕心呀丝长，
羞涩呀水底深藏：
　　不见呀蚕茧，
丝多呀蛹裹中央？
　　溪头
　　　采藕，

[①] 选自朱湘：《草莽集》，人民文学出版社1984年版，第17—19页。

女郎要采又夷犹。
　　波沉，
　　　波升，
波上抑扬着歌声。

莲蓬呀子多：
两岸呀榴树婆娑，
　喜鹊呀喧噪，
榴花呀落上新罗。
　溪中
　　采莲，
耳鬓边晕着微红。
　风定，
　　风生，
风飐荡漾着歌声。

升了呀月钩，
明了呀织女牵牛；
　薄雾呀拂水，
凉风呀飘去莲舟。
　花芳
　　衣香
消溶入一片苍茫；
　　时静，
　　　时闻，
虚空里袅着歌音。

温柔无邪的"东方情调"

《采莲曲》最初刊于1926年4月15日的《晨报副刊·诗镌》（第3号），是朱湘最有代表性的诗作。诗歌借古曲名唱新声调，描绘了一幅情窦初开的少女移舟采莲、芳心荡漾的美丽画卷。诗人将采莲的场景描写与采莲少女的微妙心理活动相结合，诗歌内在的情绪节奏与外在语音节奏完美呼应，演奏出一曲清纯典雅、温柔无邪的"东方情调"。

全诗五节完整地描绘了采莲的过程，并通过换韵、建行等方式营造出整齐而有变化的节奏。诗歌每节均押韵，但每节内部又有三个不同韵式：例如第一节前四句押"ao"韵，五至七句换韵，尾字"落""波""河"押"o"韵，后三句再换韵，尾字"行""撑""声"押"ng"韵。韵脚的不断变换造成节奏的起伏变化，暗合少男少女情窦初开、激动难安的心情。诗歌每节的音节数是2、3、2、3、1、1、3、1、1、3，舒缓与急促的节奏相互交错，且每行都以二字节拍收尾，顿挫感强，第一至四句中杂以"呀"字，引起语调的上扬与句中停顿，使顿挫中有摇曳，更添节奏上的欢快与昂扬。每节末均有轻重韵搭配，如"左行/右撑""波沉/波升""风定/风生"，以韵的先重后轻模拟采莲舟在水中滑行时随波摇漾的情韵。除节奏外，诗行的排列与呈现也独具匠心。诗歌每节十行，一眼望去长短不一、参差不齐，正应和了舟行水中起伏不定、随波摇荡的情状，与采莲少女心潮起伏、芳心荡漾的内在情绪完美呼应。

朱湘诗中的意象常富有浓郁的古典意味，如采莲、红豆、落花、杨柳等，其新诗亦常拟古体诗名，如《催妆曲》《晓朝曲》等，故而苏雪林称赞朱湘是"善于融化旧诗词"的新诗人。沈从文曾这样评价朱湘及《采莲曲》："以一个东方民族的感情，对自然所感到的音乐与图画意味，由文字结合，成为一首诗，这文字，也是采取自己一个民族文学中所遗留的文字，用东方的声音，唱东方的歌曲，使诗歌从歌曲意义中显出完美，《采莲曲》在中国新诗发展中，也是非常有意义的。"（沈从文《论朱湘的诗》）可以说，诗人朱湘巧妙地利用字音与诗行编织出一幅声色交辉的东方画卷，使我们仿佛看到"杨柳呀风里颠摇"，听到"桨声应答着歌声"，这种节奏与形式带来的无限美感、矜持典雅又温柔无邪的"东方情调"，正是《采莲曲》在新诗史上独放异彩的原因所在。

（王丽娜导读）

【延伸阅读文献】

1. 邱雪松：《诗人之死：朱湘自沉的舆论背后》，《中国现代文学研究丛刊》2022年第2期。

2. 王玉：《朱湘致赵景深、顾毓琇》，《新文学史料》2020年第3期。

回 答[①]

孙大雨

你问我对她有多少爱,我不知
　怎样回答。爱情是活命的米粮,
　不幸这人间缺少了一种衡量;
它也是生命的经纬;可是谁是
造物自己,能把它析了缕,分成丝,
　再用天上的尺寸量它底短长?
　不过少年人有个共同的信仰;
都信假使没有它,大家不如死。

　我对她的爱,可以比作一片海:
零碎的殷勤好比银白的浮沤,
再没有人能把它们计数得清;
　这海没大小,轻重,也没有边界,——
她不爱我,浪头刀削一般的陡,
爱我时,太阳照着万顷的晴明。

成功的十四行诗尝试

　　新月派诗人孙大雨的创作不多但很有分量。除了长诗《自己的写照》(1931)攀登现代主义的奇崛险峰,在新诗史上留下浓墨重彩的一笔之外,十四行诗的移植和实践也是诗人的一项功绩。1931年1月,在《诗刊》创刊号上,孙大雨发表了《决绝》《回答》和《老话》三首十四行诗,引起很大的反响。徐志摩说:"孙大雨的商籁体的比较的成功,已然引起不少相应的尝试。"(《诗刊》第2期前言)陈梦家则在《新月诗选》的序言中评价:"孙大雨的三首商籁体给我们对于试写商籁体增加了成功的指望,因为他从运用外国的格律上,得着操纵裕如的证明。"十四行诗起源于中世纪的普罗旺斯民歌,文艺复兴时经彼特拉克等诗人的文人化改造后,在欧洲各国

[①] 选自陈梦家编:《新月诗选》(影印本),上海书店出版社1981年版,第79—80页。

传播开来。在意大利语、英语、法语、德语、西班牙语等语种中都有十四行诗的各类变体。1920年代,新诗人们开始汉语十四行诗的尝试,闻一多、朱湘、卞之琳、冯至等人都有优秀的十四行诗创作。由此,十四行诗作为一种舶来的诗体在汉语诗王国中开枝散叶。

《回答》严格遵守意体十四行"彼特拉克体"的格式。全诗分为前八行、后六行两节。前八行内部又分两个部分,韵脚为ABBA、ABBA;后六行内部也一分为二,韵脚为CDE、CDE。按照孙大雨自己建构的新诗格律概念来看,每一诗行内保持了四个"音组"的整齐(《论音组》)。因为要适应这样严谨的格式,我们看到诗中出现大量的"句内跨行"的写法,即一个句子横跨两个及以上的诗行。这使得整首诗的外在韵律和内部诗意之间形成一种错落感,音韵上押韵、分行(分行带来听觉上较长的暂停),但意思上还在连绵,由此造成十四行诗特有的交错、回环的形式美感。

诗人那敏感的心似乎常常会受到直击灵魂的追问,而诗歌就是他们的回答。何其芳的《回答》、北岛的《回答》回应的是各自的时代,而孙大雨的这首《回答》面对的是永恒的爱情之问:爱情能否衡量?如何衡量?诗人先说爱情虽然不可或缺,但无法衡量,"爱情是活命的米粮,/不幸这人间缺少了一种衡量"。之后又将爱情比作一片海,"这海没大小,轻重,也没有边界"。这是一个奇特而又恰当的比喻,恐怕也只有这样的诗句才能回答这样的爱情之问。顺着这个比喻,诗人写出了一个浪漫而精警的结尾:"她不爱我,浪头刀削一般的陡/爱我时,太阳照着万顷的晴明。"变化多端的大海,怒涌时使人惊恐绝望,平静时使人愉悦向往,的确是爱情最好的喻体。

十四行诗之所以能够成功移植,很大一个原因是后来不断尝试的新诗人们并不拘泥于西方体式,而是根据汉语的特点,在"十四行"的基础上灵活变通,写出了各具特色的汉语十四行诗。而孙大雨这首《回答》在严守格律的同时达到一定的艺术高度,在试验初期有力地证明新诗的柔韧性、包容性,尤其见得诗人的语言功力。

(杨柳导读)

【延伸阅读文献】

1. 许霆:《论孙大雨对新诗"音组"说创立的贡献》,《文艺理论研究》2002年第3期。

2. 陆耀东:《论孙大雨的诗》,《重庆师范大学学报(哲学社会科学版)》2006年第4期。

3. 西渡:《孙大雨新诗格律理论探析》,《江汉大学学报(人文科学版)》2008年第3期。

飞

——吊志摩[①]

饶孟侃

飞,是西方的歌鸟叫百灵
先教你飞,教你撒开翅膀
去试风云的变幻和炎凉
不同的滋味;还有个夜莺
它教你且飞且啭着歌声:
把生的迷恋和死的彷徨
都一古脑儿收在舌尖上,
教你耍着花样和翻着新。
没想到,这回你真的一飞
便飞出了尘寰;喝一声起
脚底下便有千层的云雾
把你拥上霄汉,从今是非
缠绕的人间再留不住你;
不,人间原不是你的归宿!

飞翔的理想　浪漫的告别

《飞》创作于1931年12月29日,是一首悼念徐志摩(1897年1月15日—1931年11月19日)的诗歌,最初发表在《诗刊》第4期(1932年7月30日)上,该期为"志摩纪念号"。由于诗人1930年8月离开上海去安徽大学任教,此后新诗创作减少,诚如诗人自己所言:"这一走,不仅与'新月'日益疏远,而且把我的诗兴也带走了!"这首诗创作于诗人"诗兴淡然"的阶段,为悼念友人徐志摩而作,体现出诗人对已故友人的深切怀念之情。

诗歌以《飞》作为题目,抓住了徐志摩本人对于飞行这一经历热爱的特点,他自己向往着一种"云游"与"飞"的自由境界。他曾在自己的散文中说:"是人没有

[①]　选自饶孟侃:《饶孟侃诗文集》(王锦厚、陈丽莉编),四川大学出版社1997年版,第50页。

不想飞的，老是在这地面上爬着够多厌烦。"（徐志摩《想飞》）这与他由于飞机失事而离世的事实相结合，同时还形成诗歌的象征意味：既是对徐志摩追求自由的象征，也是其离开人间的象征。全诗依照内容分为两个部分。第一部分是前八行，以百灵和夜莺教飞的内容大概总结了徐志摩的性情和诗歌创作特点。他自己也曾将诗人比作鸟儿，并认为诗人不将其心血讴歌净尽是不会住口的，"他的痛苦与快乐是浑成的一片"（徐志摩《猛虎集·序》）。其中"西方的歌鸟"对其教飞暗指徐志摩创作受到外国诗歌影响，而"教你耍着花样和翻着新"则是指他在新诗形式创格方面的新的尝试。第二部分是九到十四行。以浪漫化的表达隐晦地写出徐志摩离开人世间，其离世并不是生命完结的终点，而是飞离人世去找寻真正属于他的归宿。诗歌通过鸟儿与飞翔这两个相互间有关联且与徐志摩人生和理想追求完美契合的表达，将本是哀伤的悼亡纪念转化为一种诗意且浪漫的云游，使得全诗含蓄唯美、哀而不伤。

  饶孟侃本人对新诗的音节建设也颇为在意，并参考国外诗歌节奏提出"拍子"（Beats）这一诗歌节奏概念。而在这首诗中，则是完全借用英文诗歌商籁体（十四行体）的形式，并以此来建构诗歌整体的节奏。不仅如此，诗歌选取这一形式进行创作，也是有意选用对徐志摩诗歌创作影响较大的诗歌形式，来对其进行纪念。这首诗采用弥尔顿式（Milton's sonnet）的英国派正式商籁体。全诗每句都有十个音，在韵脚方面，前八行采用 abba abba 的抱韵，后六行则是 cde cde 三韵的双交。整诗音节整齐和谐，配以韵脚的变换更替，形成一种和谐又不失灵动、整齐又富有变化的音韵节奏。同时结合这首诗悼念友人的主题，商籁体作为抒情短诗的常用形式也很好地展现出诗人悼念亡友时细腻微妙的情感。虽然这首诗是一首悼亡诗，但无论在内容表现还是在节奏安排上都没有阴沉压抑的感觉，而更像是一种浪漫的、满载祝福的告别。

（樊嘉亮导读）

【延伸阅读文献】

1. 饶孟侃：《新诗的音节》，《晨报副刊·诗镌》第 4 号，1926 年 4 月 22 日。
2. 王锦厚：《闻一多与饶孟侃》，电子科技大学出版社 1999 年版。

山　　河[①]

饶孟侃

我不等天明就上了山，
借星光望自己的山河
原野，望烟瘴外的津关：

想起古人真值得讴歌，
鸡一啼他就起来舞剑，
防那边塞隐伏的干戈。

记得当年只烽火一现，
是个好男儿都会弯弓
跨马，去救多事的中原。

还有长城那时更威风！
它始终锁着，不让胡笳
来篡夺琴和瑟的光荣，

可是今回锦绣的华夏，
只剩些酣歌醉眠的人，
他只怨弟兄不恨冤家。

难道这噩梦真的不醒？
请问如今咱们的同胞，
谁是神州共傲的子孙？

失却的光荣有谁去找，
谁雪得了当前这耻辱，
来披大家献上的锦袍？

[①] 选自饶孟侃：《饶孟侃诗文集》（王锦厚、陈丽莉编），四川大学出版社1997年版，第51—52页。

你听,那沙场上的鼙鼓
已经在催壮士们出来;
为什么你还恋着妻孥?

只要是山河还留得在,
反正有的是名胜地方,
就算不幸你进了泉台,
也会造纪念你的庙堂。

重复荣光的动员号

  这首诗最初刊登于 1932 年 7 月 30 日发行的《诗刊》第 4 期上,与前一首《飞》同属一期。在这一期同时刊发的还有饶孟侃的《叫卖》一诗。北伐战争后,虽然南京国民政府名义上基本完成统一中国的目标,但依然内部纷争不断,未能彻底改变军阀纷争的局面。加之九一八事变的爆发,又产生出更为严重的外部矛盾。《山河》这首诗正是这样一个时代在饶孟侃笔下的反映。

  作为诗歌题目的"山河"实际上包含两个层面的意义:一是现实中的山川河流,并以此为基础可进一步理解为构成国家的地理疆域。二是一种抽象的文化认同概念,是一种建立在共同文化认同基础上的想象的共同体。这两方面构成现代国家建构的重要基础,从而体现出在当时特定历史环境中,知识分子之现代国家观念的生成,由此凸显这首诗在思想文化变化中的参考价值。虽然说新月派诗人的诗歌创作更多是受到国外诗歌的影响,但这首诗则以一种古典诗歌中常有的"借古喻今"或是"今夕对照"的方式呈现出来。诗歌前四节谈的是历史上先人在中国这片土地上创造了怎样的辉煌成就。而后面五节则笔锋一转,谈到当时中国的境况,并通过这种古今的对照来完成主题的表达,即如今的人要复现中国的荣光。这也体现出饶孟侃在诗歌在内容上有与古典诗歌相融合的表达,也是一种中外、古今各种资源整合后的艺术创造,是"中西艺术结合的宁馨儿"。不仅如此,虽然这首诗是情绪激昂的动员,但在语言上并没有过度口语化,而是大量运用书面词汇,如"锦袍""鼙鼓""妻孥"等,体现出诗人注重文字表达美感的艺术追求。

  在诗歌的形式上,这首诗体现出饶孟侃一直以来所遵循的整饬的诗行建构与和谐的音韵美感。全诗共分为九节,除最后一节是四行外,其余八节都是三行;同时每行都是九个字。整体诗节排布,诗行建构十分整齐有序。而在韵脚方面,如果以节为单位进行观察,除去最后一节四行外,都是每节的首尾行押韵。倘若将整首诗视为一个整体,那么押韵的方式则是隔行押韵,并且呈现出一种 aba、bcb、cdc 的换韵规律。如此用韵安排既保证音韵节奏上的和谐，又不显得重复呆板，将整齐与变化、和谐与灵气完美地结合在一起。不仅如此，诗歌还在第六到八节中连续运用问句加强语气，形成一种强调的、追问的情绪节奏。第六节中反问句接疑问句，第七节中连续疑问，都体现出一种情绪上的高昂与急切，并将这种激昂的情绪最终指向最后一节情绪与主题表达的高潮。特别值得注意的是，诗人似乎是有意将开口的 ang 韵作为诗歌高潮体现的韵脚，音韵选择与情绪、内容表达上形成一种激昂的统一，也更好地体现出这首诗的"动员"主题。

（樊嘉亮导读）

【延伸阅读文献】

1. 饶孟侃：《新诗话》，《晨报副刊·诗镌》第 8 号、第 9 号，1926 年 5 月 20 日、27 日。
2. 孔令环：《"清华四子"在清华园》，《新文学史料》2022 年第 1 期。

我欢喜你①

沈从文

你的聪明像一只鹿,
你的别的许多德性又像一匹羊,
我愿意来同羊温存,
又担心鹿因此受了虚惊:
故在你面前只得学成如此沉默,
(几乎近于抑郁了的沉默!)
你怎么能知?

我贫乏到一切:
我有不美丽的羽毛,
并那用言语来装饰他热情
　的本能亦无!
脸上不会像别人能挂上点殷勤,
嘴角也不会怎样来深着微笑,
眼睛又是那样笨——
　追不上你意思所在。

别人对我无意中念到你的名字,
我的心就抖战,
　身就沁汗!
并不当到别人,
只在那有星子的夜里,
我才敢低低的喊叫你底名字。

直白语言与诗意形式

沈从文因小说闻名于世,人们较少关注他的诗作。自《晨报副刊》1925年5月9

---

① 选自沈从文:《沈从文全集》(第15卷),北岳文艺出版社2002年版,第95—96页。

日刊发其处女诗作《春月》后,沈从文便一发不可收拾,进入诗歌创作的热潮期。其诗作大致可以被划分为两类:一是社会人生类,二是爱情诗。诗歌《我喜欢你》就是一首典型的爱情诗,刻画了一位独自呢喃、羞于表达的暗恋者形象。《我喜欢你》全诗仅三节,总体字数较少,夏志清曾评价沈从文:"他是中国现代文学中最伟大的印象主义者。他能不着痕迹,轻轻几笔就把一个景色的神髓,或者是人类微妙的感情脉络勾划出来。"沈从文在诗论《新诗的旧账——并介绍〈诗刊〉》中,也表达了这种力避复杂、简约明白的创作理念,提出新诗"它必须以约见著,用少数文字起多量效果"。

诗人前期创作的爱情诗《春月》《痕迹》《其人其夜》仍保留古典诗词的韵味,辞藻华丽、诗行工整、韵律和谐,诗歌《我喜欢你》语言质朴直白,具有直抒胸臆的浪漫主义特色,显示诗人创作理念已悄然转变。并且全诗仅有"鹿"和"羊"这两个意象,诗人甚至点明"鹿"和"羊"的所指意义,避免了语义的含混。但简单明了的现代白话语言,也能产生意想不到的独特诗意。

第一节中,诗人两次使用口语虚词"又","又"在此诗表转折,起到"诗意化"地暗示诗人踌躇不前、自卑胆怯的心理的作用。爱慕者"我愿意同羊温存,/又担心鹿因此受了虚惊",于是"只得学成如此沉默",语气副词"只得"形象地透露出诗人内心的无奈和退缩,扩大了诗歌的情感张力。第二节中,诗歌开头几句成分残缺、语序错乱,这与诗人激动难安的内心相对应。诗人试图为自己的胆怯心理辩白,一时慌乱紧张。"我贫乏到一切,/我有不美丽的毛羽,/并用那言语来装饰他热情的本能也无!"被后置的词语"一切""也无",以及"也无"之后的感叹号,形成了情绪重音,强化了诗歌的情感力度,突出了诗人内心的忧郁之感和自我批判之意。诗人宣泄情绪之后,又开始平静叙述,这从"眼睛又是那样笨——"中的阔折号足见。阔折号拉缓了诗歌叙述速度,表明诗人试图努力平复激动情绪。第三节中,诗人的情绪又受到撩拨,当"别人对我无意中念到你的名字","我心就抖战,/身就沁汗!"动词"抖""沁",及"沁汗"之后的感叹号,为表现"我"内心的紧张程度"推波助澜",一位爱慕者形象栩栩如生。

沈从文先后采取不同的语言方式来构建诗意空间,早期爱情诗夹杂大量文言词汇,后来爱情诗语言又呈口语化倾向,对于沈从文而言"写诗不是一件容易事,由我只会写点小说的人看来,写一首诗是应当比写一个故事困难许多的"。不擅长写诗的沈从文在诗歌技艺摸索中,丰富了现代汉语诗歌的呈现面貌。

(夏慧玲导读)

【延伸阅读文献】

1. 张森:《沈从文思想研究》,人民文学出版社2015年版。
2. 沈从文、张兆和:《青年沈从文》,北方文艺出版社2019年版。

弃　妇①

李金发

长发披遍我两眼之前，
遂隔断了一切羞恶之疾视，
与鲜血之急流，枯骨之沉睡。
黑夜与蚊虫联步徐来，
越此短墙之角，
狂呼在我清白之耳后，
如荒野狂风怒号，
战栗了无数游牧。

靠一根草儿，与上帝之灵往返在空谷里。
我的哀戚惟游蜂之脑能深印着；
或与山泉长泻在悬崖，
然后随红叶而俱去。

弃妇之隐忧堆积在动作上，
夕阳之火不能把时间之烦闷
化成灰烬，从烟突里飞去，
长染在游鸦之羽，
将同栖止于海啸之石上，
静听舟子之歌。

衰老的裙裾发出哀吟，
徜徉在丘墓之侧，
永无热泪，
点滴在草地
为世界之装饰。

---

① 选自李金发：《李金发诗集》，四川文艺出版社1987年版，第5—6页。

形神同构的黑暗之歌

李金发 1920 年开始新诗写作，先后编成《微雨》《食客与凶年》《为幸福而歌》三本诗集，《弃妇》为《微雨》中的第一首诗，1925 年 2 月 16 日发表在《语丝》第 14 期。诗人曾言："我的诗是个人灵感的记录表，是个人陶醉后引吭的高歌，我不希望人人能了解"，"难懂"诗人李金发推崇法国象征派诗人波德莱尔、魏尔伦、马拉美等，是中国初期象征诗派的代表诗人。诗人常铺排意象，善用"远取譬"手法，即发现事物之间的新联系，《弃妇》就是李金发前期创作的一首颇具代表性的"远取譬"诗歌。

李金发与同时代浪漫主义诗人胡适、郭沫若不同，他的诗歌总是笼罩一股强大的哀怨、沉郁之气。诗歌《弃妇》的独特之处便在于该诗整体色调为暗色系，以"黑暗意象"和"颓废之感"为主要表征，这二者融为一体。首先，"弃妇"本身就是内蕴丰富、情感阐释空间巨大的"黑暗"意象。诗中弃妇"长发披遍""靠一根草儿""徜徉在丘墓之侧"，作为社会"零余者"，象征死亡、绝望、无奈等灰色情绪。其次，全诗四节大量借用自然界中的"黑暗"意象，构建了情感色彩统一的意象群，如第一节的"鲜血""枯骨""黑夜""蚁虫""荒野""狂风"，第二节的"草儿""空谷""游蜂""悬崖""红叶"，第三节的"夕阳""灰烬""游鸦""海啸"，第四节的"丘墓"，这些零散跳跃的意象从感官层面就给人压迫感和窒息感，诗歌意象选择与个人情感于是在一定程度上达成某种呼应。暂且搁置意象色彩后，这首诗意象间的关联性看似较弱，但我们细读之后会发现，诗歌意象转换策略符合联想逻辑，且每一节主题统一连贯。实质上，跳跃的"黑暗"意象反而极大地强化了诗歌语言张力和情感深度，实现了形式与内容的潜在同构，突出诗歌"貌离神合""形神兼具"之韵，这恰是"远取譬"诗歌的精妙所在。

《弃妇》中的"黑暗"意象，一方面显示诗人对传统意象诗学的继承，另一方面说明诗人借鉴了西方波德莱尔诗中的"颓废美"。李金发诗歌主张极不稳定、常互相矛盾，为后人理解其诗作留下巨大障碍。他自己也坦诚承认，"其实东西作家随处有同一思想、气息、眼光和取材，稍为留意，便不敢否认"。诗人巧妙调和了东西方诗艺和诗歌传统，不囿于中国传统诗词，创作视野广阔、诗歌内容纵深感强，是传播波德莱尔创作理念的重要诗人，推动了汉语诗歌的现代化进程。

（夏慧玲导读）

【延伸阅读文献】
1. 陈厚诚编：《李金发回忆录》，东方出版社 1998 年版。
2. 孙玉石：《论李金发诗歌的意象建构》，《新文学史料》2001 年第 2 期。
3. 米家路：《狂荡的颓废：李金发诗中的身体症候学与洞穴图景》（赵凡译），《江汉学术》2019 年第 4 期。

里昂车中①

李金发

细弱的灯光凄清地照遍一切,
使其粉红的小臂,变成灰白。
软帽的影儿,遮住她们的脸孔,
如同月在云里消失!

朦胧的世界之影,
在不可勾留的片刻中,
远离了我们
毫不思索。

山谷的疲乏惟有月的余光,
和长条之摇曳,
使其深睡。
草地的浅绿,照耀在杜鹃的羽上,
车轮的闹声,撕碎一切沉寂,
远市的灯光闪耀在小窗之口,
惟无力显露倦睡人的小颊,
和深沉在心之底的烦闷。

呵,无情之夜气,
卷伏了我的羽翼。
细流之鸣声,
与行云之飘泊,
长使我的金发褪色么?

在不认识的远处,
月儿似勾心斗角的遍照,

---

① 选自李金发:《李金发诗集》,四川文艺出版社1987年版,第19—20页。

万人欢笑，

万人悲哭，

同躲在一具儿，——模糊的黑影

辨不出是鲜血，

是流萤！

在想象与现实中"逃离"现代

　　李金发是中国象征主义诗歌的开拓者，以"表现一切"为基点，将诗歌视为一种视觉艺术，几乎全然不顾诗歌的节奏韵律等，与当时闻一多、徐志摩、戴望舒等现代诗人大相径庭。周作人、宗白华等人评价其为"国中诗界的晨星""东方之鲍特莱"，充分肯定其在诗歌史上的历史地位。《里昂车中》的创作时间大致为1922年至1923年，收入诗集《微雨》。《微雨》行文朦胧，主要记录诗人"在异国所过的孤寂清苦的生活，所受的异国学生的歧视和欺侮，以及所见到的种种人间悲惨、丑恶的现象"。在诗歌《里昂车中》中，诗人不停歇地穿梭于现实和想象，游离于都市和田园，在屡次徘徊、烦闷后，最终走向波德莱尔的"虚无"之境，深刻地表达了一种颓废的生命感受和漂泊的现代情绪。

　　里昂原是法国一座古老的城市，后经19世纪工业革命、20世纪世界大战，逐渐成为现代都市。于是城市里昂本身含义丰富，具有明显的历时性特征，指向过去和现在两个维度。全诗前三节诗人思绪在想象和现实中来回折腾，游离于传统和现代。第一节中诗人在车内"细弱的灯光"下，想象女子那惹人心动的"粉红的手臂"，可"软帽的影儿，遮住他们的脸孔"，诗人思绪被现实猛地拽回，幻想突然破灭。第二节中诗人将想象的内容喻为"朦胧的世界之影"，这说明美好事物终究只是模糊的影子，透露出"现代浪潮"来势凶猛，充盈每一个角落。但诗人尤为倔强，通过与自然无限亲近回避现实。第三节中诗人想象范围从现实走向自然，"月的余光""长条之摇曳""浅绿草地"等悄然跃入诗中，但"车轮的闹声，撕碎一切沉寂"，"现实"仿佛挥之不去的氤氲之气。全诗后两节以语气词"呵"牵头，说明诗人已停止想象，回到现实，不禁抒发个人幽微之感。第四节中"无情之夜气"似乎能使诗人的"金发褪色"，在李金发的诗中，"金发"象征希望、生命力，从中足见工业文明的不可阻挡，以及诗人悲哀、凄凉、颓废的现代感受。在现代化的强势逼迫下，诗人不得已"向内转"，躲进"世界之影"，以此批判、逃避现实。

　　李金发"逃离"现代，却并不否认现代性的合法地位，只是在清晰地感受到现代社会的黑暗面后，转而寻求另一条现代路径。诗人"厌弃现世生活、经济、政治的纠纷,要把生活简单化",在熙攘喧闹的人群中乞求浮动零星却真挚可贵的爱,一位简单可爱的诗人形象浮于眼前。

(夏慧玲导读)

【延伸阅读文献】

  1. 陈厚城编:《死神唇边的笑——李金发传》,百花文艺出版社2008年版。

  2. 陈希:《选择与变异——论李金发对象征主义的接受》,《中山大学学报(社会科学版)》2002年第5期。

  3. 文贵良:《李金发:词的梦想者——新诗白话的诗学实践》,《华东师范大学学报(哲学社会科学版)》2006年第3期。

红纱灯①

冯乃超

森严的黑暗的深奥的深奥的殿堂之中央
红纱的古灯微明地玲珑地点在午夜之心

苦恼的沉默呻吟在夜影的睡眠之中
我听得鬼魅魍魉的跫声舞蹈在半空

乌云丛簇地丛簇地盖着蛋白色的月亮
白练满河流若伏在野边的裸体的尸僵

红纱的古灯缓缓地渐渐地放大了光晕
森严的黑暗的殿堂撒满了庄重的黄金

愁寂地静悄地黑衣的尼姑踱过了长廊
一步一声怎的悠久又怎的消灭无踪

我看见在森严的黑暗的殿堂的神龛
明灭地惝恍地一盏红纱的灯光颤动

文明古灯的现代光晕

  冯乃超是后期创造社的重要成员，是中国象征诗派的重要诗人之一。创造社前后期诗风差异较大。郭沫若坚信诗应该是"情绪的直写"，而后期创造社冯乃超、王独清、穆木天等人，反对郭沫若过分渲染"直觉""情绪"的决定性作用，认为诗歌创作应该更注重本体形式的开拓创新，积极学习法国象征派诗歌艺术，希望将中国现代诗歌的创作技法提升到新的层面。冯乃超沿袭象征诗派的诗艺，其早期诗作多以暗示和隐喻见长，语言形式上注重音、色之美，以神秘诡奇的意象连结和形象表

---

① 选自冯乃超：《红纱灯》，创造社出版社1928年版，第49—50页。

达抒发个体的忧愁苦闷，想象丰富，意境深远。这首《红纱灯》便鲜明体现了冯乃超的创作风格以及后期创造社诗人的形式拓新。

《红纱灯》写于1927年。1923年后，由于日本关东大地震，家业破败，而国内也进入五四后落潮期，冯乃超一度迷恋神秘主义哲学，欣赏法国象征主义诗歌，并开始了自己的诗歌创作。这一阶段冯诗多抒发爱情的失意痛楚和生死的苦恼哀怨，表现出强烈的"高蹈"作风和象征主义倾向。诗人咏叹青春、爱情、生命，可完全褪去五四诗人的蓬勃气象和乐观信念，字里行间流溢着的是一股幻灭、感伤以至颓废的情绪。《红纱灯》便是冯乃超这一时段的代表性作品，诗歌以夜晚尼庵为背景，以红纱灯为核心意象，串联起殿堂、鬼魅、乌云、月亮、尸僵、黑衣尼姑、神龛等系列景观物象，勾勒出一幅神秘、阴森、凄凉的幽深夜景，传达出诗人内心忧郁悸动的感伤思绪以及无力对抗黑暗现实的苦闷怅惘。冯乃超借用红纱灯这一典型的中国传统风俗文化符号展开独特的艺术想象，以象征主义的现代性视野赋予其新的意蕴：红纱灯在传统文化中一直是象征喜庆吉祥的器物，在冯诗中被塑造为历史悠远、神秘深奥的传统封建文化秩序的象征，它挂在"殿堂之中央"，"点在午夜之心"，"撒满了庄重的黄金"，笼罩着一切景物，神圣威严，不容侵犯。但这盏古老的文明之灯同样也显出衰颓之势，它只剩下些"微明"，已然开始"惝恍颤动"。全诗通过系列意象组合隐喻着现实生存环境的阴森恐怖，静悄踱步的"尼姑"形象更具体表达了腐朽衰败的传统文化禁锢下刻板、孤寂的人生状态，充分展示了诗人对黑暗社会现实的不满以及无力反抗的忧郁之思。值得注意的是，诗歌在阴郁的表层情绪之下也潜藏着诗人积极思索现实的灵魂以及对新生的希望。

诗人在诗歌形式方面也深受象征主义诗歌的影响，极其重视音韵和谐，色彩浓丽。朱自清曾在《中国新文学大系·诗集》的导言中对冯乃超的诗歌创作特色作出精准概括，"利用铿锵的音节，得到催眠一般的力量，歌咏的是颓废，阴影，梦幻，仙乡，他诗中的色彩是丰富的"。诗人追求"音、色之美"的艺术主张在此诗中得到集中体现。他醉心于繁丽错杂的色彩变换，以此调动情感氛围，红的灯，黑的夜，白的月，裸的尸，灯的光晕，殿的金黄，黑衣尼姑，神龛晃动，色彩的反差而映衬出的情绪的反差、力量的反差，借用色彩外形，烘托出诗人厚重的历史感慨和忧郁的感伤色彩。音乐美也是冯乃超的诗美追求。他理解的音乐美是"一个有统一性有持续性的时空间的律动"。如在诗歌前两节，每句都是五个音步，在反复中构成节奏感。而多带修饰语的长句，在听觉上有一种舒缓深沉的运动感，读者不难感到，在外在意象与诗人内在情绪的契合感应中，经过语句的排列组合，形成了铿锵的音节与和谐的旋律。统一性的律动与统一性的心情，互相感应相辅相成。此外，废弃句读，是《红纱灯》在诗歌形式上一个值得注意的方面，其目的是为了增加诗的朦胧性和暗示性，进行间接交流。诗歌空白相间的排列，似乎回响着间隔有致的钟声的节奏，形成飘渺幽远的声波。冯乃超等人对于诗体形式问题的关注和探索，对纠正五四以来诗坛忽略诗歌文体意义的倾向，无疑具有先锋性和进步意义。

我们通过这首诗可以看到，象征主义诗学赋予诗人另类的表现手法，使得中国传统文化符号在新的时代焕发出更深层次的文学光晕，使中国现代诗人努力探索诗歌美学深层表现方式，并使中国现代诗歌获得一种新的艺术视野。

（黄仁志导读）

【延伸阅读文献】

1. 孙玉石：《中国初期象征派诗歌研究》，北京大学出版社1983年版。
2. 王泽龙：《论西方象征主义对中国现代主义诗歌的纯诗化影响》，《外国文学评论》1996年第4期。
3. 史癖：《冯乃超谈后期创造社》，《鲁迅研究月刊》2023年第4期。

苍白的钟声①

穆木天

苍白的 钟声 衰腐的 朦胧
疏散 玲珑 荒凉的 濛濛的 谷中
——衰草 千重 万重——
听 永远的 荒唐的 古钟
听 千声 万声

古钟 飘散 在水波之皎皎
古钟 飘散 在灰绿的 白杨之梢
古钟 飘散 在风声之萧萧
——月影 逍遥 逍遥——
古钟 飘散 在白云之飘飘

一缕一缕 的 腥香
水滨 枯草 荒径的 近旁
——先年的悲哀 永久的 憧憬 新飭——
听 一声 一声的 荒凉
从古钟 飘荡 飘荡 不知哪里 朦胧之乡

古钟 消散 入 丝动的 游烟
古钟 寂蛰 入 睡水的 微波 潺潺
古钟 寂蛰 入 淡淡的 远远的 云山
古钟 飘流 入 茫茫 四海 之间
——暝暝的 先年 永远的欢乐 辛酸

软软的 古钟 飞荡随 月光之波
软软的 古钟 绪绪的 入 带带之银河
——呀 远远的 古钟 反响 古乡之歌——
渺渺的 古钟 反映出 故乡之歌

---

① 选自周良沛编：《中国新诗库——穆木天卷》，长江文艺出版社1988年版，第34—35页。

远远的　古钟　入　苍茫之乡　无何

听　残朽的　古钟　在　灰黄的　谷中
入　无限之　茫茫　散淡　玲珑
枯叶　衰草　随　呆呆之　北风
听　千声　万声——朦胧　朦胧——
荒唐　茫茫　败废的　永远的　故乡　之　钟声　听　黄昏之深谷中

感官交响、心灵映射与通感美学

  《苍白的钟声》这首诗作于 1926 年 1 月 2 日，后被收录于穆木天 1927 年出版的诗集《旅心》之中。作为穆木天象征主义创作时期的代表作，这首诗不仅在形式上展现了象征主义的美学特征，更在精神层面上传达了一种超越现实的超验追求。

  诗歌的音韵与节奏构成它最直观的艺术魅力。全诗六节，每节五行，以空格为顿，摒弃了多余的标点，形式上虽不追求规整，却营造出类似钟声的音响效果。每行字词的节奏设计，以及破折号的巧妙运用，都强化了绵延不绝的钟声之感。在诗的韵律上，第一节押 ong 韵，第二节押 ao 韵，第三节押 ang 韵，第四节押 an 韵，第五节押 e 韵，第六节复押 ong 韵，使得每一节都呈现出独特的音乐性，同时也体现了诗人在韵式上的匠心独运。

  此外，诗人注重叠词叠字的使用，每节诗中都可找到大量类似用法。较为明显的叠字如"濛濛""皎皎""萧萧""渺渺"等，加之"古钟""朦胧""飘散"等核心词汇的重复出现，加强了对于钟声的音韵表现，创造出丰富的音响效果，增加了诗歌的听觉美感。还有一类不太明显的叠字用法，如"朦胧""玲珑""憧憬""逍遥"等形声字组合，因偏旁相同，在视觉上给人以对称或重复之感，起到叠字的效果，却由于声旁不同，在声音效果上亦错落有致。叠字的选择也颇具古风，在意味上与古钟遥相呼应，可见诗人的巧妙用心。

  在语词的选择上，穆木天同样展现出对色彩与气味的敏感。"灰绿的""灰黄的"等黯淡色调，与"荒径""衰草""深谷""黄昏"等意象相结合，构建了一个色彩斑斓而又带着衰朽颓废之感的超验世界。"衰腐""腥香"等词语，把对钟声的表现，同气味勾连起来。诗人用这些声、色、香、形，呼应了类似的微妙的心灵状态，进一步丰富了诗歌的感官体验，将读者带入一个非现实的超验境界。

  穆木天在《谭诗——寄沫若的一封信》（1926 年 1 月 4 日作）中提到的"交响"（correspondance），无疑与波德莱尔的象征主义宣言之作 Correspondances 有着异曲同工之妙。无论是梁宗岱的"契合"，卞之琳、戴望舒、郭宏安的"应合"，钱春绮的

"感应",还是郑克鲁的"通感",都试图捕捉波德莱尔诗中"Les parfums, les couleurs et les sons se répondent"(各种的熏香,色彩和音响互相响应,穆木天译)的精髓。穆木天将这一理念运用于《苍白的钟声》中,通过感官的互通和诗歌语言的音乐性,创造出新诗史上"纯诗"观念的代表之作。这首诗,以其独特的音韵美、节奏感和感官体验,不仅在形式上呼应了象征主义的美学追求,更在表现手法上丰富了诗人对于内心世界的探索与追寻。穆木天以其精湛的技艺和深邃的思考,为我们呈现了一个充满象征意义的艺术世界,引领我们在诗歌的音律中感受生命的律动,在超验的境界中追寻心灵的归宿。

(夏莹导读)

【延伸阅读文献】

1. 孙玉石:《穆木天:新诗先锋性的探索者——纪念穆木天诞辰一百周年》,《文学评论》2001 年第 6 期。

2. 陈方竞:《〈谭诗〉的中国象征诗理论建构——留日创造社作家穆木天论稿》,《华文文学》2006 年第 1 期。

3. 罗振亚:《日本观念对初期中国"纯诗"的塑造》,《首都师范大学学报(社会科学版)》,2021 年第 5 期。

无 题[①]

石 民

多谢你无限的温柔,亲爱的,
在你的怀里,深深地掩埋着我——
呵,何如长眠在"死"的怀里:
那是最后的安息了,我的坟墓!

是的,我的坟墓;而且在那里
永远的黑暗寂寞地拥抱着我:
任血肉还归泥土,亲爱的,
我的热情——都付与寒烟漠漠……

现在?——再会罢,亲爱的,再会,
可怜这纱帐里藏不住你和我:
看哪,窗外的天空!晨光熹微
已经揭破了这秘密的夜幕。

现代无题诗的佳作

　　石民是活跃在1920、1930年代的象征派诗人。1924年他考入北京大学英语系,与废名、梁遇春是同学。毕业后在上海北新书局任职,曾编辑过《北新》《青年界》等刊物,同时进行诗歌创作和文学翻译工作,在《莽原》《语丝》《奔流》《骆驼草》等刊物上发表诗文,与鲁迅、胡风有密切交往。1929年在北新书局出版诗集《良夜与恶梦》,收录诗作及译诗48篇,这是石民唯一一部个人诗集。1933年赴武汉大学执教,1938年随校迁往四川乐山,1941年因肺病恶化病逝于家乡湖南邵阳。石民的一生虽然短暂,但他的诗歌创作在早期新诗史上占有一席之地,代表了象征派的另一种面貌。

　　从李商隐开始,"无题"诗成为一种具有特定主旨及风格的诗体:情感上缠绵悱

---

① 选自《莽原》1926年9月10日第1卷17期。

恻，表达上含蓄朦胧，而在主题上一般指向不可直说的爱情经验。所谓"无题"，正是彰显了主题，具有文体上的象征性。石民的这首《无题》最初发表于1926年9月的《莽原》第1卷17期，接续中国古典"无题"诗传统，以凄婉哀怨的笔调写情爱感伤，但同时也与西方的爱情书写有着深刻的关联。诗歌第一节就抛出全诗的核心象征："你"的怀抱是"我"的"坟墓"。理解这一象征成为理解全诗的关键。诗人表现的不是岁月静好、一帆风顺的爱情，而是浓烈炽热、充满绝望甚至与死亡紧密联系的爱情。"我"之所以将恋人的怀抱看作"坟墓"，是想通过死亡来达至爱情的永恒。在爱人怀抱中长眠便可永不分离，但死亡又令人恐惧。因此恋人的怀抱既有"无限的温柔"，又有"永远的黑暗寂寞"；诗人既要"安息"与"长眠"，又抱怨"我的热情——都付与寒烟漠漠……"那么，阻碍爱情的究竟是什么呢？诗歌的最后一节用象征的手法做出解释：二人将要分离，只因为"这纱帐里藏不住你和我"，"晨光熹微/已经揭破了这秘密的夜幕"。看来这份感情不被世俗所容，不能公开于世，只能保持秘密状态。也难怪抒情主人公幻想长眠于恋人的怀抱，在黑夜的掩护下发出痛苦的哀吟。

与李金发相比，石民的诗总体上更加注重形式上的整饬，在语言上也更加流畅、工丽，与中国古典诗歌的联系更加紧密。但是，作为象征派诗人，西方现代主义式的颓废、忧郁、晦涩也同样深深地印刻在石民的诗歌中。石民的英文功底扎实，有多部译著出版，还编过英语文法教科书，西方文学的因子在他的创作中随处可见。这首《无题》收入诗集《良夜与恶梦》时更改标题为"感谢你"，并引用了英国诗人斯文伯恩（Algernon Charles Swinburne）的诗句作为题记：What love was ever as deep as a grave?（什么样的爱曾经像坟墓一样深？）这无疑提示我们这首诗的灵感来源。在西方文学中，爱情常与死亡并置。爱欲的极端体验与死亡相通，在死亡的阴影笼罩下，爱火更猛烈地灼烧着心灵。死亡之庄严、不可抗拒、不可悔改，使之与爱情有了某种同一性。这都构成《无题》这首诗的一道文化背景。而诗人的创建在于，将象征派的颓放与中国传统的典雅相融合，探索了西方诗学的中国化、本土化的道路。

（杨柳导读）

【延伸阅读文献】

1. 刘佳慧：《石民诗歌基本结构模式探析》，《诗探索》2013年第7期。
2. 冯健男：《关于诗人石民》，《新文学史料》1989年第4期。
3. 眉睫：《诗人、翻译家石民小传》，《译林书评》2006年第6期。

我从 Café 中出来……①

王独清

我从 Café 中出来，
身上添了
中酒的
疲乏，
我不知道
向哪一处走去，才是我底
暂时的住家……
啊，冷静的街衢，
黄昏，细雨！

我从 Café 中出来，
在带着醉
无言地
独走，
我底心内
感着一种，要失了故园的
浪人底哀愁……
啊，冷静的街衢，
黄昏，细雨。

音画合谋，浪人哀愁

  王独清在《再谭诗》中提出自己理想的诗学公式——（情＋力）＋（音＋色）＝诗，这首诗正是王独清"纯诗"理论的有意实践，因此在艺术形式上确实别有特色。具体而言，从诗歌节奏来看，他有意通过跨行将原本完整、连续的诗句切分成了忽长忽短、意义断裂、韵脚不一的诗行，并加入标点符号调整诗歌节奏，使之读

---

① 选自周良沛编：《中国新诗库·王独清卷》，长江文艺出版社1988年版，第24页。

起来时断时续、时疾时缓，模拟醉客说话时吞吞吐吐、思维混乱的状态。从诗体造型来看，长短不一的诗行是醉客酒后失态、走路摇摇晃晃的情态再现，具有故事性；同时上下两节字数、句式、标点符号的安排完全一致，又形成如格律诗一般的齐整的体式美。从诗歌音韵来看，上下两节诗的第一句和最后两句完全对应，形成了回环复沓的音乐美。同时，在散乱的韵脚中又精心设计了跨行押韵，如上节中的"了"与"道"、"的"与"底"、"乏"与"家"、"衢"与"雨"；下节中的"醉"与"内"、"地"与"的"、"走"与"愁"、"衢"与"雨"，大回环中包含着小旋律。王独清敏锐地调动字数、句式、韵脚、诗节，让诗歌形式乱中有序、散中有律。

这首诗不仅给人听觉上的谐和，还呈现出极富画面感的情境。诗人选取的意象"冷静的街衢""黄昏""细雨"，给整个画面附上一层灰蒙蒙的色调，画面的冷暖直接反映人的心灵感受。咖啡馆是极具情调的、温暖的、迷醉的场所，而清冷的街道、黄昏、细雨一下子将醉汉从中抽离，身上还残留的酒的气味、渐暗的天色、无言无人的街道、细雨密密麻麻落在身上，心底泛出哀愁与落寞，让醉汉获得了视觉、嗅觉、触觉、听觉、心觉的综合感受。诗歌画面静中有动，咖啡馆里面是动态的，外面的街道是静默的，细雨是动态的，黄昏是静默的，"我"的思绪是动态的，"我"的言语是静默的。此外，部分诗节形式是重复的、静态的，但是人物情绪却是流动的。诗的上节和下节虽然都写了"我从 Café 中出来……啊，冷静的街衢，黄昏，细雨"，但是表达的情感内蕴并不相同。上节是"我"刚从咖啡馆中出来的醉言醉语，是在环境对冲之后不受支配的、无意识的呢喃，下节是"我"在醒与醉之间涌动出有意识的、内心的悲叹，从生理活动到思想起伏，寥寥数语写出了情绪的递进。

虽然诗歌内容是一个人在咖啡馆里喝醉了走出来的常见之景，但是创设出"有意味的形式"，诗歌的音色、律动、情调得到统一。诗人在情感的表达上非常显露，即海外游子颓废、孤独、惆怅之情，无意着力于思想的厚重，而是捕捉瞬间的思绪和感觉。正如王独清自己所说的，"诗，作者不要为作而作，须为感觉而作（érire pour sentir），读者也不要为读而读，须要为感觉而读（lire pour sentir）"。

这首诗反映了王独清在新诗形式上的自觉创新与实践，为中国现代诗歌的文体建构与诗意表达注入新的活力。从倡导诗体解放以来，中国新诗为挣脱旧体诗的格律束缚，走上了自由发展的道路，过度的口语化和散漫的形式削减了诗味，造成王独清所说的"审美薄弱"和"创作粗糙"。他正是意识到这一点，决心"多下苦工夫，努力于艺术的完成"，从外国诗歌中汲取音乐性和色彩感等创作特点，以求在新诗形式上的创新。

（程筱琪导读）

【延伸阅读文献】

1. 李海鹏：《主情、狄卡丹与革命文学的三重投影——王独清译但丁〈新生〉研究》，《文学评论》2023 年第 2 期。

2. 马立安·高利克、李凡等：《王独清〈威尼市〉与中国颓废主义文学及欧洲文学传统》，《现代中文学刊》2016 年第 2 期。

这时代①

王统照

这时代，火与血浇洗着城市与乡村的尸骸。
古旧的树木被砍作柴薪再不能天娇作态。
金属弹的飞声，长久，长久征服了安静的田园，
沉落在洪流中，波澜壮阔，融合着起伏的憎、爱。

铁蹄践踏下，疲疠，饥饿，战，决定的命运"活该"？
如涂蜜的温言，与饱了肚皮的伪善，抛弃在
不值钱的尘埃；尘埃下淹没了褴褛的衣衫；
包藏着战败者的骨灰在过去的足迹下长埋。

幽林中仍响着地下泉的活水，永鸣着和谐。
在无名英雄的墓底，有力以上的庄严市街，
村落，与高耀着生活的憧憬的明光映闪，浮动，
全飘在地下泉的进行音上，新创造的世界。

化迹的骨灰从马蹄深处升起，遥现光彩，
天半的绮虹，横束住白电与黑气的云霭。
希望之光是新燃起的一枝风雨中的白烛；
这时代，火与血烧洗的地方是待燃的烛台。

独行歌者　时代呼喊

  王统照是中国现代文学史上第一个纯文学社团文学研究会的主要发起人之一，其名作《这时代》写于1929年8月。该诗的创作背景是1927年大革命失败、军阀混战，此时期的王统照思想苦闷、鲜有创作。在得到左联的帮助下，王统照化身"独行的歌者"，挥动他的笔创造了一首时代呼喊的诗篇。

---

 ①　选自王统照：《王统照文集》（第4卷），山东人民出版社1982年版，第207—208页。

水深火热的人民与灾难重重的祖国，深深牵动了这位主张"为人生"的现实主义诗人的赤子神经。全诗在诗人不可抑制的真情实感驱动下，几乎一气呵成。此时期的诗人，比五四时期为时代的呐喊更热切。因为近在咫尺的民族危机、饿殍满地的社会现实、痛苦人生的深刻体认，让希冀光明的年轻诗人不可能遗世独立，不能再偏安一隅，不能再吟诵苦闷和仰望空中楼阁，转而为受苦受难的祖国和人民呐喊，呐喊中伴有悲伤的喟叹和希望的预判。

　　王统照的诗重情绪节奏。早在文学革命初期，王统照就提出"诗与散文的最大区别乃是韵律和节奏的自然"（《对于诗坛批评者的我见》），并在诗歌情绪节奏上主张"诗为心声""疾时愤俗"（《致记者信》）、"抑遏不住"（《旧诗新话》）。《这时代》全诗情绪波动明显，动作趋势在联动生理和心理反应中，调动着人的情绪维度（dimension）。全诗的动词很多，有"浇洗""被砍""征服""憎""爱""践踏""抛弃""掩没""包藏""长埋""响着""鸣着""高耀""映闪""浮动""飘""创造""升起""遥现""横束""燃起""浇洗"，这些动作幅度大，引起读者相应的"动作趋势"就比较强烈，进而带来强烈的情绪节奏。细细品味，会进一步发现，诗的前5句和后5句中动词对比鲜明，前5句的动词激荡，后5句平缓，如践踏/升起、长埋/创造、淹没/遥现、抛弃/燃起等，情绪在动/静、憎/爱、毁灭/希望之间两级跨越，强烈的情绪欺负和情绪波动引发读者对"专制统治带来血染城市乡村""铁蹄、旧木给人带来的苦难"的感知，同时首尾两句"浇洗"的反复呼应，诗人在反复模型中满足了人们"希望之光""待燃烛台"的预期。

　　这首诗让王统照跨越1920年代末与1930年代初的过渡桥梁，从理想苦闷吟诵走到社会人生现实之中，为王统照后续的诗歌、小说、散文、戏剧、文学评论、译著等多维创作新局面准备了具备的条件。事实上，王统照的作品字数高达百万，是一位低调又高产的初代新文学家。然而，或因遭遇不同时期的历史事件而导致文集延迟出版，或因被看重主流话语文学史忽略，大众对王统照的诗歌相对陌生。早在20世纪50年代，文学史家田仲济就曾直呼"王统照的创作贡献与他在文学史上的地位是极不相称的"。我们坚信，这样一位忧国忧民、勤耕不辍的作家，会与其生前的诗友闻一多、臧克家、田间等人一样，在中国现代诗歌史上占有同样重要的文学位置。

（王金凤导读）

【延伸阅读文献】

　　1. 杨洪承：《现代作家资料的搜集编纂及研究——编辑〈王统照全集〉的断想》，《中国现代文学研究丛刊》2009年第6期。

　　2. 王统照：《王统照文集》（第4卷），山东人民出版社1982年版。

骷髅上的蔷薇①

于赓虞

来，来，来，惨败的英雄，来水湄，山泷，
歌着，饮着，呵，装饰此惨变之幻境。

似病女未醒，苍苔上残残的落英，
寂寞的海滨歌声逝了，只余夜风。

星冷明，颤栗之幽光冥照着孤影，
一切去了，从黑狱中萎灭了怆情，

从时之翼下又毁灭了心之歌声，
嗟呼，愚夫，忽想惨病天使的运命！

往日沉于苍色情爱的苦杯之中，
似落日沦于幽谷，彩云消于夜风。

往日复追求荣冠于寒灰之残冬，
似荒场上恐怖之迷羊，霜雾濛濛。

今，孤自徘徊于残败春风之花冢，
向长天惨笑，悔种此万世之怆痛！

今，辗转于终为悲剧的希冀之梦，
似骷髅上的蔷薇在装饰着死情，

将桂冠投于荒冢，听暮钟之凄鸣，
渺渺悲韵远了，残留下记忆之影。

将宝剑投于荒海，双手痛击苍空，

---

① 选自于赓虞：《骷髅上的蔷薇》，古城书社1927年版，第1—4页。

无限的惨黑的空虚划落了幻梦!

从绝望之悬崖跌死残丑之神灵,
愿愁愿恨随骷髅沉睡万载不醒。

去矣,在黑纱的天宇下踽踽独行,
万生正睡于像死城般古黑之井。

把哀泪洒于草茵上飘零的孤影,
寂寞的海滨歌声逝了,只余夜风。

来,来,来,惨败的英雄,来水湄,山泷,
歌着,饮着,呵,装饰此惨变之幻境!

暗夜里幽魅的魔音

  于赓虞是中国新诗史上长期被低估的现代诗人,他的《骷髅上的蔷薇》算是绝境中诞生的奇迹之作。该诗在 1929 年 3 月被郭麟阁译为法语诗,受到郭的导师比较文学学者卡哀·古昂教授的赞誉:"这是一篇天才的作品。诗人有创造性的灵魂,把他手下的一切生物都弄得颤动。并且,诗人歌咏着人类的战栗"。

  《骷髅上的蔷薇》音律优美,低沉悠长。全诗每两行为一节,由 14 节连缀而成,初版繁体竖行排列,标点则附于旁侧空白,诗行整饬,看起来颇似"云片糕"。该诗共 28 行,主要由 ong、ing、eng 三个韵脚构成回环往复的旋律,第 1、9、11、13、14、19、27 行末尾为 ong 韵,第 2、3、5、6、8、16、17、18、21、22、23、24、25、28 行末尾为 ing 韵,第 4、7、10、12、15、20、26 行末尾为 eng 韵,押韵灵活多变,沉郁和缓,似听到诗人暗夜病中的呼告与呻吟。这首诗在音韵上最大的特色是灵活的反复手法的运用,结构的反复和意义的反复交相辉映。诗节首尾重复并进行个别诗行的微调,第 1 节和第 14 节重复;第 2 节与第 13 节的偶数行重复;第 5 节与第 6 节第一行都以"往日"开头,这两节的第二行首字均为"似";第 7 节与第 8 节第一行均以"今"字开头,"今"后以逗号加以停顿,并一再重复,正是对于第 5、6 两节中的"往日"呼应,以示当下诗人生命的惨痛,这两行的"徘徊于"与"辗转于"形成对仗;第 9 节与第 10 节首行都以"将"字起头,这两行的"将桂冠投于荒冢"与"将宝剑投于荒海"对仗工整,多重的反复突显诗歌的音乐性,收尾两节类似音乐的高潮,将读者代入诗人悲郁沉痛的心境。从诗形上看,《骷髅上的蔷薇》在整饬中富含自由，灵活舒展，自成一体。

  此诗开篇和结尾笼罩着阴森鬼魅的气氛，像一首招魂之曲，富含颓废之美。其时于赓虞已离京远赴山西太古铭贤学校任中学语文教员，远离亲友，水土不服，愁病缠身，濒临死亡边缘，诗中"惨"字出现七次，"惨败"两处、"惨变"两处、"惨病""惨笑""惨黑"各一处，可见当时境遇之惨烈。诗人生逢乱世，战火频仍，社会丑恶，生无可恋，周遭的一切均被抹上一道道暗色，如诗中出现"苍苔""黑狱""寒灰""惨黑""黑纱""古黑"字眼，足见诗人当时心境之抑郁。"骷髅"指向死亡、丑怪，"蔷薇"则指向生命、美丽，"骷髅上的蔷薇"则折射着诗人于赓虞生死共存、美丑互现的思想。与"骷髅"相对应的是一组跟死亡有关的词组诸如"冥照""黑狱""落英""花冢""荒冢""死城"等，与"蔷薇"相对应的是"歌声""彩云""春风""希冀之梦""草茵"，这两个系列的词组相反相成。除了"骷髅"与"蔷薇"二者对立统一之外，诗中"往日"与"今"，"来"与"去"均看似相反，实则同一，这也是诗人身心矛盾在诗作中的反映。在这位倾心于波德莱尔的"恶魔派"的诗人眼里，自己所遭逢的悲惨境遇反而让他能看清生命的本质，悟透人生的真相，于赓虞在这首诗里将个体之悲上升到抽象之思。

  于赓虞的《骷髅上的蔷薇》是诗人青年时期惨境中的绝唱，情思与节律交融和谐，诗形与诗质相统一，均整而富于变化，带有沉郁悲凉的特色，呈现出新月诗派向象征诗派过渡的痕迹。

（周少华导读）

【延伸阅读文献】

1. 周良沛编选：《中国新诗库：于赓虞卷》，长江文艺出版社1993年版。
2. 解志熙、王文金编校：《于赓虞诗文辑存》，河南大学出版社2004年版。
3. 夏爵蓉：《论"恶魔派"诗人于赓虞》，《中国现代文学研究丛刊》1994年第2期。

印　　象①

戴望舒

是飘落深谷去的
幽微的铃声吧,
是航到烟水去的
小小的渔船吧,
如果是青色的真珠;
它已堕到古井的暗水里。

林梢闪着的颓唐的残阳,
它轻轻地敛去了
跟着脸上浅浅的微笑。

从一个寂寞的地方起来的,
迢遥的,寂寞的呜咽,
又徐徐回到寂寞的地方,寂寞地。

与寂寞共舞

　　戴望舒是中国现代派象征主义诗人,他凭借细腻幽婉的抒情笔调和极具朦胧美的意象选用,长期以来在文学界独树一帜,深受广大读者的喜爱。在诗歌创作过程中,戴望舒格外注重感觉与情绪的微妙对应,他认为新的诗应该有新的情绪和表现这情绪的形式。正如戴望舒在《诗论零札》里指出:"诗应当将自己的情绪表现出来,而使人感到一种东西,诗本身就像一个生物,不是无生物。"新诗情绪的构建需要借助某些艺术形态,《印象》就是戴望舒将情绪与诗歌节奏巧妙结合的一个范例。

　　在《印象》中,戴望舒多用对等排列的诗歌节奏进行抒情,这种对等的节奏与采用的词语、句式相关。例如诗的第一节可以划分为三个层次,"是飘落深谷去的/幽微的铃声吧"是第一层次,"是航到烟水去的/小小的渔船吧"是第二层次,"如果

---

① 选自戴望舒:《戴望舒全集》(诗歌卷),中国青年出版社1999年版,第64页。

是青色的真珠；/它已堕到古井的暗水里"是第三层次。其中第一、二层次形成结构上的同一，即都采用形容词短语构成的判断句，两组诗行形成结构及意义上的完全对称。完全对称的结构带来的是节奏的完全对等。在"是……吧"的句式中，诗人以平缓且忧伤的语调展现情绪的流动。随后，第三层次在延续前两层次的基本结构上发生变化，形成以假设句开头的相似对等关系，其中"青色的真珠""古井的暗水"同时也构成词语结构的对等。诗的第二节与第一节的节奏相异，只有短短三行，但其中仍与第一节存在相似性，如"颓唐的残阳""浅浅的微笑"等形容词短语与第一节中的形容词短语遥相呼应，构成相同词语结构的重复。由此，诗的第一、二节以相同的词语结构将多重意象叠加在一起，由"铃声""渔船""暗水""残阳"这一系列带有忧郁色彩的意象引出"寂寞"这一核心命题。诗的第三节是诗人情感抒发的出口。在短短三行中，诗人运用四个"寂寞"，四个词语的"寂寞"正好与前面出现的多组意象相勾连，多次反复的节奏韵律与萦绕心头的寂寞情绪形成呼应，引发读者的共鸣。同时，四个"寂寞"的连续使用在第三诗节形成诗意的回环，"寂寞"从一个"寂寞"的地方起来，又重回到寂寞之地，这种"寂寞"的循环往复将内心情愫的难以排解展现得淋漓尽致，最后以"寂寞地"结尾，诗歌虽毕，但诗情仍停留在读者心中，渐明渐深。

《印象》收录于诗集《望舒草》中，这篇诗作容纳戴望舒个人的生命体验，字里行间都充斥着抽象的"寂寞"。但面对复杂、难以描述的"寂寞"情绪，诗人化抽象为具象，准确找到能暗示心绪的客观对应物，从而以多组意象并置的形式将难以排解的"寂寞"形象化。同时三个诗节的对等节奏巧妙地将审美知觉的意象与心境体验的情绪相结合，构建了一个完整且自然的情绪流动过程。这种独特的表现方式，使得读者在阅读过程中也能产生一种强烈的情感共鸣。与此类似的还有《烦忧》《秋天的梦》等诗作，戴望舒将生活中难以捉摸的情绪具象化，以朦胧的意象表现自我内心，展现了现代派诗歌创作风格。

（韩林妍导读）

【延伸阅读文献】

1. 王雪松：《新诗"情绪节奏"的内涵、机制与实践》，《文学评论》2022年第3期。

2. 许霆：《中国新诗自由体音律论》，复旦大学出版社2016年版。

我底记忆①

戴望舒

我底记忆是忠实于我的，
忠实得甚于我最好的友人。

它存在在燃着的烟卷上，
它存在在绘着百合花的笔杆上，
它存在在破旧的粉盒上，
它存在在颓垣的木莓上，
它存在在喝了一半的酒瓶上，
在撕碎的往日的诗稿上，在压干的花片上，
在凄暗的灯上，在平静的水上，
在一切有灵魂没有灵魂的东西上，
它在到处生存着，像我在这世界一样。

它是胆小的，它怕着人们底喧嚣，
但在寂寥时，它便对我来作密切的拜访。
它底声音是低微的，
但它底话是很长，很长，
很多，很琐碎，而且永远不肯休：
它的话是古旧的，老是讲着同样的故事，
它底音调是和谐的，老是唱着同样的曲子，
有时它还模仿着爱娇的少女底声音，
它底声音是没有气力的，
而且还夹着眼泪，夹着太息。

它底拜访是没有一定的，
在任何时间，在任何地点，
时常当我已上床，朦胧地想睡了；
人们会说它没有礼貌，

---

① 选自戴望舒：《戴望舒全集》（诗歌卷），中国青年出版社1999年版，第49—51页。

但是我们是老朋友。

它是琐琐地永远不肯休止的，
除非我凄凄地哭了，或者沉沉地睡了；
但是我是永远不讨厌它，
因为它是忠实于我的。

新诗情绪节奏之探求

《我底记忆》创作于1927年，是现代诗人戴望舒继其经典之作《雨巷》后的又一杰出诗作，记录了大革命失败后，诗人回首往事，心酸彷徨的苦涩心境，被文学界认为是戴望舒真正自觉之创作，亦是中国现代派诗之起点。总结戴氏诗风转变，可发现，诗人起初受新月派影响颇深，痴迷于对诗歌音韵节律和谐美感的追逐，力求将新诗作得如同旧诗般，能为世人悠然吟咏；而诗人后期受法国象征主义诗学启发，逐渐意识到单纯追求形式韵律之局限，体验到新诗因拘泥整饬诗形而割裂诗思诗情的削足适履之痛，自此他自觉转变创作理念，提出新诗"情绪节奏"之主张，即"诗的韵律不在字的抑扬顿挫上，而在诗的情绪的抑扬顿挫上"。（《诗论零札》）当诗学理论应用于诗歌创作，戴望舒以《我底记忆》为典范，推出摆脱音乐成分、以情感流动为主导的自由体新诗，在扬弃诗歌外在音乐性的同时，表现出意象选用、组合的高度技巧。该诗以驰骋想象，舒展自如的现代意象，朴素平易，清新自然的日常诗语，传达出诗人内心真实细腻，百转千回的复杂心绪与真挚情感。

戴望舒曾言，"诗应当将自己的情绪表现出来"，"诗本身就像是一个生物，不是无生物"。依其视之，情绪的抑扬顿挫应在诗中得到艺术化的具象呈现。而诗人对意象灵活精准的选用便是使诗情生动鲜活的必备素质。《我底记忆》中，诗人在对日常物的细致体察中捕捉美感，将大量似乎与诗无缘的琐碎物象化为具有丰富象征内蕴之意象：燃着的烟卷，破旧的粉盒，喝了一半的酒瓶，撕碎的往日的诗稿……这些好似随意选取的生活残片，仿佛一片片记忆碎片，在诗中被赋予灵魂，共同拼凑起充满情感的回忆世界，巧妙寄托了诗人对记忆无处不在，如影随形的情思感受。除却以蒙太奇般的意象拼贴来增添诗歌韵味与情绪强度，诗人还通过对中心意象由浅至深的描绘，引领读者获得情感上的延展体验。开篇以寥寥两句引入主题——记忆，后使用排比手法使"记忆"纷至沓来，第三节，诗人以细腻的拟人笔法，赋予记忆人的情态，他深情地回味"记忆"那怯弱的性格、细碎的声音，以及那满含泪水、交杂叹息的忧郁神情，透露出诗人孤寂无奈的悲苦心态。第四、五节则讲述了诗人与"记忆"更亲密无间的互动，即便记忆纷至沓来、"琐琐不可休止"，诗人却依旧视其为忠实可亲的"老朋友",字里行间流露出的爱怜与眷恋,传达出其对"记忆"复杂幽微的矛盾感受,使"记忆"主题在诗中得到全方位展现与深化。

自《我底记忆》问世后,戴望舒便踏上一条以意象映射情感的独特诗路。其诗篇由此得以插上想象的羽翼,一定程度上摆脱早期诗作过分追求外在音乐性节奏与古典意象的桎梏,展现出更加鲜活的"现代"特质。这一转变不仅丰富了诗歌意蕴,更无形中提升诗作的艺术表现力与感染力,其诗歌意象繁多但毫不虚浮,句式参差而不失法度,呈现出一种去伪存真,清新脱俗的自由诗美。

(温琳舒导读)

【延伸阅读文献】

1. 王雪松:《新诗"情绪节奏"的内涵、机制与实践》,《文学评论》2022年第3期。

2. 李章斌:《"非格律韵律":一种新的韵律学路径》,《文艺争鸣》2014年第10期。

我用残损的手掌①

戴望舒

我用残损的手掌
摸索这广大的土地：
这一角已变成灰烬，
那一角只是血和泥；
这一片湖该是我的家乡，
（春天，堤上繁花如锦障，
嫩柳枝折断有奇异的芬芳，）
我触到荇藻和水的微凉；
这长白山的雪峰冷到彻骨，
这黄河的水夹泥沙在指间滑出；
江南的水田，你当年新生的禾草
是那么细，那么软……现在只有蓬蒿；
岭南的荔枝花寂寞地憔悴，
尽那边，我蘸着南海没有渔船的苦水……
无形的手掌掠过无限的江山，
手指沾了血和灰，手掌黏了阴暗，
只有那辽远的一角依然完整，
温暖，明朗，坚固而蓬勃生春。
在那上面，我用残损的手掌轻抚，
像恋人的柔发，婴孩手中乳。
我把全部的力量运在手掌
贴在上面，寄与爱和一切希望，
因为只有那里是太阳，是春，
将驱逐阴暗，带来苏生，
因为只有那里我们不像牲口一样活，
蝼蚁一样死……那里，永恒的中国！

---

① 选自戴望舒：《戴望舒全集》（诗歌卷），中国青年出版社1999年版，第151—152页。

深沉明快，时代之歌

《我用残损的手掌》一诗创作于1942年，即抗日战争最为艰苦卓绝之时，戴望舒因在香港参加抗日活动被日本宪兵逮捕入狱，在狱中，诗人历经严刑拷问，身心备受摧残。面对残酷现实，诗人将个人不幸与国家命运相互勾连，以深邃的思考和赤诚的笔触，抒发了对祖国河山的深切热爱与对和平生活的美好向往。此诗是戴望舒后期代表性创作，此时期的诗人纠正了自身在前一时期对新诗散文化的过度推崇。诗作将自由体与格律体相结合，或连续押韵，获隔句尾字押韵，音韵和谐，朗朗上口，挥洒自由的同时有所节制。

与《我底记忆》类似，《我用残损的手掌》同样表现出戴望舒对于诗歌意象新鲜特质的不懈追寻与精心营造。"残损的手掌"作为统摄全诗的总体意象，并非空穴来风，而是存在其现实基础。它不仅指向侵略者对诗人肉体的摧残，还映射出祖国山河版图的残缺不全，它引领全诗主题，同时催生了其他丰富多彩的意象，共同构成诗作深邃内涵。诗人首先用"残损的手掌""摸索"祖国每个角落，"灰烬""血和泥"与"繁花""嫩柳枝"，利用意象空间上的横向对比与时间上的纵向对比，凸显祖国山河昔日壮丽优美与如今残破不堪之间的剧烈反差。同时，诗人构造意象过程中巧妙运用通感手法，调动起触觉、视觉、味觉等多重感官体验，诗中意象融入其内心情感的细腻投射，如"长白山的雪峰冷到彻骨"描绘了冰冷触感，"岭南的荔枝花寂寞地憔悴"描摹了凋零视象，"没有渔船的苦水"则好似尝到南海水的苦涩，暗含诗人内心的孤独落寞与苦涩无奈。接下来，诗人以"无形的手掌"掠过"无限江山"，一个"掠"字凸显动作之快速，形象刻画出诗人对祖国所遭受创痛的目不忍视。终于，诗人在满目疮痍中，惊异地发现了辽远而光明的"一角"，他充满柔情地"轻抚"那美好珍贵的完整角落，好似"恋人的柔发""婴孩手中乳"，进而，他将"全部的力量运在手掌"，"贴在上面"，与之紧紧相依。从"摸索"到"掠过"，再到"轻抚""贴在上面"，诗人以动态意象"手掌"，生动传神地勾勒出其情感由低沉失落到明快振奋的演变过程。考察戴氏诗歌意象选用，可发现诗人逐渐从书写时代风云与个人心绪中走出，展现出宏阔的时代视野与家国情怀，其诗作因此更具沉郁意味。

此外，《我用残损的手掌》的诞生标志着诗人成功开创融汇写实与超现实手法的全新抒情方式，从而达到其诗歌创作生涯的又一高峰。尽管深陷囹圄，诗人却仿佛能以心眼透视祖国辽阔疆域，不仅洞察其轮廓色泽，更能感受其气候冷暖，嗅闻其草木芬芳。这种通过想象构建的虚拟景象，比起日常生活化书写，更能传递诗人更为本质深沉的情感，凸显其对战争的无奈隐忍及对祖国的深沉眷恋。同时，在打造虚拟情境时，诗人十分注重对所描摹景象细致入微的刻画，如堤上繁花似锦的盛景、嫩柳枝折断散发的清香、长白山巍峨耸立的雪峰、黄河水浑厚的泥沙以及岭南荔枝花沁人心脾的香气……细腻入微地形尽物态情状，进一步展现了诗人对祖国的深厚情感，同时深刻地揭示了其内心哀感。在这首诗中，戴望舒将象征艺术与超现实手法巧妙结合，抒发了强烈爱国精神，诗中政治内容的融入不仅没有造成艺术美感的滑坡，反倒强化了艺术真实性，彰显出其独特的艺术审美价值。

（温琳舒导读）

【延伸阅读文献】

1. 王文斌：《〈我用残损的手掌〉：透视戴望舒》，《文艺理论与批评》2000年第1期。
2. 文学武、王冰冰：《论戴望舒对中国早期象征主义诗论的超越》，《浙江学刊》2024年第2期。

我及其他①

徐 迟

我，日益扩大了。

华的风景。华！
倒立在你虹色彩圈的 IRIS 上，
华是倒了过来的我。

这"我"一字的哲学啊。
桃色的灯下是桃色的我。

向了镜中瞟瞟了时，
奇异的姝，
忠实地爬上琉璃别墅的窗子。

华安憩了——或是画梦吧，
华在深蓝的夜网中展侧。

于是，在梦中，在翌日，
华在恋爱中翻着筋斗。
华华华学我华华华——
我已日益扩大了。

视觉的游戏与"我"的哲学

  20 岁的徐迟出版了他的第一部诗集《二十岁人》，他在序言中提到自己的生命状态："虽形无所动，心已被役于爱情中了"，"我把爱情，撕成一张一张的邮票"。尽管自称其诗歌是"柔弱的东西"，是"废物"，但他依然表明自己严肃的写诗态度，

---

① 选自徐迟：《二十岁人》，上海时代图书公司 1936 年版，第 1—2 页。

"我写诗的态度是要求准确性,这样也许造成更甚的 Privacy(私)了"。外国诗歌的影响和内心的创造渴求使他拿起诗笔开始新颖的尝试。

徐迟写于1934年的诗歌《我及其他》,利用印刷排版设计营造新诗的视觉形式,使诗形、诗情、诗意完美结合,是现代诗人新潮有趣的尝试。作为文字符号的"我"有固定的写法,但生活与交往中的"我"却并非一成不变。当进入同"其他"的关系中,"我"会发生怎样的变化?这首诗中"我"字的排字:扩大了的就用大一号字;倒立的用倒着排的铅字;照镜子的,排了反过来的字;辗侧的就把这字这样那样横过来排;转圈儿的每个"我"字排成转四十五度地转了一圈。排版的个性设计乍一看令人不明所以,细读便觉其非常巧妙。

这首诗集中表达"我"的哲学。首节"我,日益扩大了",独行成节吸引读者给予更多关注,大一号的"我"字让"日益扩大"这一形容词取得具象的视觉效果。第二节起,"其他"的出现使"我"的面貌相应改变。当"你"作为主体,"我"便成为你眼波中的风景。倒立成像的光学规律使"我"在你的虹膜(IRIS)上变成倒了过来的"我"。人们常言"眼见为实",殊不知眼睛也服从于物理规律,感官作为一种介质常因其透明性而被人忽视,诗人却敏锐地察觉到观看带来的颠倒。这一节诗中的"我"字上下颠倒印刷,原本抽象的主客体相对性哲学一下子变得格外形象生动。在接下来的几节中,诗人分别刻画了"我"在与"其他"的关系中发生的各种变化。"桃色的灯下是桃色的我",这桃色的我不知究竟是灯光照耀带来的改变,抑或是因"你"的注视带来的羞涩?"你"的存在使我开始注意"我"的形象,但即使是我也无法真正观察到"我"自身,借琉璃窗自照,所见却是镜像翻转的奇异的"我"。左右旋转的"我"字刻绘出我在深夜中辗转反侧的情态。诗人在结尾处用旋转的八个"我"字形象化地呈现出"我在恋爱中翻着筋斗"的动态形象。正是"你"的介入让"我"意识到"其他"带来"我"的变化。而又正是在与"其他"的关系中,在"翻着筋斗"的过程中,"我已日益扩大了"。

通过镜像、梦境不断反观和反思自我,主观的"我"和客观的"我"产生奇特的对视。无论是颠倒还是辗转反侧,是扩大还是翻着筋斗,"我"随着诗意变动而处于动态变化中。"我"的哲学本是抽象的,然而"我"的姿态又是具象的,在抽象和具象之间形成审美张力。整首诗颇似游戏之作,寓庄于谐,生动俏皮地展示了恋爱中人的心理。

(张皓导读)

【延伸阅读文献】

1. 张静轩:《感官的飨宴及其超越——论中国现代诗歌中的新感觉风》,《中国现代文学研究丛刊》2023年第11期。

2. 王雪松:《视觉形式与中国新诗文体建构》,《文艺研究》2024年第5期。

都会的满月①

徐　迟

写着罗马字的
Ⅰ Ⅱ Ⅲ Ⅳ Ⅴ Ⅵ Ⅶ Ⅷ Ⅸ Ⅹ Ⅺ Ⅻ代表的十二个星；
绕着一圈齿轮。

夜夜的满月，立体的平面的机件。
贴在摩天楼的塔上的满月，
另一座摩天楼低俯下的都会的满月。

短针一样的人，
长针一样的影子
偶或望一望都会的满月的表面。

知道了都会的满月的浮载的哲理，
知道了时刻之分，
明月与灯与钟的兼有了。

现代都会的时间之思

　　1930年代的上海是中国的现代大都会。人们享受着都市日常生活呈现出"现代"的物质魅力，汽车、舞会、霓虹灯、喷泉等组成现代都市的靓丽风景。诗人沉醉于现代性所允诺的美好前景，把玩新鲜的现代意象，形成对都市生活的诗意思考，同时也表达出都市文明异化人性的体验与反思。上海高楼上悬挂的巨大时钟就激发了诗人无限的诗性想象，这一现代技术的造物如此新鲜，在前现代的生活经验中或许只有月亮与它存在相似性。"都会的满月"是诗人借大钟形成的凝练简略的诗性意象。

　　诗第一节，"的"字结构的反复出现形成堆砌式的把玩形容，而作为中心词的

---

① 选自徐迟：《二十岁人》，上海时代图书公司1936年版，第80—81页。

"满月"得到一遍又一遍的吟咏,它表面的形式、内部的结构、不同的视角都被呈现。12个罗马数字像是群星,环绕着时钟的齿轮。这时钟不同于月亮,它没有阴晴圆缺,电光使其夜夜都是"满月"。它的零件包含着精密的立体构造,却又以平面的方式呈现出时间。它高挂在摩天楼的塔上,路人像望月一般望着它;但都市尚有更高的摩天楼,因此人也拥有俯视"满月"的可能性。从不同侧面对大钟展开的描写,也暗示着大钟已经闯入四面八方的人们的经验,来来往往的人一次又一次、从不同的角度,不住地去凝望着、思考着矗立在摩天楼上的大钟。

  诗第二节和第三节在结构上略有相似,三行成节,前两行通过反复的手法造成行间对称,建构诗意层面的节奏。与大钟相比,人仿佛渺小了,只堪和短针相较。而"长针一样的影子"加入光线投射的描绘,使诗歌空间立体化,也暗示出时间是早晨或是傍晚。人的走动、影子的走动亦如时针、分针的不断转动,在空间的变化背后又都蕴含着时间的流逝,在时间的流逝中只余下匆匆的脚步声。都会的人们如何知晓时间?望一望大钟的表面,明白其浮载的关于时间的哲理,也就知晓了时刻之分。似月而非月的都会大钟兼具三种功能,不仅作为钟昭示着都会的时间,像灯一般照亮着都会的空间,还承载着现代人的凝望,扮演着"都会的满月"。但"都会的满月"毕竟不同于古典的月亮,透过都市风景的描写,诗歌中也体现出对现代文明的隐约担忧。"夜夜的满月"在街头无休止地向人们发出时间的信号。时针的不断转动催促着行人的脚步,人仿佛成为时间的零件,在大钟的齿轮催动下永不停摆。都会的时间真正为都会带来现代性,人们离开古典田园式的悠然生活,游荡在摩天楼的海洋中,惬意的背后也暗藏着现代生活的紧张、单调与疲惫。

(张皓导读)

【延伸阅读文献】

1. 罗振亚:《都市放歌——评徐迟20世纪30年代的诗》,《北方论丛》2001年第1期。
2. 王泽龙:《论中国现代诗歌意象的都市化特征》,《人文杂志》2006年第4期。

脚　　步①

何其芳

你的脚步常低响在我的记忆中，
在我深思的心上踏起甜蜜的凄动，
有如虚阁悬琴，久失去了亲切的手指，
黄昏风过，弦弦犹颤着昔日的声息，
又如白杨的落叶飘在无言的荒郊，
片片互递的叹息犹似树上的萧萧。
呵，那是江南的秋夜！
　　　　　　　深秋正梦得酣熟，
而又清澈，脆薄，如不胜你低抑之脚步！
你是怎样悄悄地扶上曲折的阑干，
怎样轻捷地跑来，楼上一灯守着夜寒，
带着幼稚的欢欣给我一张稿纸，
喊看你的新词，
那第一夜你知道我写诗！

青春的忧郁与感伤

　　何其芳是中国现代文学史上杰出的诗人、散文家和文艺理论家，这首《脚步》是何其芳于 1932 年 5 月创作的诗歌，收录在其早期诗集《预言》中。何其芳的诗歌（特别是早期诗歌）如他的散文一样，大都采用"独语"的调式，可以看作是诗人的"青春幻想曲"。如果仔细考察这一时期的何其芳，不难发现那是诗人一生中写诗最冲动的时刻。当时诗人在北京清华园和燕园求学，正处于一种充满青春躁动和诗意幻想的时期，此时的诗歌中明显带有诗人早年独特的个人精神特征——忧郁迷惘和孤独寂寞。诗人早年求学的艰难和对未来的彷徨，之后事业的不顺以及爱情的幻灭（1931 年夏天，何其芳单恋堂表姐杨应瑞无果），都给年轻的诗人带来无言的寂寞与痛苦。因此，诗人在《预言》集中呈现给读者的大多是他个人精神世界和情感体验

---

①　选自何其芳：《何其芳全集》（第 1 卷），河北人民出版社 2000 年版，第 6—7 页。

的孤独与迷茫。

在《脚步》这首诗中，诗人满溢于心的寂寞是借助"脚步"这一意象而具象化的，同时使用大量与声音有关的词语来对其进行描述。诗歌的第一句"你的脚步常低响在我的记忆中"点明诗人内心的悸动，这里写的"你"，既可以看作一个少女，也可以看作爱情和希望的象征，"脚步"低响在记忆中，引起的是诗人"甜蜜"的思念，但这种思念的终结却是"凄动"，这里展开了对声音的捕捉和描述，抒情对象也由"你"转向"我"。紧接着的"虚阁悬琴""弦弦声息"和"白杨落叶"都是带有中国传统诗词韵味的意象，并经过现代手法的拼凑构成一种朦胧而凄美的氛围：黄昏风过好似虚阁悬琴，弦弦颤动；白杨落叶纷纷飘零，互递叹息，似树上之萧萧。这里不难看出何其芳诗歌中古典诗词的底蕴，他无论表达何种情感，所选择的意象始终带有古典的韵味。同时，他又善于对古典意象进行现代性的加工和改造。如"白杨落叶"等意象并不是实指脚步声，而是虚写诗人心中幻想的"少女形象"，何其芳并没有仔细描绘少女的外貌和姿态，却通过这些意象的虚指衬托出整体的意境氛围，给读者带来现代化的新鲜感受。

在《脚步》的第二节中，诗人"呵，那是江南的秋夜"的感叹，可谓是全诗的转折点，有着承上启下的功效。在第一节中，诗人写了"你"的脚步"踏"在"我"的"心上"的一连串反应，但关于这些反应的原因却并未解答。而第二节中，诗人给读者一个带有隐喻性质的答案："那是江南的秋夜"，这里的意象"秋夜"与前面的"虚阁悬琴""弦弦声息"和"白杨落叶"等意象遥相呼应。接着，诗人又将"秋夜"的意象与抒情对象"你"的"脚步"相对比，"你低抑之脚步"远胜于"秋夜"的"清澈"与"脆薄"，从而突出"脚步"对于诗人的独特意义，并由"秋夜"氛围的营造中再次实现对"脚步"意象的回归。那"曲折的阑干"、灯下的"夜寒"、欢欣的"稿纸"和纸上的"新词"，便都随着"夜色"和"脚步"的行进，收束在作者的美好想象之中。诗歌第二节的调子虽然一开始比较轻快，但在诗情的流动中，回响着的仍然是诗人"甜蜜的凄动"。诗歌最后一句如实反映了诗人此时的心境，"那第一夜你知道我写诗！"

（梁梦荻导读）

【延伸阅读文献】

1. 谢冕：《真诚：他所有的芬芳——论何其芳》，见《中国现代诗人论》，重庆出版社1986年版。
2. 孙玉石：《论何其芳三十年代的诗》，《文学评论》1997年第6期。
3. 杨义、郝庆军：《何其芳论》，《文学评论》2008年第1期。

生活是多么广阔①

何其芳

生活是多么广阔,
生活是海洋。
凡是有生活的地方就有快乐和宝藏。

去参加歌咏队,去演戏,
去建设铁路,去做飞行师,
去坐在实验室里,去写诗,
去高山上滑雪,去驾一只船颠簸在波涛上,
去北极探险,去热带搜集植物,
去带一个帐篷在星光下露宿。
去过极寻常的日子,
去在平凡的事物中睁大你的眼睛,
去以自己的火点燃旁人的火,
去以心发现心。

生活是多么广阔。
生活又是多么芬芳。
凡是有生活的地方就有快乐和宝藏。

一首生活与生命的赞歌

《生活是多么广阔》写于1941年,是何其芳在延安时期的诗歌代表作。他是1930年代京派主要的诗人、散文家,最初是以新诗写作者的身份登上文坛。何其芳早年诗歌受新月诗派的影响,在形式方面注重格律和节奏,内容方面表现内心的苦闷和忧郁,展现生命的短暂与悲哀。抗日战争全面爆发后,在实际的生活与斗争中,何其芳的思想和创作发生巨大的变化,并一改以往柔美、细腻的文笔,转向较为朴

---

① 选自何其芳:《何其芳全集》(第1卷),河北人民出版社2000年版,第412—413页。

素、明朗的风格。1938年8月底，何其芳和沙汀、卞之琳等人一起，从成都穿越封锁线来到延安，很快受到毛泽东的接见，并于同年11月加入中国共产党。之后，何其芳响应中共中央"到前方去""到敌后去"的号召，到晋西北和冀中根据地活动，开始编辑教材和《战斗报》。1939年回到延安后，他先是担任鲁迅艺术文学院教员，后担任文学院系主任。1941年底，他发表《生活是多么广阔》《我为少男少女歌唱》等新诗，并在青年中产生广泛影响。

《生活是多么广阔》是一首生活的赞歌。整首诗格调明朗开阔，号召青年人去发现平凡生活中的美好事物和美好心灵，去挖掘生命的意义，并将自己的热情与希望传达给周围的人。整首诗是一首自由体诗，不注重压韵，以朴素流利的口语形成了诗歌特有的节奏。十行排比诗句联翩而下，有力地传达了热烈丰富的内在希望，情真意切，读之可喜。

《生活是多么广阔》也是一首生命的颂歌。生命的意义是什么？我们为什么活着？这两个看似简单的问题却饱含作者对生命的追问。全诗共有三节，第一节中"生活是多么广阔，生活是海洋"的出现让人摸不着头脑。但接下来第二节的诗句为"广阔"和"海洋"做了阐释，为讲述生活的丰富多彩，诗人列举生活中诸多有意义的事：去参加歌咏队，去演戏，去建设铁路，去做飞行师……去以自己的火点燃旁人的火，去以心发现心。何其芳一口气写下十五个"去"字的排句，却一点也不呆滞，诗歌每一句都在描绘一种美妙的生活情景，使人陷入深深的喜悦之中。十五个排句可分为两个层次，前六个"去"动作性强，后面则由动入静，由实转虚，在静态的描写中点染生活的内在方面：心灵的修养，人与人之间的友爱。它启发年轻人去从平凡中发现不平凡，去用自己的热情发现别人的真诚。后四个排句看似平常，实则点化全诗，是对前面诗意的补充、扩展和深化，同时使诗具有更深层次的意义和内涵。

在诗歌结尾处，作者再次点题，但诗句又稍有变化，并在"生活是多么广阔后"再次总结"生活又是多么芬芳"。原来的"生活是海洋"乃是从广阔引申而来，海洋代表着广阔、无边，同时也有暗含深意，即有什么样的心情，就有什么样的心境；而现在以"芬芳"一语定论，"芬芳"是快乐和温馨，这就照应全诗，令人在诗歌的每一处停顿和回味中都有惊喜的发现，这也正是"凡是有生活的地方就有快乐和宝藏"，这种用结尾引出新意的方法，值得读者细细体味。

（梁梦荻导读）

【延伸阅读文献】

1. 段从学：《现代性语境中的"何其芳道路"》，《中国现代文学研究丛刊》2013年第5期。

2. 姜涛：《"新的抒情"：何其芳〈夜歌〉中的"心境"与"工作"》，《文艺研究》2021年第9期。

道　　旁[①]

卞之琳

家驮在身上像一只蜗牛，
弓了背，弓了手杖，弓了腿，
倦行人挨近来问树下人
（闲看流水里流云的）
"请教北安村打哪儿走？"

骄傲于被问路于自己，
异乡人懂得水里的微笑，
又后悔不曾开倦行人的话匣
像家里的小弟弟检查
远方归来的哥哥的行箧。

道旁邂逅的人生智慧

　　这首诗写的是道旁问路的一个戏剧化场景，通过叙述"倦行人"和"树下人"的互动，刻画出两个人物形象和他们代表的两种人生态度。"倦行人"饱经风霜，漂泊的疲惫凝缩在他"弓了背，弓了手杖，弓了腿"的形象中，他无心看道旁的景色，而是思索着目的地的方位。相较之下，"树下人"虽然也是"异乡人"，却有着"闲看流水里流云"的悠然自得。二者的邂逅由前者向后者问路开启，"树下人""骄傲于被问路于自己"，因为他其实也是"异乡人"，或许是由于闲适的姿态，"倦行人"竟向他来问路了。两个"于"字的层叠使用柔婉有力地传达了"树下人"的自得。"树下人"更感兴趣的则是倦行人的行旅经验，因而后悔没有主动打开他的话匣。"像家里的小弟弟检查/远方归来的哥哥的行箧"，生动地写出"树下人"的闲适自在，他不觉远行多么劳碌与疲惫，反倒因洒脱和天真而对旅程的故事充满好奇心。"倦行人"要问的是自己要走的实际的路，而"树下人"所好奇的则是别人走过的人生之路。两种问路对照出截然不同的人生状态，"倦行人"和"树下人"都具备对方

[①] 选自卞之琳：《卞之琳文集》（上），安徽教育出版社2002年版，第23页。

所渴慕的某些特质。诗人并不偏好于其中一种，而是在二者的互动与对照中为读者留下思考的空间。

  这首诗写于 1934 年，在同一时期卞之琳翻译了马丁的《道旁的智慧》一文，显然可以作为本诗的一个注解。文中不仅赞美了"走江湖人"的风尘仆仆的旅行生活和他们所拥有的道旁的智慧，还描述了倦行人道旁休憩时的一种难得境界，"仆仆风尘的倦行人，傍着一个邂逅的旅伴，休息在一块雄岩的荫下，在饱饮了一顿被炎日所忘掉而不曾被晒干的潭水后；因为到这种意外恬适的难得的境界，人就会对陌生人托出真心，说出心底里的思想，平常甚至于对生身的母亲都不愿意讲呢。这种话就带有了道旁的智慧的真声了"。本诗写的也是倦行人与树下人的邂逅，尽管诗中并未写两个陌生人托出真心的交谈，甚至连指路的细节都无一字，但一句"异乡人懂得水里的微笑"就写出两人相逢即会心的默契，在近乎白描的文字中，诗歌已然显出道旁的智慧。

  这首诗的语言也颇有特点，被认为古拙而又清新、人工而又自然。诗中既有"请教北安村打哪儿走？"这样的鲜活口语，也有"像家里的小弟弟检查/远方归来的哥哥的行箧"这样自然的白话，还有"闲看流水里流云""骄傲于被问路于自己"这样的化古化欧的书面语。诗中许多地方使用了复辞句，如"弓了背……弓了腿""倦行人……树下人""流水里流云""骄傲于被问路于……"等，这些句法既增添了诗歌的节奏性，也让诗意在曲折往复中耐人寻味。这首诗歌也体现出叙事性对现代诗歌的作用，洗练的表达寥寥几笔就勾勒出人物形象，并创造出戏剧化的场景，诗歌深意尽在人物朴实可感的形神举止之间。

（张皓导读）

【延伸阅读文献】

  1. 马丁（E. M. Martin）著，卞之琳译：《道旁的智慧》，《人间世》1934 年第 5、6 期。

  2. 王泽龙：《论卞之琳的新智慧诗》，《文艺研究》1996 年第 2 期。

断　　章①

卞之琳

你站在桥上看风景，
看风景人在楼上看你。

明月装饰了你的窗子，
你装饰了别人的梦。

言简义丰的隽永诗篇

　　卞之琳是中国现代新诗史上一位别具光辉的诗人，其毕生诗作数量不多，却品质精湛，其诗歌语言纯熟洗练、诗风含蓄机智、诗律灵巧精致，在诗艺层面为中国新诗发展做出了重要贡献。《断章》作于1935年10月，收录在卞之琳1935年底出版的诗集《鱼目集》中，《圆宝盒》《白螺壳》《鱼化石》《距离的组织》《无题》《航海》《音尘》等佳作也同列其中。作为最具代表性的诗集，甫一出版，便得到李健吾的"少数的前线诗人"的肯定与赞美。《断章》全诗虽寥寥34字，却以素雅简练的语言，包含了隽永意境与蕴藉哲思，相当耐人寻味。

　　在诗歌形式上，《断章》两段四句，非常讲究重复与对称。既有"你""看风景""装饰"等语词的重复，也有诗行字数上"八九九八"的重复与对称，还有"在楼上""在桥上""装饰了你的窗子""装饰了别人的梦"等处境上的重复与对照。"重复"可以产生节奏上的回环复沓之感，"对称"更是中国古典诗歌形式的重要特点，二者的组合运用，加之"桥""楼""月""窗""梦"等古诗词高频意象的配合，颇能让读者体会到诗形中掩藏的古典意味。卞之琳用这种形式上的技巧，创造了一个简约洗练的外壳，把诗意尽收于此，言简义丰，产生包容含蓄又意蕴悠远的结构张力。

　　当然，诗意的生成仅靠诗形的重复与对称是不够的，细读之下，我们还可以发现其中的一些变奏。例如，"你"字在每行均有出现，穿针引线般勾连了诗行之外，更有微妙的变化。第一句"你"出现在句首，作为施动者在桥上"看风景"。第二句

---

① 选自卞之琳：《卞之琳文集》（上），安徽教育出版社2002年版，第29页。

"你"出现在句末,变成被楼上"看风景人"观看的受动者。第三句"你"出现在"你的窗子"中,看似窗子的主人,但亦可看作诗的视点从"人"游移到"物",于是人的主体性一步步被转移与抽离,直到"你"如同客体般成为第四句中"别人的梦"之"装饰"。在桥上看风景的"你",亦被楼上之人作为"风景"(有心或无意)收入眼中;明月在此时做了你窗子的"装饰",可又怎知你何时不会成为别人梦中的过客(也许是贵客)呢?仅仅四句,就完成"施—受""主—客""人—物""时—空"间的转换,通过跳脱的诗思、处境的对调,表现了万事万物的"相对"。

值得注意的是,"装饰"一词含义多重,可指在已有基础上增添细节的"点缀",带有从属、附加、轻、小之意;也可被理解成用华丽之物(语词、色彩、图形等)对主体进行美化,虽是给主体带来美感的客体,却有主动的、点睛的、甚至在美之层面重要(于实用性可能次之)的意味。在卞之琳题赠张充和而因战争缘故未及出版的《装饰集》(1937年)里,《妆台》一首诗的两句似可为"装饰"提供注解:"装饰的意义在失却自己""我完成我以完成你",这也许已经无关风月、超脱喜忧而进入辩证哲思了吧。

《断章》一诗,通过诗形、诗语、诗思,以洗练的诗艺契合了卞之琳设置的诗境,在意义的多层次滑动、语境的变幻中,触动了历届读者对它的不懈探索。这可以是李健吾的"装饰说",可以是张曼仪的"对照的组织",可以是白灵的"匮乏说",也可以是卞之琳自况的"相对说"……各种解读见仁见智,但不论如何,我们可以确定的是,《断章》已然成为中国现代新诗史上公认的隽永诗篇。

(夏莹导读)

【延伸阅读文献】

1. 江弱水:《卞之琳诗艺研究》,安徽教育出版社2000年版。
2. 吴密:《卞之琳:创新的继承》,《江苏大学学报(社会科学版)》,2008年第3期。
3. 白灵:《我完成我以完成你——从匮乏说看卞之琳的〈断章〉》,《诗探索》,2013年第3期。

归①

卞之琳

像一个天文家离开了望远镜,
从热闹中出来闻自己的足音。
莫非在自己圈子外的圈子外?
伸向黄昏去的路像一段灰心。

疏离者的落寞归途

  《归》作于1935年,是一首形式整齐、近乎绝句的现代诗。卞之琳写诗注重音节,他曾指出,"顿"对诗歌节奏的影响,"在新体白话诗里,一行如全用两个以上的三字'顿',节奏就急促;一行如全用二字'顿',节奏就徐缓,一行如用三、二字'顿'相间,节奏就从容"。《归》这首诗共四行,均采用较长的句式,三字"顿"与二字"顿"相间使用,形成平缓的语气,因此表现的并非将要归去的兴奋,反倒在语音的绵延中造成时间的减缓。诗题"归"意指"返回",但本诗表达的却是不同的心境与感受。诗中"离开""出来""圈子外""去的路"等空间指向性词汇暗示出归者的自我空间定位,他仍以正要离开之处为参照,而"归"的终点却并不明晰。语意和语音的结合体现出抒情主体对离开的流连不舍,和对去向何处的迷茫困惑。

  "像一个天文家离开了望远镜,/从热闹中出来闻自己的足音。"前两行是一个新鲜而个性的比喻,用"天文家"离开"望远镜"表现自己"从热闹中出来"的"归"带来的生命体验的反差。望远镜是天文家观察宇宙的工具,它将人与群星的距离由宇宙尺度的遥遥拉近到咫尺可见。而当天文家离开望远镜,他与宇宙群星的距离在一刹间变得无限遥远。虽然宇宙是遥远而寂静的,但对于天文家而言却热闹非凡,那里激发他探索的激情,寄托着他的兴趣和天分。宇宙的宏伟赋予他的存在以精神意义,远离肉身的渺小。而当天文家离开其所凭依的望远镜,他便从宇宙繁星的热闹中脱离出来,从浩瀚宇宙退缩到渺小的自身,回到此时此刻的冷清与孤寂中。诗人通过远取譬的方式,借望远镜之喻表达"归"给自己带来的疏离人群的落寞和独处的寂寞之感。"听自己的足音"固然是人生的一种本来状态,"归"毕竟是一种

---

 ① 选自卞之琳:《卞之琳文集》(上),安徽教育出版社2002年版,第55页。

"回归"。然而当一个人习惯于人群的热闹时，忽然离开他熟悉的环境、放下正追求着的事业，他的价值便仿佛失去锚点。他从热闹的人群中离开，走上归家的路，这归途如此孤寂，只闻自己的脚步声作响，别无任何声音。而这足音在宇宙天地间不过是转瞬即逝的痕迹罢了。卞之琳擅用小与大的对照、闹与静的对比来表现内心细腻的情感，这两行诗用宇宙的浩渺反衬出个体的微小，用微不可察的足音反衬出环境的寂静，而对这寂静的不适感又衬托出对"热闹"的流连。

诗第一、二、四行以 in、ing 协韵的方式形成和谐的韵脚，第三行则脱离全诗的韵脚，而以"圈子外"的重复出现形成行内的"同声相应"。"莫非在自己圈子外的圈子外？"声韵和语气的变化让诗思在线性推进中忽起一道波澜，从落寞感的抒发转向对归宿的寻找，然而，两个"圈子外"的嵌套强调一层又一层的疏远，让归宿更添几分渺茫。怅惘的情绪让脚下的路更加沉重，"伸向黄昏去的路像一段灰心"化虚为实，路本来是一种具备延伸性的空间，却被黄昏和灰暗笼罩，表达出一种越追寻越暗淡的生命体验。

（张皓导读）

【延伸阅读文献】

1. 夏莹：《论卞之琳诗歌的语言艺术》，《华中师范大学学报（人文社会科学版）》2013 年第 2 期。

2. 王泽龙、杨柳：《论卞之琳诗歌的古典语言意识》，《河北学刊》2017 年第 3 期。

她这一点头[①]

曹葆华

她这一点头,
是一杯蔷薇酒;
倾进了我的咽喉,
散一阵凉风的清幽;
我细玩滋味,意态悠悠,
像湖上青鱼在雨后浮游。

她这一点头,
是一只象牙舟;
载去了我的烦愁,
转运来茉莉的芳秀;
我伫立台阶,情波荡流,
刹那间瞧见美丽的宇宙。

一首清丽流美的爱情诗

　　曹葆华早期是清华校园诗人,受郭沫若影响很深,在校时就出版了诗集。当时出版诗集的清华学生属凤毛麟角,曹葆华之前就只有闻一多和朱湘。后来曹葆华又参与新月派、现代派的艺术探索中,系统译介了20世纪欧美现代诗论,为中国新诗现代性建构作出独特的贡献。《她这一点头》创作于1929年,当曹葆华第一部诗集《寄诗魂》(1930)出版时,此诗被摆放在第一的位置,可见这首诗对于诗人的写作来说具有某种"开端"意味。

　　这是一首极具形式感的爱情诗。前后两节,每节六行,一韵到底。两节都是以"她这一点头"五字开头,每行字数递增,到第六行十字结束。刻意为之的形式有效规约了抒情,也为这首情诗赋予了音乐感极强的韵律,读来悠扬响亮,朗朗上口。从意象上看,诗中清丽、浪漫的意象选择,让我们联想到徐志摩的风格。前后两节

　　[①] 选自曹葆华:《寄诗魂》,震东印书馆出版1930年版,第1—2页。

的核心意象分别为"蔷薇酒"与"象牙舟"。以这两个意象为基础,诗人展开进一步想象,构成"蔷薇酒——凉风清幽——青鱼浮游"和"象牙舟——茉莉芳秀——美丽宇宙"两条意象线索,使这首诗呈现出篇幅短小但画面丰富的特点。孙玉石评价曹葆华早期诗歌写作时说,此时"他还不能突破校园和知识分子生活圈子的限囿,但又不愿陷入'纤弱趣味'一路,便在郭沫若与徐志摩抒情艺术之间游弋吸吮,寻找到一种以整饬韵律节奏外形吐露自由奔放想象结合的抒情之路"。《她这一点头》可说是此时期曹葆华青春写作风格的一个代表。

批评家李长之在专论曹葆华的文章《介绍与批评"落日颂"》(1933年)中说:"诗人的追求理想,并不停止的。具体地作为诗人追求的对象的,乃是女人的爱。可是,我们在这里,要知道追求女人的爱的一件事,实在不过是追求理想的一种表现。"以这样的思路来理解《她这一点头》乃至诗人其他的情诗写作,我们会发现其爱情书写是与其对"诗魂"的激越追求相互同构。也正是这种追求理想的精神引领曹葆华在抗战时期转变姿态,奔赴延安,投身到更广阔的革命洪流中。

(杨柳导读)

【延伸阅读文献】

1. 陈俐,陈晓春编:《诗人、翻译家曹葆华》(诗歌卷、评论卷),上海书店出版社2010年版。

2. 张洁宇:《曹葆华与中国"现代派"诗歌》,《西北大学学报(哲学社会科学版)》2010年第1期。

3. 孙玉石:《曹葆华的新诗探索与诗论译介思想》,《现代中文学刊》2009年第6期。

理发店[1]

废 名

理发店的胰子沫
同宇宙不相干
又好似鱼相忘于江湖。
匠人手下的剃刀
想起人类的理解
画得许多痕迹。
墙上下等的无线电开了,
是灵魂之吐沫。

诗是生活,"兴"发感动

《理发店》这首诗发表在 1936 年 12 月 10 日《新诗》第 1 卷第 3 期,署名废名,最初收入 1944 年新民印书馆出版的《水边》。"他的诗有一深玄的背景,难懂的是这背景。"(朱光潜语)关于此诗背景,废名曾详细描述:"这首诗是在理发店理发的时候吟成的。我还记得那是在电灯之下,将要替我刮脸,把胰沫涂抹我一脸,我忽然向着玻璃看见了,心想,'理发匠,你为什么把我涂抹得这个样子呢?我这个人就是代表真理的,你知道吗?'连忙自己觉得好笑,这同真理一点关系没有。就咱们两人说,理发匠与我,可谓鱼相忘于江湖。这时我真有一个伟大之感。而再一看,一把剃刀已经把我脸上划得许多痕迹了。而理发店的收音机忽然开了,下等的音乐,干燥无味,我觉得这些人的精神是庄周说的涸鱼,相濡以沫而已。"经由作者本人的阐释,可以看出此诗背景完全是日常生活的内容,其"兴"来自生活,而且充满偶然性。

这首诗中的"兴"表现出"兴"之偶然,也就是诗情要自然萌发,无"机心",有偶然性。如废名自己所说:"我的诗是天然的,是偶然的,是整个的不是零星的,不写而还是诗的。"诗中之"兴"讲求对诗意的瞬间捕捉,强调"感兴"的即时性与偶然性,从而激发一种"诗的内容",展现出当下境遇的审美直观。不讲求时间、地点、对象、逻辑……只要当下有所感兴,甚至不写到纸上而还是诗。因此,在平常

---

[1] 选自王风编:《废名集》(第 3 卷),北京大学出版社 2009 年版,第 1577 页。

的理发店中，不是什么风花雪月，而只是胰子沫，诗人抓住当下的"兴"，自然而然便吟咏成诗，诗人认为诗就是生活，"若是诗，则是很容易写，随时有生活，只要你不是'视而不见'，不是'正墙面而立'"。就是因为有着一颗自然的诗心，所以作诗天然而自由，首先是联想之自由，由生活中简单的胰子沫便联想到宇宙、人类等大的命题，甚至穿越千年的时空与庄子邂逅。其次是下笔之自由，具体表现在此诗中即是用典之自由。虽然胡适在《文学改良刍议》中提出的"不用典"之说对于新诗发展有重大意义，但是废名更强调新诗的自由，用典与否服从于当下"兴"之表达的需要，信笔所至，浑然天成。

在"兴"的文体流变过程中，废名作为自觉的文体实践者之一，他的《理发店》一诗扭转了新文化运动以来对"兴"的简化与片面性理解。在《理发店》一诗中，"兴"的位置已经不是传统意义上的篇首之行，还出现"篇中之兴"，有着两种节奏的叙述，一种是现实之物的外向性描述，一种是由此而引发的内向性描述。首先是"理发匠的胰子沫"这一外向性描述引发"同宇宙不相干/又好似鱼相忘于江湖"的内向性描述，作者由胰子沫联想到这是同宇宙、真理等毫无关系的，"又好似鱼相忘于江湖"出自庄子《大宗师》的典故："泉涸，鱼相与处于陆，相呴以湿，相濡以沫，不如相忘于江湖。"此刻的作者与理发匠很是亲近，物理距离甚短，说不准还会相谈甚欢，就像鱼在陆地上"相濡以沫"，但是理发结束之后，二人各奔东西，相忘于江湖。接着，两个外向性描述"匠人手下的剃刀"与"划得许多痕迹"中间插入"想起人类的理解"这一内向性描述，造成一种非连续性语义结构，其思绪还接续着前面的"相忘于江湖"，人类之间的理解存在着短时性，隔膜与疏远才是常态。可见，两种节奏的叙述并非同步进行的，二者在某种程度上自成体系。最后是外向性描述"墙上的下等无线电开了"，作为篇中之兴，这让诗人想到了"灵魂之吐沫"，干燥无味、下等低劣的无线电仿若无躯壳之身的灵魂在孤独吐沫，企图以其无聊的声音和下等的品位给予人类一点灵魂的慰藉。此处的"吐沫"既与外向性描述"胰子沫"在外观形态上具有相似性，又与前面的内向性描述一脉相承，整合全诗。

可以说，《理发店》是废名新诗观的重要实践，表现出诗人对诗与"生活""兴"的理解，诗是生活，生活中的任何事物都能引起"感兴"。"兴"之来有着当下性与偶然性，同时也带来两种叙述节奏，在"兴"文体流变的过程中，《理发店》一诗为"兴"的文体重新确立和进一步发展作出独特贡献。

（陈雅莹导读）

【延伸阅读文献】

1. 王泽龙：《卞之琳与废名：三四十年代中国现代主义诗歌的桥梁》，《中国现代主义诗潮论》，华中师范大学出版社2008年版。

2. 高玉：《废名诗歌新论》，《河南师范大学学报（哲学社会科学版）》2020年第6期。

3. 冯强：《"兴"与儒家诗教视野中的文体问题：废名、张炜合论》，《当代作家评论》2023年第6期。

街　头[①]

废　名

行到街头乃有汽车驶过，
乃有邮筒寂寞。
邮筒 PO
乃记不起汽车号码 X，
乃有阿拉伯数字寂寞，
汽车寂寞，
大街寂寞，
人类寂寞。

自由的美学追求与"寂寞"的现代情绪

《街头》一诗载 1937 年 7 月 10 日《新诗》第 2 卷第 3 期，署名废名，收入 1944 年新民印书馆出版的《水边》。关于诗的形式，废名说过："唯一的形式是分行，此外便由各人自己去弄花样了。"可以说，除分行外，新诗是无形式限制，一切都服从于诗的内容表达。不同于新月派追求"三美"，《街头》一诗摆脱音乐与建筑等美学束缚，而是以诗的现代情绪作为诗歌的节奏，追求新诗的自由。

首先，用词自由。此诗不以传统的诗歌常用词汇入诗，而是在现代生活中寻找诗歌的素材，生活就是透明的诗句，各种新鲜奇特的词汇涌进诗中，如现代生活独有的物象"汽车""邮筒"以及现代知识"PO"（post office 邮局缩写）"X"（未知数 X）。更不拒斥传统语汇，诗中文白交融，"我以为新诗与旧诗的分别尚不在乎白话与不白话"。诗中连用四个文言词汇"乃"字，只因其更能表现出人与人之间的隔阂以及寂寞的情绪。可以说，古今中外，无所不包。其次，意象联结自由。诗人以自己细腻的感受力敏锐地捕捉到自己与汽车、邮筒之间的关系，又由邮筒上的字母联想到汽车的号码，意象在电光火石的瞬间，被诗人难以捉摸的思维联系起来，所以意象的联结便因思维之私密与随意而呈现出自由且为人所难解的特点，表现在外形上则是奇特的组句式样。为什么汽车驰过，邮筒会寂寞呢？拥有纤细思维的现代人面

[①] 选自王风编：《废名集》（第 3 卷），北京大学出版社 2009 年版，第 1591 页。

对疾驰的汽车与默然直立的邮筒，会在动静思考中迅速得出"以动衬静"的结论，从而认为邮筒寂寞，这一中间环节在诗歌中则被省略，所以造成一种特别的组句形式。

废名曾详细描述过吟成此诗的具体情形："这首诗我记得是在护国寺街上吟成的。一辆汽车来了声势浩大，令我站住，但牠连忙过去了，站在我的对面不动的是邮筒，我觉得牠于我很是亲切了，牠身上的PO两个大字母仿佛是两只眼睛，在大街上望着我，令我很有一种寂寞，连忙我又觉得刚才在我面前驰过的汽车寂寞，因为我记不得牠的号码了，以后我再遇见还是不认得牠了。牠到底是什么号码呢？于是我又替那几个阿拉伯数字寂寞。我记不得牠是什么数了。白白地遇见我一遭了，是我，很是寂寞，乃吟成这首诗。"在机械社会中，生活节奏加快，社会就像大街上疾驰而过的汽车，飞快行进着，对周围的一切漠不关心。在汽车"动"的衬托之下，邮筒一动不动显得格外的"静"，所以它寂寞；诗人记不得汽车的号码，它永远是一个未知数X，所以阿拉伯数字寂寞；推而广之，在快节奏的社会里，大街上的事物之间，人与人之间，经常是只有一面之缘，然后就彼此遗忘、消失于人海，所以汽车、大街、人类都是寂寞的。瞬间的偶然的个体生命体验上升为一种永恒的普遍的人类经验，这既是一曲田园不再的挽歌，更是一曲现代人寂寞心绪的哀歌。现代主义在1930年代出现"向内转"的变化，注重张扬个体精神，强调人的自由意志，西方社会的荒原意识也引起中国现代派诗人的深深共鸣，在他们的笔下充斥着灵魂的幻灭、孤寂等现代性情绪。《街头》一诗就表现出这样的倾向，是早期现代诗中为数不多的表现个人主观精神的作品，与卞之琳《距离的组织》、鲁迅《野草》等共同作为现代主义在早期初露主观主义苗头的代表作。

《街头》是废名对于现代文化思考与现代性审美追求的产物，是现代派区别于象征派、新月派等流派的重要作品，是现代派诗人现代自觉意识的重要实践。

（陈雅莹导读）

【延伸阅读文献】

1. 王泽龙：《卞之琳与废名：三四十年代中国现代主义诗歌的桥梁》，《中国现代主义诗潮论》，华中师范大学出版社2008年版。

2. 孙玉石：《中国现代主义诗潮史论》，北京大学出版社2010年版。

3. 王珂：《废名"新诗应该是自由诗"的实际影响和现实意义》，《广东社会科学》2012年第1期。

十二月十九日夜[①]

废 名

深夜一枝灯,
若高山流水,
有身外之海。
星之空是鸟林,
是花,是鱼,
是天上的梦,
海是夜的镜子。
思想是一个美人,
是家,
是日,
是月,
是灯,
是炉火,
炉火是墙上的树影,
是冬日的声音。

诗与禅

  废名关于新诗的讲义曾被黄雨编为《谈新诗》,由北平新民印书馆出版。在《谈新诗》中,他主张新诗应是自由的,可以不拘泥于形式而追求独特的内容。这可以作为我们读这首小诗的基调,因为《十二月十九日夜》正是实现他的主张的力作。

  从全诗来看,它完全将韵律破坏掉,也没有半点音乐感。它的形式全然是自由的,完全没有新月派诗人闻一多提倡的"戴着镣铐跳舞"。它的内容又是怎样的呢?诗人为我们营造了这样一个境界:在一个万籁俱寂的深夜,诗人默坐着,周围的一切是那样柔和、安详、静寂,没有一点尘世俗味气象,呈现出空灵飘逸、静寂旷远、恬静自然,而诗人的思想的流水却在不停地涌动。这是什么境界呢?李健吾曾说:

[①] 选自王风编:《废名集》(第3卷),北京大学出版社2009年版,第1585页。

"废名先生仿佛是一个修士,一切是内向的;他追求一种超脱的意境,意境的本身,一种交织在文字上的思绪者的美化的境界……"(见李健吾《咀华集》)。虽然这段文字是李健吾评述废名二十年代末、三十年代初的小说,要知道这个小说里的修士后来成为新诗中的禅者,小说里超脱的意境后来衍化为新诗的禅境。这首小诗描绘的正是禅境,禅境也正是废名追求的独特的内容。

禅境是美好的令人向往而又不可及的精神境界。废名把禅境引入新诗中,使禅境艺术化了。艺术化的禅境终究是艺术,只有天才的艺术家才能到达。废名就是这样一个天才的艺术家,看废名是怎样隐遁入禅境的吧:"深夜一枝灯,若高山流水,有身外之海。"这一下子就设置了一个夜"海"图。一个"深夜"就引出了静寂,在这柔和的灯光里,诗人觉得自己被"大海"包围着。这时,诗人是默坐在书房里(我们可以想象得到),这是一个怎样的美妙境界!接着诗人又写道:"星之空是鸟林,是花,是鱼,是天上的梦。"这就太令读者奇怪了。其实这时诗人想到了星空,思绪就在迅速地跃动,忽然来了一句:"海是夜的镜子。"这一句来得正好!禅境已基本形成了,这时诗人觉得自己的思想也很美丽:"思想是一个美人,是家,是日,是月,是灯,是炉火。"诗人的思绪流动太快了,需要读者自己去慢慢思索。诗人又想到"炉火是墙上的树影",这时,禅境里传来"冬日的声音"。就这样,诗人作为禅者完全融入禅境了。

综观全诗,有两大显著特点。一是文字简约,句与句之间存在"沟壑"。废名曾说:"我是用唐人写绝句的方法来作小说的。"其实这句话改为"我是用唐人写绝句的方法来作新诗的"亦不为过,这首诗就是新诗中的"绝句",它以高度凝炼的字句把自己带进了禅境。由于诗人思绪流动太快,诗歌语言本已够精炼,他却又省略了不少,简直有点"吝啬"了,使得这首诗留下许多空白,也就是"沟壑",这需要读者自己去填补(猜详)。这样,读者不得不细细地品读,也就在"填沟壑"之间,诗人拉近了读者的距离,让读者去领悟、欣赏他的艺术才华。二是想象丰富,意象跳跃。有人说废名的诗受法国象征主义诗人波德莱尔影响。这有一点道理,但他又不完全与法国象征主义相同。波德莱尔(1821—1867)在《想象力》一文中论想象力:"这种神秘的功能真称得上臻美无上的功能……给人以辨别色彩、轮廓、声音和香气的能力……是它创造一个新的世界,建立新事物的感觉。"用这段关于想象力的论述来读废名这一首诗,可以看出废名真是把想象的手法用神了。他采取一些看似毫无关联的意象来描绘禅境,这些意象多是想象的或是突然闪入诗人脑际的灵感之物,它们更好地表达了自己抽象的思想感情,使这些情感具体化了。诗里有灯光、高山流水、星空,也有花香、冬日的声音,更有禅境。这首诗意象繁复呈现,诗人借助想象的翅膀,跳跃式飞入诗中,令读者应接不暇。郁达夫在《想象的功用》中指出"文学是作者的经验的翻译与编制,而想象就是当作者在翻译与编制当中一种天来的魔术"。这首诗就表现得很突出,废名堪称想象的魔术大师。当然,法国象征主义与废名的风格也有不同之处。法国象征主义是颓废主义的一种,波德莱尔正是诗人中最早的颓废主义者,而废名的诗并不颓废,只能说陷入了唯心主义,而唯心主义并不都是颓废主义(尽管著名的唯心主义哲学家叔本华是颓废主义者)。通过这一首诗我们虽然的确感觉到废名远离尘世、隐遁入禅境,但丝毫没有法国象征主义的颓废、伤感、抑郁,而是禅者的安然心境。

废名的诗在新诗中是独树一帜的。"中国的玄学和禅学感知世界与人生的那种特殊方式,同诗人们感知世界与人生有一些相通之处。从玄学和禅学的角度去揭示诗歌艺术的规律是一条可行之路。"(见袁行霈《中国诗歌艺术研究·自序》)废名正踏上了这条路,他恐怕是最早把禅引入新诗的诗人。废名的诗风格独特之处也就在这里。以《十二月十九日夜》为代表,说明废名的诗是禅诗。

其实废名的许多小说特别是《桥》与他的诗的意境是基本一致的。《桥》是散文化的小说,语言流露着诗意或禅意。朱光潜谈到《桥》时也说:"《桥》里充满诗境画境,是禅趣。"他的小说早于诗歌产生,就已经显示出他一步步走进禅境了。

袁行霈还说:"诗歌的意境和诗人的风格也有密切关系,诗中经常出现的某一种意境,就会形成与之相适应前某一种风格……风格即是人。"的确,通过读以《十二月十九日夜》为代表的废名的诗,从其中的禅境,我们看到了真实的废名——禅者诗人。废名是一个真正的禅者,是现代最富禅意的诗人。冯健男曾说:"废名本质上是一个诗人。"这个隐遁入禅境的诗人,"苦心孤诣著华章",在艺术探索上作出了巨大努力,对后世的影响也是难以估量的,沈从文、何其芳、汪曾祺等都曾公开承认受废名影响。

"一颗沙里看出一个世界",一首小诗读懂一个诗人(当然要结合他的文化背景)。只是废名是禅者,禅者是隐士,极难为一般人所接识。废名的独特艺术风格遮住了自己,只有少数人发现了他的"星光"。希望有更多的人去了解这个生活在禅境里的孤洁的魂灵。

(梅杰导读)

【延伸阅读文献】

1. 废名:《我认得人类的寂寞:废名诗集》,北京联合出版公司2021年版。
2. 梅杰:《废名圈》,浙江教育出版社2024年版。
3. 冯健男:《人静山空见一灯——废名诗探》,《文学评论》,1995年第4期。
4. 冯健男:《自在声音颜色中——废名诗品》,《诗探索》,1996年第2辑。

都市的颂歌[①]

陈梦家

你有那不死的精力在地壳上爬,
日长夜长不曾换一口气,你走
走厌了一个年头,又是一个年头,
一切的事情你都爱做,你不怕
要这海填成了陆,陆地往海里沉,
尽管是十八层石屋要你承担,
你全不曾有一点犹豫什么为难?
大步的踏,不分昼夜,不分阴晴
那圆的圆的转动,一声吼,一股烟,
终日粗暴的咆哮着那些人手
太慢,为什么还要有思想在心头?
不许你憩下气找取一点安闲,
这真是荒唐不经的妄想;这儿有
赛过雷雨风暴奇伟的大乐响,
指挥的不叫它有一刻寂寞;海洋
也有风浪平的时候,这儿永久
永久是一个疯子不曾碰到瞌睡:
赤火火的眼睛,烧着,一双凶爪
只是飞走找各样好玩的把戏耍;
不用问那一刻他才觉到要累——
要累?除非是走没了光,天掉下来,
什么都没有;只剩下一个糊涂,
一个昏暗,一个渺茫,永远的迷雾。
但毕竟这日子还远着,你睁开
眼睛,看见纵不是青天,也是烟灰
积成厚绒,铺开一张博大的幕,
不许透进一丝一毫真纯的光波,
关住了这一座大都市的魔鬼。

[①] 选自陈梦家:《陈梦家诗全编》,浙江文艺出版社1995年版,第53—56页。

你还能见到落下地的一天繁星，
不论是飞雪，是刮风，还是落雨，
正好是太阳给赶走了；——（一群黑鱼
游上了一缸清水上面）在尖顶，
在鱼鳞中间，长蛇的背脊上发亮。
这里少一个月亮，这里并不要，
这里有着时针指着时候，报昏晓，
一根水银告诉人季候的炎凉。
可是那秋春的凉爽永年吹不到
一大队昏湿的地窖里，没有风，
没有阳光也没有一个幸福的梦
扰乱他们的节奏，不变的急躁。
上帝造下这一群耐苦善良的人，
是生来为这灿烂的世界效劳，
受着安排好的"权威"大力的开导，
完成一个幸福的花园的工程。
尽管你是受着苦难，你没有一刻
好叹一口气，只赶你烧起汽锅
开唱那部插入云霄进行的高歌，
带走那流水一般"创造"的皮革。
尽管是另外一些人他们只做声，
叫你做下这工程的一段，别怨
不公平，是不同的种，原也是上天
安排好，只用心计，创始的功臣。
但天是无偏你们同在一个世界，
不分人我，看着日子一步一步
走近你们，又让日子一层层弥补
这人类的历史不紧要的存在。
这都是从极远的西方渡过大海，
带来了这事业，让自己去经营
一座天堂长年长日的放出光明
却不是一盏灯点亮人的脑袋；
有的是机器油灌满了一盘心磨
流利的，不会有一天走到迟钝，
都在一杯酒一场笑里静静的等
计划中的天堂那落成的开幕。

这儿才是新的世界，建筑的天堂，
不停的嘈杂，一切圆轴的飞转，
一回一回旋进了那文明的大圈，
你听啊，那高声颂扬着的歌唱！

惶惑的都市经验

陈梦家从事诗歌创作的时间仅七年左右，留下一百来首新诗。今天我们一般将其看作后期新月派的核心人物。这首《都市的颂歌》长达68行，最初发表于1930年5月《新月》第3卷第3期，很能代表后期新月派的风格转向。

在格律上，后期新月派趋向宽松、灵活。《都市的颂歌》全诗不分节，仅保证"抱韵"的基本韵式，即每四行以ABBA式押韵；前后自由换韵，每行内也没有讲究新月派之前提倡的"音顿""音尺"等规则，可以看作是种"半格律体"诗。陈梦家在《新月诗选》序言中说："我们不怕格律。格律是圈，它使诗更显明，更美……但我们决不坚持非格律不可的论调，因为情绪的空气不容许格律来应用时，还是得听诗的意义不受拘束地自由发展。"可见后期新月派对于格律态度的松动。采用只讲究基本押韵的写法，诗人在意象、语言和诗意建构上都能够更自由地发挥。

以蓬勃兴起的上海为对象，《都市的颂歌》用繁复的意象塑造了一幅幅令人惊异的场景。充满张力的诗歌语言描绘了人在都市生活的催迫下紧张、压抑的情绪，"颂歌"背后充满怀疑和反讽。诗歌开篇就用近乎堆砌的语言写城市永不停歇的节奏、不分昼夜的运转。这是一种病态的精力旺盛，城市仿佛"永久是一个疯子不会碰到瞌睡"。而后写都市的时间、空间都已经脱离自然的常轨，烟灰把青天遮住，"关住了这一座大都市的魔鬼"；日月无光，全靠时钟和温度计主宰人的时间和感觉。接下来诗人笔锋一转，开始写都市里"这一群耐苦善良的人"，他们被另一群"只做声"的人支配，被驱使着去"完成一个幸福的花园工程"。这里我们看到陈梦家使用类似于左翼的表达方式："他们只做声，/叫你做下这工程的一段，别怨/不公平，是不同的种，原也是上天/安排好只用心计，创始的功臣。"于是，诗人在这"天堂"看到了"人"的失落："一座天堂长年长月的放出光明/却不是一盏灯点亮人的脑袋；/有的是机器油灌满了一盘心磨/流利的，不会有一天走到迟钝。"人在这繁华都市中没有觉醒、没有发展，而只是越来越工具化，将自己变成一具合理的机器。诗歌最后几行对"新的世界"高唱"颂歌"，背后却充满了惶惑的情绪：不可抵挡的"文明的大圈"将人卷入其中难以脱身，除了加入合唱之外似乎别无选择。

现代都市的发展为1930年代的新诗带来新的题材，都市生活的新奇经验拨动着诗人敏感的心弦，域外诗歌的传入也催动着都市诗的兴起。艾略特的《荒原》在中国引发"冲击波"式的效应,《现代》杂志上对美国芝加哥诗派桑德堡、林德赛的都市诗进行了详细的译介。同为新月派的诗人孙大雨,模仿《荒原》手法创作了长诗《自己的写照》(1931年),诗中纽约城光怪陆离的奇景震撼了中国诗坛。施蛰存、路易士、徐迟等现代派诗人也开始在诗歌中表现都市生活的景象,与风行一时的"新感觉派"小说相映成趣。对比而言,陈梦家这首《都市的颂歌》略过了城市灯火璀璨、熙熙攘攘的繁荣景象,也没有写穿梭在酒吧、咖啡馆、跑马场、夜总会的红男绿女,而着重表现大都市急迫的时间感和底层劳动者在大都市中被控制、被奴役的生存状态,具有较强的文化批判、文明反思的意味。诗歌以第二人称"你"贯穿全篇,重视经验的意象化而非个人感情的抒发,从而大大增强诗歌"客观化"的效果。诗人一改优美、抒情的笔锋,用峻急、焦灼的语调写晦涩的句子,这都标志着后期新月派从浪漫主义向现代主义的转向。

(杨柳导读)

【延伸阅读文献】

1. 付丹宁:《陈梦家诗学地图中的历史维度》,《文艺争鸣》2017年第4期。

2. 白杰:《〈新月派诗选〉与〈新月诗选〉的"历史对话"》,《中国现代文学研究丛刊》2019年第9期。

3. 蒋士美:《〈一朵野花〉的生成与陈梦家的双重转向》,《现代中文学刊》2022年第1期。

地之子[①]

李广田

我是生自土中，
来自田间的，
这大地，我的母亲，
我对她有着作为人子的深情。
我爱着这地面上的沙壤，湿软软的，
我的襁褓；
更爱着绿绒绒的田禾，野草，
襁母的怀抱。
我愿安息在这土地上，
在这人类的田野里生长，
生长又死亡。

我在地上，
昂了首，望着天上。
望着白的云，
彩色的虹，
也望着碧蓝的晴空。
但我的脚却永踏着土地，
我永嗅着人间的土的气息。
我无心于住在天国里，
因为住在天国时，
便失掉了天国，
且失掉了我的母亲，这土地。

大地之子的深沉诗心

李广田在走出1920年代末期革命落潮之际浮梦寂寞、迷茫感伤的诗风之后，

[①] 选自李广田：《李广田全集》（第2卷），云南人民出版社2010年版，第16页。

于1930年代初转向咏叹根植土地、坚定深沉的拳拳诗心，该时期《行云集》中《地之子》一诗即为典型之作。他在诗中开首直言生自土中、来自田间的地之子身份认同，纵然面对象征白云、彩虹、晴空等美好之物的"天国"意象，他仍然坚定"永嗅着人间的土的气息"，这被他视为对母亲般的大地精神血脉的亲近。诗人李广田祖露，"我是一个乡下人，我爱乡间，并爱住在乡间的人们"，大城市的生活经历并未磨平其"乡下人"的诗思体认，"假如我所写的东西里尚未能摆脱那点乡下气，那也许就是当然的事体吧"（《〈画廊集〉题记》）。这种在地的诗意表达，再次言明了他笔锋下的"乡下气"绝非违逆现代化潮流的被动沾染，而是他自然而然生成的诗性气息。

这是一首从土地、田间等大地意象触发人子深情的颂诗，字字流露出作者对乡土大地的深沉诗心。全诗共两节，第一节着力塑造"沙壤""田禾""野草""田野"等大地意象群，诗人以"褓褓""保姆的怀抱"等"母亲"般的诗意笔触安放其"人子的深情"，初步形成大地母亲和人子深情的关系语境。本节最后三句，诗人对大地母亲告白道："我愿安息在这土地上，/在这人类的田野里生长，/生长又死亡。"这些诗语升华了诗人视野中土地的具体内涵，不仅是物理层面的土地（母亲）——人子关系指涉，还囊括象征"人类的田野"的超越时空界线的人世间——人子关系意蕴，其扩大了诗人李广田"地之子"的思想空间和情感容量。本诗第二节中诗人构筑出"云""虹""晴空"等天国意象群，通过大地与天国意象群的比较，诗人表明假使住在"天国"，对于地之子而言却是失掉"母亲"和"土地"这一精神核心和灵魂处所，他将"永踏着土地""永嗅着人间的土的气息"。"人间"阈限下的"土的气息"，是李广田地之子精神鲜活的诗意象喻。进一步看，相较于牧歌式的山水田园审美书写，以及暗砭现实的中国山水田园诗传统，这首《地之子》对山水田园诗传统进行现代诗质改造。李广田笔下的山水田园诗不再是水墨画式的山水写神情态，也不再是"种豆南山下，草盛豆苗稀"的田园农耕自嘲，其诗语背后亦不再隐喻归隐之志等精英诗人的身份意识。地面上"湿软软"的"沙壤"是其人子的"褓褓"；"绿绒绒"的"田禾""野草"是其人子的"保姆的怀抱"；"人间的土的气息"亦是其人子的大地"母亲"。在李广田《地之子》中，山水田园与诗人生乎其间的生命意识紧密相连，土地之上的"生长""死亡"更是其生命的骨血联结。而以生命联结的土地，于诗人的情感纽带而言，更是母亲般的审美化人格存在。因而，地之子的诗人身份意识和山水田园诗的现代转化，在李广田的《地之子》中得到了经典的邂逅。

《地之子》全诗在任意自然、舒缓庄重的口语化诗歌叙述风格中展开。开篇"生自土中""来自田间"的身份陈述，运用简洁凝练的诗句，终在短促的话语群落中形成坚决有力的叙述节奏。而节中对于"我"的大地母亲书写则间以长短句，"我爱着这地面上的沙壤，湿软软的，/我的褓褓"，诗人以十余言的长句展开大地的形象内涵，束之以四字的情感定位，在形式诗学层面的张弛间，增进了"我"对于大地母亲的充分认知，以及情感认同的坚决有力。也正是这样节奏切换生动自然的诗意书写，使《地之子》作为李广田"作为人子的深情"的赞歌，其大地之子的深沉诗心得到淋漓尽致的展现。

（王潇导读）

【延伸阅读文献】

1. 赵园：《地之子》，北京大学出版社 2007 年版。
2. 朱丽丽：《走出梦幻的地之子——李广田诗论》，《贵州社会科学》1996 年第 4 期。
3. 祝晓耘：《"地之子"的深情与质朴清新的审美品质——评现代派诗人李广田及其早期诗歌》，《青海民族学院学报》2000 年第 4 期。

别了，哥哥[①]

算作是向一个 Class 的告别词吧！

殷　夫

别了，我最亲爱的哥哥，
你的来函促成了我的决心，
恨的是不能握一握最后的手，
再独立地向前途踏进。

二十年来手足的爱和怜，
二十年来的保护和抚养，
请在这最后的一滴泪水里，
收回吧，作为恶梦一场。

你诚意的教导使我感激，
你牺牲的培植使我钦佩，
但这不能留住我不向你告别，
我不能不向别方转变。

在你的一方，哟，哥哥，
有的是，安逸，功业和名号，
是治者们荣赏的爵禄，
或是薄纸糊成的高帽。

只要我，答应一声说，
"我进去听指示的圈套"
我很容易能够获得一切，
从名号直至纸帽。

但你的弟弟现在饥渴，
饥渴着的是永久的真理，

[①] 选自殷夫：《中国新诗库·殷夫卷》，长江文艺出版社1990年版，第71—73页。

不要荣誉，不要功建，
只望向真理的王国进礼。

因此机械的悲鸣扰了他的美梦，
因此劳苦群众的呼号震动心灵，
因此他尽日尽夜地忧愁，
想做个 Prometheus 偷给人间以光明。

真理和愤怒使他强硬，
他再不怕天帝的咆哮，
他要牺牲去他的生命，
更不要那纸糊的高帽。

这，就是你弟弟的前途，
这前途满站着危崖荆棘，
又有的是黑的死，和白的骨，
又有的是砭人肌筋的冰雹风雪。

但他决心要踏上前去，
真理的伟光在地平线下闪照，
死的恐怖都辟易远退，
热的心火会把冰雪溶消。

别了，哥哥，别了，
此后各走前途，
再见的机会是在，
当我们和你隶属着的阶级交了战火。

阶级手足的诀别宣言

　　殷夫在又一次参加革命活动失败被捕，经由大嫂保释出狱后，面对大哥来信的挽留、规劝以及剥削阶级生活的诱惑，他毅然地选择革命道路，写下这首革命青年向旧阶级手足诀别的宣言书。随后殷夫的《别了，哥哥》以"血字"总题编入左联刊物《拓荒者》第1卷第4、5期合刊，向大众展现了一位出身贵族阶级，却决然地要把"苦苦地束缚于旧世界的一条带儿"割裂，同自己骨血相连的哥哥、阶级等旧世界彻底断裂，投入"危崖荆棘"的职业革命事业的伟岸形象。而这首"向一个阶级的告别词"，其中牵系的阶级之我的剥离和革命之我的再造等诗学问题，成为我们理解这首革命青年诀别诗的关键节点。

殷夫以"血字"入诗，他在这首诗中以普罗米修斯式的殉道精神，完成对"我"所属的剥削阶级和其成长史的血肉剥离和价值否定，这种带着自戕式悲壮色彩的诀别深处，勾连着诗人更新革命大我的心路历程。诗中殷夫开篇宣告"别了，我最亲爱的哥哥"，然而其坚毅的革命之我宣言背后，也潜藏着诗人遗憾的私人情愫，"恨的是不能握一握最后的手，再独立地向前途踏进"，字里行间满带着与"最亲爱的哥哥"诀别的不舍与留恋，不过"独立地"斩断旧我情愫"向前途踏进"，终究是革命者之我不得不直面的前路。二十年来"哥哥"对"我"的手足之情，"爱和怜""保护和抚养""教导"和"培植"令"我"感激和钦佩，但这又何尝不是"我"的"恶梦一场"。于是，旧有的温情使"我"羁绊，恶梦一场使"我"清醒，情感撕裂下的殷夫下定决心："请在这最后一滴泪水里，/收回吧，作为恶梦一场。""告别"与"转变"的宣言，成为殷夫革命青年形象生成的信号。他无情地控诉着"哥哥"背后的阶级罪恶，"安逸，功业和名号，/是治者们荣誉的爵禄，/或是薄纸糊成的高帽。"这背后充斥着剥削、享乐、虚伪等戏谑意味的旧世界，纵然"我很容易能够获得一切"，但"我"的"饥渴"早已不如哥哥般沉溺于满足个人私欲的温床。"饥渴着的是永久的真理"，这真理和"劳苦群众的呼号"紧密相关，"我"为此"尽日尽夜地忧愁"，"想做个普罗米修斯偷给人间以光明"。普罗米修斯为了大众之"道"而日复一日的请命，诗人殷夫亦矢志如普氏"不怕天帝的咆哮"，站在"危崖荆棘"置个人肉体之生死于度外，坚信"热的心火会把冰雪溶消"。诗人革命之我的主体内涵，由是得到了丰富与深化。同时，此时的革命之我以断裂姿态宣告剥离了旧的肉体之我："别了，哥哥，别了。"这里告别的其实不仅是象征着旧世界阶级属性的"哥哥"，还暗含着旧阶级成长起来的"我"的身影。"再见的机会是在，/当我们和你的隶属着的阶级交了战火"，阶级的对立，使得革命大我的精神认同压倒私人小我的情愫，最终完成革命青年的宣言与蜕变。

这首诗共十节，除第四节是八句外，其余每节均四句，形式大致匀称、工整，节间节奏变化错落有致。尤其是诗中保留不少复沓、重复、排比的词藻，"二十年来""因此"等词藻之后呈现的是"哥哥"所属阶级的憎恶面貌，以及因果关系下"震惊心灵"的革命大我的生成，这样的形式安排增进叙述的气势，营造起革命之我生成趋势不可阻挡的言说氛围。作为一首向亲属及其自我阶级诀别的宣言书，殷夫在《别了，哥哥》中没有陷入情感的宣泄和感性的泛滥，他反而在隽永、含蓄、节制的情感指控中，吹响了一曲悲剧性的革命者诀别挽歌。

（王潇导读）

【延伸阅读文献】

1. 李遇春编：《红色诗歌经典概论》，武汉大学出版社 2022 年版。

2. 邱焕星：《"我"如何写"我们"："殷夫矛盾"与现代主体性难题》，《四川大学学报（哲学社会科学版）》2022 年第 5 期。

哭诉（节选）[①]

蒋光慈

Ⅵ
母亲呵，我知道你不能明白我心灵的要求，
你听了我的话，你一定将你的双眉紧皱：
"我的儿，你枉自怀着这些悲愤与忧愁，
这些都不是你应管的事情，何不罢休？

"什么革命，什么诗篇，我看都可以罢休
归来罢，我的儿，异乡不可以久留；
家乡有青的山，绿的水，幽雅的松竹，
家乡有温暖的家庭，天伦的乐趣，慈爱的父母……

"归来罢，我的儿，异乡不可以久留；
什么革命，什么诗篇，我看都可以罢休。
家乡还有薄田几亩聊可以糊口，
你又何必在外边惹一些无谓的闲愁？

"归来罢，我的儿，异乡不可以久留；
什么革命，什么诗篇，我看都可以罢休。
归来，归来后免得我将你常挂心头，
你也免得再受那飘零的痛苦……"

不，我的母亲，你的儿吃惯了飘零的痛苦，
家园的幸福虽好，但你的儿不能安受；
我何尝不想终身埋没于山水的温柔，
遁入世外的桃源，离开这人间的疾苦？

但是我的母亲呵，我不能够，我不能够！
命运注定了我要尝遍这乱世的忧愁；

[①] 选自蒋光慈：《哭诉》，上海春野书店1928年版，第35—37页。

我的一颗心，它只是烧，只是烧呀，
任冰山，呵，任冰山也不能将它冷透！

暴风雨中浪子的哭诉

  1928年大革命落潮之际的革命诗人蒋光慈创作了长诗《哭诉》，他以暴风雨中流浪的儿子之口吻，通过组诗的形式向并不识字的母亲哭诉，一腔悲愤的情绪实则涌向悲哀的祖国。他在《哭诉》"后记"中袒露在这七八年流浪的生活中，"我"虽然饱受创伤但始终在希望的路上走着。对于这首向母亲哭诉的长诗，"我知道我的诗同我自己本身一样，太政治化了，太社会化了"，但这是"时代的错过"。作为自己"时代的忠实的儿子"和"暴风雨的歌者"，蒋光慈不做沉溺于自我抒情世界的"诗人"，他以己之声为"同一命运的人民的眼泪，痛苦，悲愤，呼喊及奋斗过程"而哭诉；为"恶魔"葬送革命党人的呜咽的浪涛而哭诉；为"祖国而今到了沦亡的时候"而哭诉。可以说，诗人"我"对母亲、对祖国及社会黑暗现象的生命和政治体验声息密切相通，浪子的哭诉更是无数志士对祖国哭诉之声的缩影。

  长诗《哭诉》以六节组诗的篇幅，情意真挚地再现一位流浪数年的儿子，对母亲的思念、对普罗大众穷苦的哀鸣、对满目荒凉的祖国的悲哀、对无用的诗人的沮丧等情绪，汇聚而成的为大众、为祖国的"哭诉"画面。第一节中诗人开篇疾呼"母亲，我的母亲，我的亲爱的母亲"，面对黑暗的社会和残酷的人心，"我"顽强的倔强、奋斗、吃苦，"心灵上已密密地满了伤处"。第二节诗人又忆起离家那年母亲送"我"一程又一程的景象，离家后"跑到那冰天雪地的冷土，探求那新邦的生活"，羁旅颠簸间"我"虽然遇到给予我许多培养的"亲爱的乳娘"——"摩西哥"，但"我"仍遗忘不了悲哀的祖国和母亲。归国后空有回家"看看你衰老的容颜"的心愿；"一块荆棘蓬蔓的荒原"的中国；"骨肉都不能团圆"的中国人，都让诗人疑虑"难道说是命运使然？"第三节诗人向母亲讲述归国三年在"我这一副铁一般的骨头"下"读了书反遭穷困"，不像有的朋友那样发财、做官、投降、丢脸。应着"到处可听着穷苦的哀鸣"，我"要为着一般穷苦的人们多多地多多地歌吟"，可甚至也无法顾及儿时便渴盼我能"改一改他们的窘状"的母舅。第四节诗人反复强调"不平的生活"，其既是诗人幼时的心理体验，还是他流浪的现实原因。对此"呵，我只恨，我只恨，我的心愿大儿能力小"，几次悲号"我终于不曾为羞辱的脱逃"。第五节诗人以今不如昔讽喻"而今的暴君幻着革命党人的形影"，黄浦江"呜咽的浪涛""被牺牲的人们的血光""食人的魍魉"使我听到"祖国而今到了沦亡的时候"。由此他质疑"空自做无力的忧愁"的"无用的诗人"身份，强者应握有枪杆，"焚毁你的诗篇罢，应显一显男儿的身手"。第六节诗人想象母亲为免除"我"个人飘零的痛苦而发出的话语,"归来罢,我的儿,异乡不可以久留;什么革命,什么诗篇,我看都可以罢休",对此诗人旋即多次表明"我不能够"的态度,我的一颗心"任冰山也不能将它冷透"。质言之,蒋光慈诗歌中的"我"之哭诉,不仅为其一人之哭诉,实为时代暴风雨中无数浪子的哭诉。

  蒋光慈在《哭诉》中以六节组诗的形式,通过朴素平实、真挚动人的诗歌语言,勾勒出革命歌者的哭诉心声。不同诗节中诸如"母亲""平实的生活""我不能够"等助推诗歌叙述节奏涨落的词语,在不断重复的形式间推动了诗歌情绪节奏的起伏,增进着诗歌的艺术感染力。特别是第六节诗人引入母子对话的想象空间,形象可感的口语节奏与叙述形式,更拉近与大众共情点的距离。总之,蒋光慈的《哭诉》抒发了不止是个人流浪的忧愁情绪,更多地融入革命之我的情感倾诉。这种在对母亲心声抒发的私人书写中融入革命诗歌话语的艺术选择,贴近着普罗大众的共情感受,它可以在革命诗歌话语潜移默化的影响中实现语言政治的动员效能,在某种程度上蒋光慈的《哭诉》可视为1920年代末左翼政治抒情诗的代表作。

(王潇导读)

【延伸阅读文献】

1. 陆耀东:《论蒋光慈的诗》,《江汉论坛》1982年第6期。
2. 李继凯:《一点心灵燃烧着的红火——蒋光慈诗歌试论》,《安徽师大学报(哲学社会科学版)》1987年第1期。

路[①]

林　庚

爱情是一条新铺好的路
你是那客舍怯生的人吗
异乡的情调敲着我窗口
说是家还在很远的地方

在绿的草上那里我睡过
在静的夜里那里我走过
蓝天像一面无尘的镜子
它在照着我永远照着我

我又梦见过有一张游椅
这样常放在绿荫的路旁
天蓝得像道爱情的河流
如同从来的人生的相会

春天的锄头是土的声音
春天的脚步是路的声音
你要探问那修路的人吗
春天第一次收在你信里

诗行曼妙　诗语舞蹈

　　《路》的雏形萌发于 1939 年 10 月 5 日林庚写于朱英诞的一封信，1940 年见于《今日评论》第 3 卷第 14 期，后收入《林庚诗选》。该诗是林庚精心"新格律诗"建行实践的艺术杰作，展示了林庚诗歌诗行曼妙和诗语舞蹈的优美。
　　深受五四新文学和中国古典文学双重洗礼的林庚，在诗原质、新诗建行、诗歌

---

① 选自林庚：《林庚诗选》，人民文学出版社 1985 年版，第 71—72 页。

节奏的理论和实践方面，有很多灼见真知。《路》的标题"路"实为一种"诗原质"。作为"诗原质"的"路"这一意象，既承继传统的道路，又承担所处时代的开拓新诗之路，还折射着未来新文化要走的很长的路。于是，在诗人的诗歌想象和运作下，"路"从单纯的物理上的道路，转变为开拓者们超越时空的力量和精神寄托，生成富有活力的审美意义以及饱含情感深度的"路"的文化象征意义，促进了"路"这一诗原质的象征美学嬗变。

作为一首新格律诗，《路》的诗行也别有一种节奏之美。林庚将诗歌节奏落在诗行之上，强调新格律诗的建行问题，实施路径为继承中国民族诗歌的"半逗律"，即让每个诗行"顿"为上下两处节奏音组，各诗行的中间处有个近似"逗号"的时间节奏停顿。(《新诗格律与语言的诗化》)《路》的各诗行就是林庚"半逗律"的完美实践：每个诗行皆为十言，"逗"的停歇，又将十言间隔为"五/五"。其中，第一节的各诗行可进一步细化为"三/二/三/二"的组合方式，如"爱情/是一条/新铺好/的路"；第二节、第三节除了各自的第三个诗行，其他各诗行可以进一步划分为"三/二/二/三"，如"在静的/夜里/那里/我走过"。这些"逗"带来的时间上的间歇，即为林庚所理解的节奏。每个诗节四行中的一行，出现独特的"顿"的变化，即林庚所说的诗行的自由。这种"节奏"和诗行的"自由"，共同构成诗行的整饬活跃。

诗歌语言的陌生化，也是《路》的独特诗语审美。第三节的诗句，从语法逻辑上来看，完全是背离的。林庚对诗歌语词编排的特点，与捷克形式主义的"破常示异"，俄国形式主义学派的"陌生化"，以及中国传统诗词的"动宾错置"是相通的。"春天的锄头是土的声音/春天的脚步是路的声音/春天第一次收在你信里"，这三个诗句语词的在诗人的感受中错置颠倒，扩展了诗歌语言潜力和美学张力，形成诗语舞蹈的审美感受。

（王金凤导读）

【延伸阅读文献】

1. 张桃洲：《理解林庚自然诗观念的三个维度》，《北京大学学报（哲学社会科学版）》2007年第4期。

2. 王雪松：《论中国现代诗歌节奏单元的层级建构》，《中山大学学报（社会科学版）》2012年第3期。

你是人间的四月天①

林徽因

我说你是人间的四月天；
笑响点亮了四面风；轻灵
在春的光艳中交舞着变。

你是四月早天里的云烟，
黄昏吹着风的软，星子在
无意中闪，细雨点洒在花前。

那轻，那娉婷你是，鲜妍
百花的冠冕你戴着，你是
天真，庄严，你是夜夜的月圆。

雪化后那片鹅黄，你像；新鲜
初放芽的绿，你是；柔嫩喜悦
水光浮动着你梦期待中白莲。

你是一树一树的花开，是燕
在梁间呢喃，——你是爱，是暖，
是希望，你是人间的四月天！

理想的写照　　生命的律动

1931 年 2 月，林徽因被确诊为肺结核。同年 11 月，徐志摩意外逝世。1932 年林徽因病情好转，8 月儿子梁从诫出生。在 1932 年至 1934 年，她的病情有所好转，也逐渐走出对徐志摩逝世的悲痛。她进行了大量的文学创作，积极参加和组织文学活

---

① 选自林徽因：《林徽因诗集》，人民文学出版社 1985 年版，第 20—21 页。

动,比如朱光潜举行的"读诗会"。"太太的客厅"也是在这一时期形成。她还四次外出考察建筑,发表学术著作。《你是人间的四月天》写于1934年,就创作于这一时期,而当我们回望她的一生,诗中所追求的生命状态正是她一生想要达到的理想,是她自我灵魂的写照。

因为经历死亡和疾病的不断打磨,她对时间流逝很敏感。月份是林徽因重要的书写对象,比如《一串疯话》《八月的忧愁》《十一月的小村子》等作品都有对月份的书写。对于林徽因来说,四月天"是爱,是暖,是希望"。它所独有的生机和活力,象征着生命中最美好的时光,是一个人的青春期。四月天与诗人的灵魂质地高度切合,因此诗人有感而发,于1934年创作了这首诗。对美好风光的感慨,对儿子出生的喜悦,还有对自己浪漫的青春岁月的怀念,综合触发成为这首充满生命力的诗,表达的是对美好生命状态的追寻。

邵燕祥曾说林徽因的诗"与徐志摩、闻一多、冯至、卞之琳等人写得最好的格律诗相比,也是没有愧色的"(邵燕祥《林徽因的诗》)。诗歌《你是人间的四月天》首尾两段都是4个音步,二三两段都是四四五个音步节奏模式,而第四段与其前后两段形成连贯,是五五四个音步节奏模式。全诗节奏较为整齐,却也有自然变化,在这首诗中,字数大致相同,节奏也基本一致,但是音步的长短不一,又让节奏有内部的变化。而且诗人还通过分行、标点的运用和语法顺序的倒置影响语义音组的划分,比如"那轻,那娉婷你是,鲜妍/百花的冠冕你戴着,你是/天真,庄严,你是夜夜的月圆"。标点和分行的运用,使得诗中节奏相对短促,形成多个简短的双音节,给人庄重、轻盈之感。

在韵律方面,这首诗并非句句押韵,而是采用抱韵,诗尾押"ian"韵。还根据内容的表达,灵活取舍,有一处替换为相近的"uan"韵。"ian",按拼音结构划分,是前鼻韵母。发音特点是发音器官由元音状态向鼻音发音状态逐渐变化,最后完全变为鼻音。读起来轻柔绵长,符合诗歌的情感基调,让诗歌更显深情。而按发音口形区分,"ian"是齐齿呼,发音较为轻松,适合放在诗歌句尾进行朗读,但是又因为是有介音的细音,声音轻细,容易营造全诗氛围。在这首诗中,运用了九个"你是……"句式形成排比,第二人称"你"具有亲切感,情感饱满。但是用"你是……"这样的陈述句式,又可见抒情中的节制。而且十一个"你"字灵活分散在诗句中,又起到凸显节奏的作用。

这首诗稳定又跳动的节奏律动和诗人生命意识的表达高度切合。诗人在诗中说,"你"是初放的新鲜绿芽和雪后鹅黄,又说"你"是夜夜的月圆和一树树的花开。"你"代表着诗人理想中的生命状态,是鲜活又完满,天真又庄严。这也反映出林徽因作为艺术家的浪漫与天真,和作为建筑师探寻自我价值的严肃与认真。

《你是人间的四月天》呈现出富有感染力的内容、圆熟的形式技巧和有力量的思想精神。也让我们看到一个女性,在个人生存和时代动荡的拉扯中,用诗歌表达自己的精神理想,追求鲜活又完满的生命状态。这展现了一种独特而深刻的生命体验,对探究个体与时代的关系具有启发意义。

(王璐导读)

【延伸阅读文献】

1. 蓝棣之:《作为修辞的抒情——林徽因的文学成就与文学史地位》,《清华大学学报(哲学社会科学版)》2005年第2期。

2. 陈学勇:《莲灯微光里的梦:林徽因的一生》,人民文学出版社2008年版。

难　　民[①]

臧克家

日头坠到鸟巢里，
黄昏还没溶尽归鸦的翅膀，
陌生的道路，无归宿的薄暮，
把这群人度到这座古镇上。
沉重的影子，扎根在大街两旁，
一簇一簇，像秋郊的禾堆一样，
静静的，孤寂的，支撑着一个大的凄凉。
满染征尘的古怪的服装，
告诉了他们的来历，
一张一张兜着阴影的脸皮，
说尽了他们的情况。
螺丝的炊烟牵动着一串亲热的眼光，
在这群人心上抽出了一个不忍的想象：
"这时，黄昏正徘徊在古树梢头，
从无烟火的屋顶慢慢的涨大到无边，
接着，阴森的凄凉吞了可怜的故乡。"
铁力的疲倦，连人和想象一齐推入了朦胧，
但是，更猛烈的饥饿立刻又把他们牵回了异乡。
像一个天神从梦里落到这群人身旁，
一条灰色的影子，手里亮出一支长枪，
一个小声，在他们耳中开出天大的响：
"年头不对，不敢留生人在镇上。"
"唉！人到哪里灾荒到哪里！"
一阵叹息，黄昏更加了苍茫。
一步一步，这群人走下了大街，
走开了这异乡，
小孩子的哭声乱了大人的心肠，

---

① 选自臧克家：《臧克家全集》（第1卷），时代文艺出版社2002年版，第13—14页。

铁门的响声截断了最后一人的脚步，
这时，黑夜爬过了古镇的围墙。

一幅凄凉流离的难民图

  臧克家是现代诗人中创作生命周期比较长的诗人之一，其一生留下《烙印》《罪恶的黑手》《自己的写照》《运河》《从军行》《泥淖集》《生命的零度》《春风集》《欢呼集》等十多部诗集，但是要数其最为知名的当属其1933年出版的第一部诗集《烙印》。闻一多曾为其作序，茅盾也有专文评价。臧克家在诗集《烙印》中摹绘了一群现代中国底层人民群像，《难民》一诗中的"难民"群像尤其令人印象深刻。

  《难民》全诗共两节，第一节开头三行："日头坠在鸟巢里/黄昏还没溶尽归鸦的翅膀/陌生的道路，无归宿的薄暮/把这群人度到这座古镇上。"诗人用颇具古意的情境营造难民出场的氛围，也预示了难民必将继续流离的命运。黄昏日落，倦鸟归巢，人们日出而作日落而息，本是十分自然的事，而这群有家的人却不能归家，眼前唯有异乡陌生的道路、无归宿的薄暮。"无归宿的薄暮"这一句，诗人使用置换的手法，把"难民"置换为"薄暮"，用情景的铺设烘托难民的心理，进而奠定全诗的情感基调。第四句的"把"字和"度"字的运用十分巧妙，两个动词把难民被动的无奈的命运显露出来。接下来，诗人借巧妙的用喻，悖论的修辞，渐次展开难民群像，难民是"一簇一簇，像秋郊的禾堆一样"，难民在数量上是复数的群体，但是他们却又是一个个沉默的、孤独的、无助的个体，流落到同一个"凄凉的境地"。从他们"染满征程的破烂的服装"，暴露出他们四处流离的遭际。在这时，小镇上袅袅升起"螺丝的炊烟"唤起他们对故乡的怀念，故乡"这时，黄昏正徘徊在古树梢头"。然而，令人倍感凄凉的是，此刻的故乡却是一个既没有炊烟也没有人烟的地方。

  诗歌的第二节写出难民不得不继续流离的命运。难民所要面对和承受的，不仅仅是可怕的思乡情绪的萦绕，还有"强力的疲倦"与"更猛烈的饥饿"，这使他们害怕，也使得他们更加清醒，有更加残酷的现实摆在面前。"一条灰色的影子，手里亮着一只长枪/一个小声，在他们耳中开出了个天大的响：/年头不对，不敢留生人在镇上。"面对流离的难民，镇上的管理者不仅没有伸出援手，还"驱逐"难民。"异乡"的冷漠使得他们再次走上流离之路。诗句最后三句描写黄昏难民离开的场景，难民在同一个黄昏里走进小镇，离开小镇，更加渲染诗歌的感伤氛围。在诗歌中，诗人以第三视角描写难民，看似旁观者视角，背后却无不隐藏着诗人悲悯的情怀，诗歌中暗淡的背景，凄凉的氛围，无不是诗人内心情感的投射。此外，这首诗歌在炼字用词上也十分用心，动词的使用，词性的挪用都颇见功底，这也是臧克家与同时期左翼诗人同类诗歌的分野所在。

现代中国积贫积弱，战乱流离，不少作家都写过难民，但是以臧克家的《难民》最为知名，其中不乏作家个人诗才的差别，更有现代中国知识分子感时忧国的情感在里面。

（高周权导读）

【延伸阅读文献】

1. 章亚昕：《臧克家论》，山东大学出版社2006年版。

2. 江锡铨：《深入浅出的生活抒写——臧克家现实主义诗风浅议》，《中国现代文学研究丛刊》1990年第3期。

3. 吕进：《臧克家：新诗文体建设的重镇》，《文学评论》1995年第1期。

歇午工①

臧克家

放下了工作,
什么都放下了,
他们要睡——
睡着了,
铺一面大地,
盖一身太阳,
头枕着一条疏淡的树荫,
这个的手搭上了那个的胸膛。
一根汗毛
挑一颗轻盈的汗珠,
汗珠里亮着坦荡的舒服。
阳光下,铁色的皮肤上
开一大片白花,
粗暴的鼾声扣着
呼吸的匀和。
沉睡的铁翅盖上了他们的心,
连个轻梦也不许傍近,
等他们静静地
睡过这困人的正晌,
爬起来,抖一下,
涌一身新的力量。

劳动者身上的光芒和力量

　　1933年7月,臧克家在闻一多、王统照和另一个友人的资助下,出版了他的第一本诗集《烙印》,闻一多为之作序,茅盾、老舍、李长之、梁实秋、穆木天等人都

---

①　选自臧克家:《臧克家全集》(第1卷),时代文艺出版社2002年版,第64—65页。

写诗评予以评价，可见当时对这本诗集的重视。诗集《烙印》共收录诗歌26首，其中有10首以写人物为主，其中就包含《歇午工》。

《歇午工》这首诗不在于什么深刻的主题或隐喻，它仅仅通过一个午时的场景，一次会心的捕捉，写出劳动人民身上的光芒和力量。在正午时分，歇午工放下工作，放下使他们开心或不开心的事，他们现在要做的就是休憩。看诗人如何捕捉他们休憩的场景："铺一面大地/盖一身太阳/头枕着一条疏淡的树荫。"简单的动作，简洁的意象，从容的句式，写出歇午工安然、率性、洒脱的性格。"一根汗毛/挑一颗轻盈的汗珠/汗珠里亮着坦荡的舒服。/阳光下，铁色的皮肤上/开一大片白花/粗暴的鼾声扣着/呼吸的匀和。/沉睡的铁翅盖上了他们的心/连一个轻梦也不许傍近。"寥寥几句诗行，有轻盈、有静谧、有声音、有光泽、有节奏，把歇午工休憩的场景描绘得活灵活现，极具画面感，正如茅盾先生评价说："这首诗写劳动者静的姿态，可称'诗中有画'"（茅盾《一个青年诗人的"烙印"》）。最后的四句"等他们静静地/睡过这困人的正晌/爬起来，抖一下/涌一身新的力量"，一个"爬"字与一个"抖"字，打破静谧悠然的画面，把劳动者的力量感一跃纸面，直击读者内心，仿佛眼前扑腾地站起一群人来，如此洒脱、如此豪迈。这首诗与诗集《烙印》中其他写人的诗歌不同，我们在其他几首诗歌中或许会看到隐藏在诗歌背后的对底层劳动人民的怜悯之情，但是这首诗却在赞美劳动者本身，毫不掩饰对笔下人物的喜爱之心。针对当时为什么聚焦这样一些平凡人物的问题，臧克家回答说："在象征诗风吹得乏力时，这也成了照耀现实生活的一盏小灯，给了黑暗中的人们一点光亮，一股生活的力。"他通过《歇午工》这首诗，传递给我们一种具有生活质地的光明和热力。

《歇午工》之所以能够把一群劳动者休憩的姿态写得如此鲜活，一方面有赖于臧克家对现实生活的体察，他虽出身于农村地主家庭，但是从小就与普通劳动者有着天然的亲近，爱他们的生活，喜欢他们的故事；另一方面则得益于诗人在用词炼字上的锤炼之功，比如动词"铺""盖""爬""抖""挑""开"与量词"一面""一条""一根""一大片""一身"等。看似简单的词汇，经过诗人巧妙的搭配，变得自然、灵动、有力。《歇午工》在今天仍然能有打动人的力量，是因为它是歌颂劳动者的诗篇，毕竟人类世界是因为劳动者才变得美好。

（高周权 导读）

【延伸阅读文献】

1. 吕进：《臧克家：现实主义与中国风格》，《文史哲》2004年第5期。
2. 江锡铨：《生活苦吟：1930—1940年代臧克家诗歌艺术论》，《中国现代文学论丛》2011年第2期。

给战斗者（节选）[①]

田 间

在没有灯光
没有热气的晚上，
日本强盗
来了，
从我们的
手里，
从我们的
怀抱里，
把无罪的伙伴，
关进强暴的栅栏。
他们身上
裸露着
伤疤，
他们心头
呼吸着
仇恨，
他们呼唤，
在大连，在满洲的
野营里，
让喝了酒的
吃了肉的
残忍的野兽，
用它底刀，
嬉戏着——
人民的
生命，
劳苦的
血……

[①] 选自田间：《田间诗文集》（第1卷），花山文艺出版社1989年版，第163—164页。

隆隆作响的"鼓声"

1937年底,《给战斗者》的隆隆鼓声从诗人田间的笔下响起,它吹动高昂的冲锋号角,翻腾咆哮,燃起战斗的怒火;它激起令人血脉偾张的战斗激情,奔涌澎湃,助推反抗的汪洋。《给战斗者》是诗人最负盛名的作品之一,它以反映中华民族苦难和斗争为主调,是抗战背景下实现诗歌与时代精神融合的一大力证。虽时隔近九十年,昂扬其间的中华民族精神仍在我们的心中律动,历久弥新。

在序诗部分,诗人将敌人刻画为凶残的捕猎者,他们从"没有灯光/没有热气的晚上"中走出,像只阴暗且不带一丝温情的野兽;他们"把无罪的伙伴/关进强暴底栅栏""用它的刀/嬉戏着——/荒芜的/生命",充斥着冷血与对生命的漠视;他们"在大连,在满洲"的罪行昭然若揭,这一切都深深刺痛着战斗者的心,点燃中国人民的怒火。诗歌的前三节,诗人以细小的意象勾勒人民的愿望,需要哺育的"幼儿",需要畜牧的"牲群",需要收获的"禾麦"……人民只是想"活着/永远地活着/欢喜地活着";以历史视角回忆人民与土地的血脉相连,"在扬子江和黄河底/热燥的/水流上/摇起/捕鱼的木船","在乌兰哈达沙土与南部草地的/周围/负起着/狩猎的器具"……在小节结尾,诗人以中国人民的视角发出质问"为什么/亲爱的/人民/不能宽敞地活下去,平安地活下去呢",启示人们现在已经到了反抗的时刻。诗歌的后四节,诗人热情地呼唤人民的抗争,"我们/必需/拔出敌人的刀刃/从自己的/血管""我们/不能屈辱地活着,也不能屈辱地死去呀""付出我们/最后的灵魂/到保护祖国的/神圣的/歌声去"……诗人在诗歌中发出战斗者的宣言,以激越的呼声号召大众挺起铮铮铁骨,走上救亡的前线。

这首长诗的节奏和用词力避诘屈聱牙,通俗晓畅富于自然,易于感染大众。诗歌的情感构成了三重节奏,变调之下促进情感节奏逐步攀升。第一重是诗歌开篇摹写敌人在东北的恶行,构建压抑的氛围感与沉重节奏;第二重节奏是一到三节叙写中国人过去的和谐与安稳生活,将诗歌引入溪流般的缱绻与舒缓,结尾以三处质问为后四节的变奏做出铺垫;第三重是四到七节将中国人不惧生死,誓要反抗的宣言呐喊而出,使得舒缓节奏迅速拔升,凝结为澎湃的战斗精神。同时,长诗每一诗行寥寥数字却短促有力。三两个字构成一个音组,短语式排列诗行,读时铿锵作响,听来像咚咚的鼓点,看似轻盈却声韵坚实。

闻一多评田间的诗,"没有'弦外之音',没有'绕梁三日'的余韵,没有半音,没有玩任何'花头',只是一句句朴质,干脆,真诚的话,简短而坚实的句子,就是一声声的'鼓点'"。《给战斗者》的鼓音还在作响,它如山呼海啸,又如火山烈焰,它流淌在抗战的时代,高呼着反抗的声音,它彰显着蓬勃的生机,向每一个读诗的人传递那股战斗的气息。

(商展雄导读)

【延伸阅读文献】

1. 闻一多:《时代的鼓手——读田间的诗》,《闻一多全集》(第2卷),湖北人民出版社1993年版。

2. 魏超然:《简谈田间长诗〈给战斗者〉》,《安徽大学学报》1991年第2期。

假使我们不去打仗[①]

田 间

假使我们不去打仗,
敌人用刺刀
杀死了我们,
还要用手指着我们骨头说:
"看,
这是奴隶!"

燃起斗争的星火

　　《假使我们不去打仗》是诗人田间1938年写作的一首街头诗。街头诗是抗战初期出现的以一般大众为对象,以现实宣传鼓动为内容,以通俗易懂、生动形象的体式创作的短诗。彼时的中国正处于维护国家独立自主、驱逐日寇侵略的战争年代。敌人用长枪刺刀逼迫中国人民在屈服与反抗之间作出选择,诗人用这首短小精悍的街头诗作出回应,一问一答揭露不反抗的后果。这首诗旗帜鲜明地号召人民加入抗日救亡的潮流当中,反映了街头诗所具备的广泛群众性和鲜明鼓动性。

　　这首诗的传播对象意在大众。如何使当时少识字甚至不识字的人感受到思想传递,诗人选择"我们"这一视角与爱国主义情绪的结合。一方面,诗歌由"我们"这一叙述视角延展,极大地拉近诗人与读者之间的距离,减少因时间和空间阻隔造成的疏远感,强化读者的同理心,引导读者从当下所处的历史境遇设想"假如我们不去打仗"的后果,以"中国大众"这一立场和共同身份思考:遭遇外敌侵略时,作为中国人应当如何。另一方面,强烈的爱国主义情绪在诗歌中得以凸显。诗歌激起读者的反抗精神,尝试将读者的"个体"凝聚为国人的"集体","还要用手指着我们的骨头说/看/这是奴隶"三句强烈地刺激读者的感官,营造"不得不反"的紧迫感和愤怒感,让读者认识到面对外敌入侵与敌人的侮辱,唯有团结一心,奋勇抗争,进而激励人们义无反顾地冲向卫国护家的战场。

　　这首诗以虚映实,具有鲜明的鼓动性,易于调动大众情绪。诗歌以问答形式,

---

① 选自田间:《田间诗文集》(第1卷),花山文艺出版社1989年版,第366页。

借虚写反映现实，触发读者联想，诗行简短却情感沉重。诗歌的标题和第一句都是设问的前半句，通过补全可知是一个发问："假使我们不去打仗，会怎么样？"诗歌开篇提出这一发人深省的问题，由后五行做出回答，指称同一结论：如果我们放弃反抗，敌人不单会杀死我们还要加以侮辱。诗歌以"假使"入笔，假设敌人两种穷凶极恶的形象，其一是敌人对生命的践踏，"用刺刀""杀死了我们"等是对敌人残暴的假想镜头，虽是假想却映照着中国国土上正发生的事情——日本帝国主义对中国民众的屠杀。其二是敌人对人格的践踏，"指着我们骨头""这是奴隶"等句构造出敌人对人格的蔑视，漠视生命已足以令人愤怒，敌人对尸首还要予以侮辱。从肉体到精神的双重虚写塑造敌人，反映现实中敌人对国人生命和自尊的蹂躏，激起国人的斗志。

诚如胡风所言，田间的诗歌"和战争初期的人民底精神状态是完全相应的"，全诗以口语为主，诗歌分行简单，通俗质朴，容易使大众听懂，利于大众传播。这首诗的艺术形式与抗战时期大众化、写实化的诗歌风格相统一，主题鲜明，发人警醒。在田汉等诗人的大力推动下，"街头诗"运动在抗战初期风靡一时，带动了一批战地诗人的创作，街头诗也成为抗战初期具有现实性和时代特色的重要诗歌形式之一。

（商展雄导读）

【延伸阅读文献】

1. 吴晓东：《抗战时期中国诗歌的历史流向》，《文学评论》1995年第5期。
2. 方长安、李沛霖：《诗教视野中的街头诗》，《江汉论坛》2023年第8期。

哭亡女苏菲（节选）[①]

高 兰

你哪里去了呢？我的苏菲！
去年今日
你还在台上唱"打走日本出口气"！
今年今日啊！
你的坟头已是绿草蔓迷！

孩子啊！你使我在贫穷的日子里，
快乐了七年，我感谢你。
但你给我的悲痛
是绵绵无绝期呀！
我又该向你说些什么呢？

一年了！
春草黄了秋风起，
雪花落了燕子又飞去；
我却没有勇气
走向你的墓地！
我怕你听见我悲哀的哭声，
使你的小灵魂得不到安息！

一年了！
任黎明与白昼悄然消逝，
任黄昏去后又来到夜里；
但我竟提不起我的笔，
为你，写下我忧伤的情绪，
那撕裂人心的哀痛啊！
一想到你，
泪，湿透了我的纸！

[①] 选自高兰：《高兰朗诵诗选》，山东文艺出版社1987年版，第99—105页。

泪,湿透了我的笔!
泪,湿透了我的记忆!
泪,湿透了我凄苦的日子!

孩子啊!
我曾一度翻着箱箧,
你的遗物还都好好的放起;
蓝色的书包,
红色的裙子,
一迭香烟里的画片,还有……
孩子!你所珍藏的一块小绿玻璃!
我低唤着苏菲!苏菲!
我就伏在箱子上放声大哭了!
醒来夜已三更,月在天西,
寒风阵阵传来
孤苦的老更人遥远的叹息!

我误了你呀!孩子!
你不过是患的疟疾,
空被医生挖去我最后的一文钱币。
我是个无用的人啊!
当卖了我最值钱的衣物,
不过是为你买一口白色的棺木,
把你深深地埋葬在黄土里!

可诅咒的固执啊!
使我不曾为你烧化纸钱设过祭,
唉!你七年的人间岁月,
一直是穷苦与褴褛,
死后你还是两手空空的。

告诉我!孩子!
在那个世界里,
你是否还是把手指头放在口里,
呆望着别人的孩子吃着花生米?
望着别人的花衣服,

你忧郁的低下头去?

我知道你的灵魂漂泊无依,
漫漫的长夜呀! 你都在哪里?
回来吧! 苏菲! 我的孩子!
我每夜都在梦中等你,
唉! 纵山路崎岖你不堪跋涉,
但我的胸怀终会温暖
你那冰冷的小身躯!

当深山的野鸟一声哀啼,
惊醒了我悲哀的记忆,
夜来的风雨正洒洒凄凄!
我悄然的披衣而起,
提起那惨绿的灯笼, 走向风雨,
向暗夜,
向山峰,
向那墨黑的层云下,
呼唤着你的乳名, 小鱼! 小鱼!
来呀! 孩子! 这里是你的家呀!
你向这绿色的灯光走吧!
不要怕!
你的亲人正守候在风雨里!

但蜡泪成灰, 灯儿灭了!
我的喉咙也再发不出声息。
我听见寒霜落地,
我听见蚯蚓翻地,
孩子! 你却没有回答哟!
唉! 飘飘的天风吹过了山峦,
歌乐山巅一颗星儿闪闪,
孩子! 那是不是你悲哀的泪眼?

唉! 歌乐山的青峰高如云际!
歌乐山的幽谷埋葬着我的亡女!

家国悲戚的哀悼殇情

"朗诵诗人"高兰在经历女儿罹患疟疾多方求救无效弃世之事后，于次年春回大地、周年纪念之日写就一篇泣血的悼亡诗《哭亡女苏菲》。女儿不幸殒命的遭际，没有使他陷入父亲对亡女的情感悲戚漩涡中，反而使他深入地思考一些现实问题：缘何自己散尽家财，也没能救活仅仅遭遇疟疾的女儿？类似女儿的遭际又何尝不是许许多多流亡家庭共同的命运？是什么造成了这一切痛苦的根源？诗人高兰沉重地从己悲中超脱出来，目睹国统区大后方家国沉沦、万马齐喑的悲惨生活景象，认识到消极落后的国民党反动派当局才是痛苦根源的黑暗事实。也正是基于家国悲戚的诗声感染，《哭亡女苏菲》的悼亡之情穿越父女的情感界限，成为高兰朗诵诗中流传最广、影响最大的代表作。

高兰的悼亡诗《哭亡女苏菲》通过哭亡女、睹遗物、恨自身、忆往事、思亡女等抒情与叙事情感的递进，多侧面烘托出父亲对亡女的深刻怀念，和对家国悲戚的黑暗感受。他在开篇以父亲的口吻对爱女询问道："你哪里去了呢？我的苏菲。"去年今日还高唱抗日的女儿今年今日坟头却"绿草萋迷"。诗人对贫穷日子里给"我"快乐，又因离世予"我"绵绵无绝期悲痛的爱女，满怀愧疚、忐忑、纠葛之心理。"我又该向你说什么呢？"一年了"我却没有勇气，/走向你的墓地！""我竟提不起我的笔，/为你，写下我忧伤的情绪，/那撕裂人心的哀痛啊"。于是诗人为女儿而流的泪水，湿透"我"的纸、笔、记忆、凄苦的日子。丧女的殇情持续撕裂着诗人的伤口，而目睹"好好的放起"的遗物，更让诗人"伏在箱子上放声大哭了"。"我"的放声大哭，倒不只是感伤于女儿的弃世而情不自已，更是因为"我误了你呀！孩子！/你不过是患的疟疾，/空被医生挖去我最后的一文钱币"。在诗人的插叙中女儿病死的"人祸"呼之欲出，本可活而终不能活的遗憾萦绕在"我"的心中久久不能排遣。"唉！你七年的人间岁月，/一直是穷苦与褴褛，/死后你还是两手空空的。""穷苦与褴褛"伴随着女儿苏菲从生入死的短暂人生旅程，诗人由是开始忐忑女儿身后是否仍然受穷苦蹉跎："告诉我！孩子！/在那个世界里，/你是否还是把手指头放在口里，/呆望着别人的孩子吃着花生米？/望着别人的花衣服/你忧郁的低下头去？"一位父亲对爱女在身后未知世界境遇的想象，皆和女儿生前在大后方世界受贫穷苦难折磨的现实镜像有关。"我"向女儿真诚呼唤道："我知道你的灵魂漂泊无依，/漫漫的长夜呀！你都在哪里？"从对女儿往生境遇的想象与担忧，再一次触动诗人的思女之情，对女儿超越时空阈限的恒定的思念，真是"我"绵绵无绝期的哀痛。面对夜来洒洒凄凄的风雨，"我"悄然走向风雨，在"墨黑的层云下，/呼唤着你的乳名，小鱼！小鱼！"多重回忆涌向心头，促使诗人又隔空向亡女追忆起寒夜一床薄被、三口之家，吃完白薯抱头痛哭的辛酸往事。一番殇情过后，诗人意识到"这个世界里，依旧是/富贵的更为富贵，/贫穷的更为贫穷；/我最后的一点青春与温情，/又为你带进了黄土堆中！"随即诗人表示"我要走向风暴，/我已无所系恋"。"我"以坚定向旧世界决裂的姿态向亡女告慰，升华了悼亡诗家国悲戚的思想意涵，增强诗歌的艺术感染力。最后两句诗人仍旧落脚到对亡女的思念之情上，"假如你听见有声音叩着你的墓穴，/那就是我最后的泪滴入了黄泉！"诗人以"最后的泪"沟通黄泉之内的亡女，父爱殇思足使人潸然泪下。

全诗共十八节，堪为长诗。每节行数与每行字数皆无定制，随着抒情和叙事的节奏进程而自然涨落。同时，诗人注重运用重音和押韵技巧，借用声调语气变化构成抑扬顿挫、行云流水的音乐效果，在自由诗体中恰当融入格律质素，使读者读来朗朗上口，文从字顺。如诗人在第四节连用四次"泪"做为句首重音字，既形成了排比的气势，又配合着其后不断变长的句子，与其对应的诗意表达同频增进着诗人对亡女的哀思情绪。正是高兰激情和沉思相结合的诗风，使得他悼念亡女之诗融入家国悲戚的底色，情真意切地感染着这首诗源源不竭的听众们。

（王潇导读）

【延伸阅读文献】

1. 高兰：《略谈〈哭亡女苏菲〉的创作过程及诗歌的朗诵》，《星星》1980年5月号。
2. 章亚昕《高兰论纲》，《东岳论丛》1990年第2期。
3. 康凌：《有声的左翼：诗朗诵与革命文艺的身体技术》，上海文艺出版社2020年版。

纤夫（节选）①

阿 垅

嘉陵江
风，顽固地逆吹着
江水，狂荡地逆流着，
而那大木船
衰弱而又懒惰
沉湎而又笨重，
而那纤夫们
正面着逆吹的风
正面着逆流的江水
在三百尺远的一条纤绳之前
又大大地——跨出了一寸的脚步！……

风，是一个绝望于街头的老人
伸出枯僵成生铁的老手随便拉住行人（不让再走了）
要你听完那永不会完的破落的独白，
江水，是一支生吃活人的卐字旗麾下的钢甲军队
集中攻袭一个据点
要给它尽兴的毁灭
而不让它有一步的移动！
但是纤夫们既逆着那
逆吹的风
更逆着那逆流的江水。

大木船
活够了两百岁了的样子，活够了的样子
污黑而又猥琐的，
灰黑的木头处处蛀蚀着
木板坼裂成黑而又黑的巨缝（里面像有阴谋和臭虫在做窠的）

---

① 选自阿垅：《阿垅诗文集》，人民文学出版社2007年版，第12—18页。

用石灰、竹丝、桐油捣制的膏深深地填嵌起来（填嵌不好的），
在风和江水里
像那生根在江岸的大黄桷树，动也——真懒得动呢
自己不动影子也不动（映着这影子的水波也几乎不流动起来）
这个走天下的老江湖
快要在这宽阔的江面上躺下来睡觉了（毫不在乎呢），
中国的船啊！
古老而又破漏的船啊！
而船仓里有
五百担米和谷
五百担粮食和种子
五百担，人底生活的资料
和大地底第二次的春底胚胎，酵母，
纤夫们底这长长的纤绳
和那更长更长的
道路
不过为的这个！

"强进"：拖拽"中国的船"的纤夫

  1941年11月，正值国事艰危的抗战相持阶段，诗人阿垅深入国统区腹地，目睹了嘉陵江上的纤夫逆势艰难前行的脚步，由此联想到这正是抗战中不屈的人民，用"大地的这长长的纤绳"逆风逆水、使尽解数地拖拽着象征中国的这"古老而又破漏的船"。作为七月诗派的同人，阿垅在《纤夫》中突出发掘了纤夫群像背后这种逆势而为，充分调动劳动大众主体意识的主观战斗精神，他的诗更是既真实地再现了纤夫群体"一寸一寸"拖拽大木船的艰辛图景，又生动地表现了纤夫群像表征下高扬的"力的美"的"强进"精神特质，成为雕刻、讴歌抗战时期普罗大众主观战斗精神品质的政治抒情诗代表之作。

  这是一首从嘉陵江畔拖拽大木船逆行的纤夫群像赞歌，突入象征抗战群众"强进"主观战斗精神底部的大众抒情诗。诗歌开篇描摹了逆风逆水的嘉陵江与"衰弱而又懒惰""沉湎而又笨重"的大木船，和正面着逆风逆水的纤夫们艰难迈出"一寸的脚步"之景象，自然条件的艰难与人力的艰辛之间的颉颃得到了形象的展现。吹在纤夫们脸颊的"风"，诗人视之为"绝望于接头的老人"，劝诫纤夫们停下步伐聆听"永不会完的破落的独白"。"江水"则成为讽喻"生吃活人"的侵略者部队，攻

袭、毁灭是它们的常态。然而面对此险阻，纤夫们仍逆势而为。他们为何知其不可为而为之？这都与"大木船"有关。尽管兼具破败与懒惰品质的大木船，及其象征的"中国的船"早已"古老而又破漏"，但船舱里五百担的"人底生活的资料/和大地底第二次的春底胚胎，酵母"，成为纤夫们"一绳之微"所拽引着的"作为人和那五百担粮食和种子之间的力的有机联系"，是他们苦苦支撑的希冀所在，这些"有机联系"更是我们民族赓续生存和文明的希望。于是，纤夫们"偻伛着腰/匍匐着屁股/坚持而又强进"。他们"强进"的身体姿势，更是"四十五度倾斜的/铜赤的身体和鹅卵石滩所成的角度/动力和阻力之间的角度，/互相平行地向前的/天空和地面，和天空和地面之间的人底昂奋的脊椎骨/昂奋的方向/向历史走的深远的方向"。诗人在纤夫们拖拽木船形象化的身体书写中，从动力对阻力的对抗角度中深入地看到挺立的"脊椎骨"，这种近乎粗犷的力的美，带着纤夫们的"强进"精神走向民族历史的纵深。纵然纤夫们在征途中遇到"当路耸立"的权威的"岸岩"，已然用尽最大的、最后的力，但"他们决不绝望而用背退着向前硬走"，他们的意志力终将拖动大船。而在"一根纤绳"的维系下，纤夫们的力、群、方向和组织得到坚定的组织。诗歌结尾反复出现的"一寸一寸"的脚步，这种迂缓的强进，更见纤夫们低吟、深沉的力的美，以及主观战斗精神的可敬。

《纤夫》全诗七节，节与节之间长短不定，行与行之间亦字数不等。全诗在散文化自由诗体的结构中，诗句、诗行的长短紧跟诗歌叙述节奏而任意伸缩。特别是每节的首句，诗人都基本撷取统领全节的"关键词"式的名词词组，如"嘉陵江""大木船""一根纤绳""前进——"等将其居中排版布局，以此在视觉层面便于读者迅速获取诗歌内涵讯息。总之，该诗以拖拽"中国的船"的纤夫象征抗战年代大众的"强进"精神，其中坚韧的"力的美"和主观战斗精神，不断发散着思想和艺术感染力。

（王满导读）

【延伸阅读文献】

1. 江锡铨：《中国现实主义新诗艺术散论》，北京大学出版社2005年版。
2. 李怡：《阿垅诗论的文学史价值》，《汉语言文学研究》2010年第1期。
3. 袁继锋：《战时诗歌的"地方性"书写——以阿垅诗歌及诗论为例》，《重庆大学学报（社会科学版）》2013年第1期。

赞　　美[①]

穆　旦

走不尽的山峦的起伏，河流和草原，
数不尽的密密的村庄，鸡鸣和狗吠，
接连在原是荒凉的亚洲的土地上，
在野草的茫茫中呼啸着干燥的风，
在低压的暗云下唱着单调的东流的水，
在忧郁的森林里有无数埋藏的年代。
它们静静的和我拥抱：
说不尽的故事是说不尽的灾难，沉默的
是爱情，是在天空飞翔的鹰群，
是干枯的眼睛期待着泉涌的热泪，
当不移的灰色的行列在遥远的天际爬行；
我有太多的话语，太悠久的感情，
我要以荒凉的沙漠，坎坷的小路，骡子车，
我要以槽子船，漫山的野花，阴雨的天气，
我要以一切拥抱你，你
我到处看见的人民呵，
在耻辱里生活的人民，佝偻的人民，
我要以带血的手和你们一一拥抱。
因为一个民族已经起来。

一个农夫，他粗糙的身躯移动在田野中，
他是一个女人的孩子，许多孩子的父亲，
多少朝代在他的身上升起又降落了
而把希望和失望压在他身上，
而他永远无言地跟在犁后旋转，
翻起同样的泥土溶解过他祖先的，
是同样的受难的形象凝固在路旁。
在大路上多少次愉快的歌声流过去了，

[①] 选自穆旦：《穆旦诗选》，人民文学出版社1986年版，第51—53页。

多少次跟来的是临到他的忧患，
在大路上人们演说，叫嚣，欢快，
然而他没有，他只放下了古代的锄头，
再一次相信名词，溶进了大众的爱，
坚定地，他看着自己溶进死亡里，
而这样的路是无限的悠长的
而他是不能够流泪的，
他没有流泪，因为一个民族已经起来。

在群山的包围里，在蔚蓝的天空下，
在春天和秋天经过他家园的时候，
在幽深的谷里隐着最含蓄的悲哀：
一个老妇期待着孩子，许多孩子期待着
饥饿，而又在饥饿里忍耐，
在路旁仍是那聚集着黑暗的茅屋，
一样的是不可知的恐惧，一样的是
大自然中那侵蚀着生活的泥土，
而他走去了从不回头诅咒。
为了他我要拥抱每一个人，
为了他我失去了拥抱的安慰，
因为他，我们是不能给以幸福的，
痛哭吧，让我们在他的身上痛哭吧，
因为一个民族已经起来。

一样的是这悠久的年代的风，
一样的是从这倾圮的屋檐下散开的
无尽的呻吟和寒冷，
它歌唱在一片枯槁的树顶上，
它吹过了荒芜的沼泽，芦苇和虫鸣，
一样的是这飞过的乌鸦的声音。
当我走过，站在路上踟蹰，
我踟蹰着为了多年耻辱的历史
仍在这广大的山河中等待，
等待着，我们无言的痛苦是太多了，
然而一个民族已经起来，
然而一个民族已经起来。

民族精神的觉醒

进入新世纪后,学界对于诗人穆旦的关注与日俱增,其诗歌中充满张力的"现代性"表达、所蕴含的"丰富和丰富的痛苦"为众多研究者们所讨论。纵观穆旦的全部诗作,我们会发现他的创作风格经历几次显著的变化。除了《诗八首》《我》《隐现》《我歌颂肉体》这类受西方现代主义影响较深的晦涩、先锋之作,穆旦在1940年代还写出如《在寒冷的腊月的夜里》《一九三九年火炬行列在昆明》《出发——三千里步行之一》等植根中国大地、书写抗战经验、诗风畅达豪放的作品。《赞美》这首诗就属于后一类,并成为穆旦的代表作之一。

《赞美》创作于1941年12月,最初发表在1942年2月的西南联大文学刊物《文聚》第1卷第1号上。全诗四节。第一节先以鸟瞰的视角掠过辽阔的国土,而后定格在"不移的灰色行列在遥远的天际爬行",于是抒情主人公"我"的情感爆发:"我要以一切拥抱你,你/我到处看见的人民啊",由此开启这首对"人民""民族"的赞歌。具有鲜明观念烙印的意象的罗列、充满感情的排比句的行进以及散文化的自由体诗行的排列都让人联想到艾青。穆旦曾多次撰文评论艾青,称赞其诗歌以鲜明的民族品格开启抗战时期的"新的抒情",而此一时期诗人的许多创作也显然受到影响和启发。

第二、三节描绘了一个农人家庭在抗战中的受难、牺牲和坚强,其中包括"农夫""农妇"以及"孩子"几个形象,以此将诗歌要"赞美"的对象"人民"具体化,即底层大众、劳动者们。值得注意的是,与左翼话语不同,穆旦并没有将"我"消融于集体之中,以"我们"代替"我"来抒情,而是坚持以"我"的视角和情感去观照"他"(农夫/农妇)。于是在"我"赞美"他"、拥抱"他"的同时,我们同时能看到"我"与"他"不完全相通的部分。比如诗人写道:"在大路上人们演说,叫嚣,欢快,/然而他没有,他只放下了古代的锄头,/再一次相信名词,溶进了大众的爱。"大路上的"人们"所参与现代政治、文化进程对于"他"来说可能只是一些"名词","他"只能"相信"但并不一定理解。哪怕是在对"他"直接抒情时,穆旦也留有自省的余地,没有将赞歌唱成一厢情愿的、廉价的口号:"为了他我要拥抱每一个人,/为了他我失去了拥抱的安慰,/因为他,我们是不能给以幸福的/痛哭吧,让我们在他的身上痛哭吧。"一边"拥抱",一边清醒地认识到写满"拥抱"的诗篇其实并不能真正化解痛楚,因此书写"拥抱"也并不能给诗人带来"安慰"。于是我们发现,这"痛哭"中不仅充满了对人民的深情,还隐含着一个知识分子面对战争中民众真实且巨大的苦难时因为无能为力而产生的愧疚,带有原罪意味。袁可嘉在《九叶集·序》中评价:"悲痛、幸福与自觉、负疚交织在一起的复杂心情,使穆旦的诗显出了深度和厚度。他对祖国的赞歌，不是轻飘飘的，而是伴随着深沉的痛苦，是'带血'的歌。"可以说正是这种自省，构成《赞美》这首诗最具艺术感染力的部分：赞美人民但不美化苦难，赞美人民而不自我感动。

最后一节诗人回到艾青式的抒情当中，再次用排比句铺陈意象，呼应第一节对"广大的山河"的鸟瞰。只不过此时吹过大地的是"悠久的年代的风"，风景和人都被历史化了，回环在每一节的末尾诗句"一个民族已经起来"于是有了更深刻的总结意义：诗人相信，民族觉醒是历史进程的必然结果。也正是在《赞美》这首诗发表之时，诗人穆旦投笔从戎，参加中国入缅远征军，以奔赴战场的实际行动去证明"一个民族已经起来"的预言。

（杨柳导读）

【延伸阅读文献】

1. 王家新编：《新诗"精魂"的追寻：穆旦研究新探》，东方出版中心 2018 年版。

2. 易彬：《赞美：在命运和历史的慨叹中——论穆旦写作（1938—1941）的一个侧面》，《中国现代文学研究丛刊》2006 年第 5 期。

3. 陈太胜：《"新的抒情"与现代主义——重识穆旦的新诗写作》，《文艺研究》2021 年第 2 期。

春[①]

穆 旦

绿色的火焰在草上摇曳,
他渴求着拥抱你,花朵。
反抗着土地,花朵伸出来,
当暖风吹来烦恼,或者欢乐。
如果你是醒了,推开窗子,
看这满园的欲望多么美丽。

蓝天下,为永远的谜迷惑着的
是我们二十岁的紧闭的肉体,
一如那泥土做成的鸟的歌,
你们被点燃,却无处归依。
呵,光,影,声,色,都已经赤裸,
痛苦着,等待伸入新的组合。

生命之诗,欲望之舞

  穆旦的《春》是借"春天"之"春"写"青春"之"春"。他写这首诗时正好 24 岁,正是青春感受和生命冲动热烈碰撞、寻求释放的年龄。不同于传统诗歌颂春、伤春、怀春的主题,他笔下的"春"是欲望、骚动和反叛的代名词。

  这首诗分为上下两节,诗的上节主要描写自然界的春,展现"欲望的美丽"。诗人践行了"新的抒情"原则,撷取常规的春天之景——春草、春花、春风等,但加之新奇的想象与陌生化的表达,形成鲜活独特的意象,有意拉开现代新诗和传统诗歌的距离。"火焰"本是红色的,"绿色的火焰"以悖论式的词语搭配和色彩的反差感给人强烈的视觉冲击,突破读者的心理预期,让情绪节奏为之一紧。火焰燃烧本是迅速而又野性的,诗人却用轻盈柔和的动词"摇曳"化解紧张感,语言充满反差与张力。春草新绿,它受到原始生命力的感召,是那么急不可耐地生长、拥抱花朵、

[①] 选自穆旦:《穆旦诗选》,人民文学出版社 1986 年版,第 56 页。

拥抱绿意盎然的春天，传达出强烈、焦急的生命冲动。而花朵并不娇羞矜持，无论春天的暖风带来的烦恼还是欢乐，它都反抗着土地的禁锢，努力向上生长，回应着绿草的索求。诗人以满园春色召唤我们禁闭的青春，如果你也被生命的原始冲动唤醒，就推开一切桎梏，正视欲望的美丽。

诗的下节巧妙地将笔锋从大自然的春天过渡到人类的青春。自由广袤的蓝天下，二十多岁的年轻人被点燃了青春激情，但和自然界的一草一木都酣畅淋漓地释放着原始欲望不同，生命内在的矛盾与冲突蛊惑着他们继续压抑着、痛苦着，就像泥鸟的歌，无法飞翔、无法歌唱、无处归依，徒有冲动而难以实现。在光影声色都已经赤裸的春天，青年们的肉体感受不断被刺激着，在痛苦与焦灼之中，期待着随时冲破枷锁，创造生命"新的组合"。《春》在对自由的限制中张望着生命的冲动，"春"是醒来、是诞生、是诱惑，是赤裸的、新的、创造的一切，一步步打开禁锢人性的枷锁。

《春》有力地践行了诗歌外在节奏与内在节奏和谐统一。诗的上下两节各六行。上节每二行为一句，结构齐整。诗人歌颂一草一木都自由释放欲望，情绪饱满而欣喜，运用"摇曳""渴求""拥抱""反抗""伸""推开"等一连串动词，让诗歌节奏律动强烈，随情而动，不受韵律拘束。首尾两行对应，中间四行利用逗号和轻音词语"伸出来""醒了""窗子"等进行灵活的顿歇，调节诗歌轻重缓急，是诗人见到满园春色自在抒情的絮语。下节也是六行，由四行一句和二行一句组成，跨行押韵。被点燃的欲望和被禁锢的身体形成对立冲突，前四行利用欧化的句式和跨行形成长句，看似有失流畅，实则借复杂的长句表现诗人痛苦迷茫的情绪，同时调节诗歌节奏的松紧。"呵，光，影，声，色"运用感叹词和标点符号，形成有规律的、一字一顿的跳跃式节奏，每一次停顿如同心脏跳动的收缩，带动读者情感的波动。第二行和第四行押 i 韵，第一、三、六行押 e 韵，但诗人并没有刻意用韵，顺应自然口语和情绪急缓流出的音节带有谐和的乐感。从总体上看，整首诗节奏有起伏，轻重有强弱，速度有急缓，在一张一弛中配合内心情感的流动。

诗人穆旦被誉为"四十年代最早有意识倾向现代主义的诗人"，《春》作为他的代表诗作，蕴含着极强的生命意识和现代主义精神气质，为沉闷的中国现代汉语诗坛注入一股春天的力量。浓厚的智性诗思与新颖奇谲的意象，构成哲理深邃、情绪跳荡的现代诗境。正如穆旦的诗友王佐良所言，此诗"出现了新的思辨、新的形象，总的效果则是感性化、肉体化"。

（程筱琪导读）

【延伸阅读文献】

1. 叶琼琼：《从"春"的隐喻内涵看穆旦诗歌的传统性与现代性》，《清华大学学报（哲学社会科学版）》2020 年第 2 期。

2. 易彬：《被点燃、被隐匿的"青春"——从异文角度读解穆旦诗〈春〉及其诗歌特质》，《中国现代文学研究丛刊》2016 年第 12 期。

金黄的稻束[①]

郑　敏

金黄的稻束站在
割过的秋天的田里,
我想起无数个疲倦的母亲
黄昏的路上我看见那皱了的美丽的脸
收获日的满月在
高耸的树巅上
暮色里,远山
围着我们的心边
没有一个雕像能比这更静默。
肩荷着那伟大的疲倦,你们
在这伸向远远的一片
秋天的田里低首沉思
静默。静默。历史也不过是
脚下一条流去的小河
而你们,站在那儿
将成了人类的一个思想。

沉思的绘画,静默的雕像

郑敏是九叶诗派的代表诗人。1940年代,郑敏就读于西南联大哲学系。在读期间,她受到其德文课老师冯至的智性诗学理念的熏陶,并开始接受歌德、里尔克诗歌的影响,赋予日常生活中的实物、场景等客体形象以抽象的情感与思想,从对身边之物的刻画描摹推及对宇宙生命的凝视沉思,实现了诗的美学与哲思的融合。《金黄的稻束》即是写于这一时期。郑敏曾谈到过这首诗的创作灵感,源于彼时一个黄昏经过的一片稻田:"一束束收割下的稻束,散开,站立在收割后的稻田里,在夕阳中如同镀金似的金黄,但它们都微垂着稻穗,显得有些疲倦,有些宁静,又有些寂

---

① 选自郑敏:《郑敏文集》(诗歌卷・上),北京师范大学出版社2012年版,第9页。

宽，让我想起安于奉献的疲倦的母亲们。举目看远处，只见微蓝色的远山，似远又似近地围绕着，那流水有声无声地汨汨流过，它的消逝感和金黄的稻束们的沉思形成对比，显得不那么伟大，而稻束们的沉思却更是我们永久的一个思想。"通过一系列景物和色彩的铺陈展开，诗歌犹如一幅浓墨重彩的油画呈现在读者眼前。

"金黄的稻束"是全诗的主导意象，但经过诗人的想象加工，它们不再仅仅作为一种客观存在的实物站立在田野里，而被赋予抽象的含义，成为"人类的一个思想"。这个挪移转换过程的实现，依托于"母亲"和"满月"两个意象。从意象的选取来看，秋天金黄的稻束和"母亲"的特质类似，都经历了生长、孕育、衰老的蜕变，被收割下来的结满稻穗的稻束和历经百般辛苦生产并抚育孩童长大的母亲一样，均富于一种成熟丰硕而又沉重疲倦的美感，自然的生物与人类的生命在此具有了相通之处。精妙的是，秋天收获日的满月，是历经时空流转与圆缺轮回之后达成的丰满、完美，与二者构成异曲同工的和谐。在三个意象的呈递显现之间，诗人以金黄的稻束和田野为底色，渲染以远处青黛的暮色和远山，其间凸显母亲带着皱纹的脸、清朗的圆月与流动的河水，使整首诗宛如一幅沉思的绘画，一座静默的雕像。诗人的目光由小极大，由近至远，从一个客观景物的生长结果延伸到人类的生存繁衍，继而跨越宇宙时空的维度，得出"历史也不过是/脚下一条流去的小河，/而你们，站在那儿，/将成为人类的一个思想"的思考，由此实现了诗歌具象化与哲思化的有机统一。在诗句的锻造上，诗人有意凝练大量富含动作性的语辞，如"站在""割过""高耸""围着""静默""低首"等，使语言可视化，打破诗歌和绘画、雕像的界限，通过画面的慢切换与词语的有意停顿给予诗歌以舒缓平和的节奏氛围，契合了诗歌沉思、静默的整体特质。

在《金黄的稻束》创作中，郑敏践行里尔克等现代主义诗人寻找客观对应物来呈现抽象的哲理的诗学观念，同时把思辨的哲理与感性的诗歌意象融合，形成了其诗歌敏感、知性、内省的独特气质，实现了思想与情感、语言与音色的平衡统一。

（倪贝贝导读）

【延伸阅读文献】

1. 吴思敬、宋晓冬：《郑敏诗歌研究论集》，学苑出版社2011年版。
2. 张桃洲：《试论郑敏诗思与诗学言路的共通性》，《诗探索》1999年第1期。

力的前奏[①]

陈敬容

歌者蓄满了声音,
在一瞬的震颤里凝神

舞者为一个姿势
拼聚了一生的呼吸

天空的云、地上的海洋
在大风暴来到之前
有着可怕的寂静

全人类的热情汇合交融
在痛苦的挣扎里守候
一个共同的黎明

待发之蓄势的多声部交响

  1940年代中后期,陈敬容的诗歌逐渐成熟。她拓展了早期诗歌独抒性灵的狭小格局,一变为明澈蕴藉的格调,《力的前奏》便是这一时期的代表作之一。陈敬容受到波德莱尔和里尔克的影响,用明快有力的诗句凸显深邃的意旨,准确而精致。

  《力的前奏》流畅生动,富有音韵之美。全诗四节,采用排比式(这是陈敬容此一时期诗歌常用的架构方式),除第三节第一行缩行外,其他三节均跨行,自由舒展之下自有法度。诗作的第一节第一行、第二节第一行、第三节第三行、第四节第三行均为三顿七言双音收尾(节间"二三二"音顿),不同诗节音顿的重复形成了韵律,庄严肃穆。第三节首句"天空的云,地上的海洋"乃四顿九言双音收尾(节内"三一三二"音顿),由逼仄的空间推向浩渺的天地,将读者带到了深远开阔的境界,为第四节内蕴的拓深"蓄势"。整首诗的语言节奏"既跳跃而又凝重"(唐祈语),四

[①] 陈敬容:《陈敬容选集》,四川人民出版社1983年版,第154页。

节犹如四个声部，两个中低音起势，逐渐升至高音区徘徊，以最强音收尾，汇合交融成为一支交响乐。

　　这首诗的意象繁复深邃，引人深思。全诗由四组意象构成，第一节为歌意象，舞意象在第二节，自然意象在第三节，第四节是社会群力意象。前三节富有表现力的比喻性意象，最终指向的是社会群力意象。第一节"歌者"的"声音"定调在"震颤"前的一瞬，"舞者"的"姿势"定格在跃动前的一闪，继而由剧院之内推向天地之外，"云"与"海洋"酝酿的"大风暴"暂留"静寂"里，"全人类"守候的"黎明"之前，暗夜漫漫。每组意象均由动到静，共同指向哲理之思，即歌舞艺术的表现力、风暴的自然威力和社会群体的伟力，在爆发前均有着潜滋暗长蓄势待发的沉默，反映了当时虎狼横行的上海山雨欲来风满楼的局势，人民等待春天里第一声惊雷，在沉默的忍耐和坚守中去敲响黎明的钟，召唤革命之力，隐射着暗夜里群力凝聚的社会现实。诗人歌颂大风暴前的坚实的"静寂"，以激愤深沉的诗心预感伟大时代的到来。她之前写的《弦与箭》里"力"似乎多停留在情爱之力上，但《力的前奏》的"力"由繁复的意象形成整体的象征，最终指向革命暴力。由此来看，贯穿她前半生的"战栗"的"渴意"，从之前的爱、美转向革命，无论是爱、美还是革命，都有着诗人对"新鲜"的"焦渴"。整体而言，诗中比喻性的意象群起到化抽象为具象的审美功效，在紧凑展开的诗意中抒发哲理，诗里繁复的意象暗含深意，富有象征性，在诗中实现意象的密度、深度和力度的融合。

　　陈敬容的《力的前奏》以错落有致的节奏来展现深沉激越的情思，哲理与现实结合，理性与感性统一，刚柔并济，在调和中达到平衡。这首诗饱含深邃的哲理，但诗人并不是停留在枯燥的说理上，也不像当时的政治抒情诗声嘶力竭的诉求，哲思起于陈敬容生命的直觉和痛苦的人生经验，它是沉思之诗，也是生命之诗。

（周少华导读）

【延伸阅读文献】

1. 唐湜：《九叶诗人："中国新诗"的中兴》，上海教育出版社 2003 年版。
2. 王泽龙：《九叶诗人意象艺术的现代化追求》，《河北学刊》2006 年第 5 期。

追物价的人[①]

杜运燮

物价已是抗战的红人。
从前同我一样,用腿走,
现在不但有汽车,坐飞机,
还结识了不少要人,阔人,
他们都捧他,搂他,提拔他,
他的身体便如烟一般轻,
飞。但我得赶上他,不能落伍,
抗战是伟大的时代,不能落伍。
虽然我已经把温暖的家丢掉,
把好衣服厚衣服,把心爱的书丢掉,
还把妻子儿女的嫩肉丢掉,
但我还是太重,太重,走不动,
让物价在报纸上,陈列窗里,
统计家的笔下,随便嘲笑我。
啊,是我不行,我还存有太多的肉,
还有菜色的妻子儿女,她们也有肉,
还有重重补丁的破衣,它们也太重,
这些都应该丢掉。为了抗战,
为了抗战,我们都应该不落伍,
看看人家物价在飞,赶快迎头赶上,
即使是轻如鸿毛的死,
也不要计较,就是不要落伍。

轻松的反讽　严肃的机智

《追物价的人》是九叶诗人杜运燮作于1945年的一首诗,也是他的名作之一。

[①] 选自辛笛、陈敬容等:《九叶集——四十年代九人诗选》,江苏人民出版社1981年版,第78—79页。

这首诗一经发表,便在当时的社会反响非常,也深受诗评家的赞赏。

抗战时期国统区物价的飞涨以及黑暗的现实环境,让杜运燮郁结于心。深受奥登、桑德堡等轻松诗影响的杜运燮,以一种双重反讽的手法,以及悟性的意象,将令人悲愤的社会现实以一种令人哭笑不得、荒诞滑稽的口吻呈现出来。深谙心理探索的九叶诗人杜运燮,还以一种表层心理向深层心理、个性向共性的升华,对当时病态的社会进行深层次的社会心理剖释。

"物价已是抗战的红人……他们都捧他/搂他/提拔他……看看人家物价在飞/赶快迎头赶上/即使是轻如鸿毛的死/也不要计较/就是不要落伍",把抗战时期国统区人人愤恨的物价飞涨的事实,描述为"红人";将人们难以为继生活的悲哀,说成"迎头赶上"与"不能落伍"。从客观存在来看,每一个诗句都是在用事实说话,但从心理节奏来讲,句句又是反话,是一种情绪的曲写,这是第一重反讽。宁愿抛妻弃子也不愿落伍的心态,又在自嘲和戏谑中生成二重反讽。其次,诗人还善于将思想与自然意象相融合,形成一种凝合的悟性意象。第七个诗行的如"烟"一般轻,以及诗中反复出现的"肉",倒数第二诗行的轻如"鸿毛",看似是在自嘲太重,不如烟和鸿毛一样轻,不能追着物价飞,实则是将对物价的不满,融合在了主客消弭的物象之中。与此同时,在这种凝合的悟性意象中,个体的情感扩大为了非个人化的情感,个体对社会的心理感知,上升到了社会心理剖析,进而实现了愈加强烈的社会批判。

杜运燮的《追物价的人》将个体的心理感知和忧世伤时的情感,以轻松诗的手法展现出来,使中国现代诗歌拥有戏剧化的荒诞效果,这是一种新诗形式的现代化创新。这种创新无疑具有推动中国新诗现代化进程的作用。

(王金凤导读)

【延伸阅读文献】

1. 游友基:《论九叶诗人杜运燮的诗歌艺术》,《福建师范大学学报(哲学社会科学版)》1997年第3期。

2. 蒋登科:《论杜运燮诗歌的价值取向》,《西南师范大学学报(人文社会科学版)》2003年第5期。

3. 吕周聚:《论中国现代诗歌对芝加哥诗派的选择与接受》,《文艺研究》2022年第8期。

手　　掌[①]

辛　笛

形体丰厚如原野
纹路曲折如河流
风致如一方石膏模型的地图
你就是第一个
告诉我什么是沉思的肉
富于情欲而蕴藏有智慧
你更叫我想起
两颊丛髭一脸栗色的水手少年
粗犷勇敢而不失为良善
咸风白雨闯到头
大年夜还是浪子回家
吉卜西女儿惯于数说你的面相
说那一处代表生命与事业
又那一处代表爱情与旅行
她编造出一套套宿命的故事
和二月百啭的流莺比美
无非想赚取你高兴中的一点慷慨
你若往往当真
岂不定要误事

我喜欢你刚毅木讷而并非顺从
在你中心
摆上一个无意义的不倒翁
你立刻就限制他以行动的范围
洒上一匙清水
你立刻就凹成照见自己的湖沼
轻轻放下你时可以压死蚊蚋蜉蝣
高高举起你时可以呼吸全人类的热情

[①]　选自王辛笛：《辛笛集》（第1卷），上海人民出版社2012年版，第57—58页。

唯一不幸的　你有一个"白手"类的主人
你已如顽皮的小学生
养成了太多的坏习惯
为的怕皮肉生茧
你不会推车摇橹荷斧牵犁
永远吊在半醒的梦里
你从不能懂劳作后甜甜的愉快
这完全是由于娇纵
从今我须当心不许你更坏到中邪
被派作凤魔的工具
从今我要天天拼命地打你
打你就是爱你教育你
直到你坚定地怀抱起新理想
不再笃信那十个不诚实的
过于灵巧的
属于你又完全不像你的
触须似的手指

驶向现实的"手掌"

  1948年1月由星群出版社出版的诗歌集《手掌集》是辛笛最负盛名的作品集之一。该集由辛笛本人在1947年底编成，依创作年份分为"珠贝集""异域篇"和"手掌集"三辑。《手掌》一诗，便收录于第三辑的第一篇。作为与诗集同名的诗歌，可见《手掌》一诗在辛笛心中地位之重。此书封面选用了英国版画家裘屈罗·赫米斯（Gertrude Hermes）的作品《花》，封面中一只手掌向下缓缓张开，手掌中间是一朵即将掉落的花，随着指尖延伸的方向还有两朵已经坠落的鲜花。这不仅与《手掌》中"过于灵巧的/属于你又完全不像你的/触须似的手指/永远吊在半醒的梦里"的描绘相配，而且仿佛诉说着某种想要挽留，但最终选择放手的释然的情绪。

  该诗创作于1946年6月，正是他回国的第7年，在目睹日军侵略下中国大地战火纷飞、民不聊生的悲惨场景后，辛笛逐渐由个人自我的浅吟低唱走向了为社会现实、普罗大众而歌唱。在走向人民的过程中，诗人不可避免地会经历精神上的矛盾和诗艺危机，《手掌》则是诗人反思自我、改造自我的一次尝试。诗人以第一人称"我"的口吻，对第二人称"你"即手掌诉说，将"我"和描写对象"手掌"的距离瞬间拉近，以一种平等对话的姿态展开全诗。在"我"对"你"的诉说中，诗人不遗余力地赞扬"手掌"的"智慧""粗犷""勇敢""良善""刚毅""木讷"等品质。但他同样看到"手掌"的"坏习惯":"为的怕皮肉生茧/你不会推车摇橹荷斧牵犁/你从不能懂劳作后甜甜的愉快"。诗人绝非单单写"手掌"这个意象本身,而是借手掌在影射手掌"'白手'类的主人"——知识分子。作者对知识分子的态度是矛盾的,在承认他优点的同时,又不得不警惕他的"骄纵"。为此他以"从今我要天天拼命地打你"的方式不断地警醒和鞭策他们,实现对知识分子的改造。"手掌"只是一个象征物,它代表和隐喻着以作者为代表的一类知识分子,不断地鞭打"手掌"实则是对自我的不断反思和改造。作者当时正处于时代的巨变之中,残酷的现实让他无法再独善其身,原有的创作理念和诗意追求也在时代面前渐渐崩塌,诗人陷入巨大的疑虑和挣扎之中,诗人的创作也一度停滞,直到1946年才慢慢活跃起来。《手掌》的出现也预示诗人疑虑的逐渐消散,在对自我的批评和反思中,逐渐走向现实。

  不同于以往的抒情诗,《手掌》带有明显的议论色彩。全诗共有四节,依据内容可分为三个部分:第一节写"手掌"的外形特点,第二、三节论述"手掌"的功用,第四节从反面论证"手掌"的缺陷,再逐步深入到对其反思和改造。诗人在思绪的流转中,不露痕迹地便结构了全诗。诗人由手掌的形态、纹理写起,写手掌"形体丰厚如原野/纹路曲折如河流",如同"一方模型石膏"的地图。再写手掌带给诗人的感受:"告诉我什么是沉思的肉/富于情欲而蕴藏有智慧",进而将手掌拟人化,比作一位"粗犷勇敢而不失为良善"的少年。通过"原野""河流""模型石膏""少年"等意象的连续使用,不露声色中便描绘出"手掌"的特点。接着,第二、三节开始讲述"手掌"的功用:是吉卜西女郎数说命运的依据,是限制不倒翁行动的中心,是可以照见自己的湖沼,也"可以压死蚊蚋蜉蝣"和"呼吸全人类的热情"。正当读者沉浸在诗人对"手掌"描绘与赞扬时,作者笔锋一转,开始对"手掌"进行反省和批判:"唯一不幸的/你有一个'白手'类的主人/你已如顽皮的小学生/养成了太多的坏习惯。"为此"我"决心要狠狠地抽打"你",直到你拥有"新理想",不再笃信那"触须似的手指"。不同于其前期带有旧诗词特征的抒情诗创作,《手掌》既无古典的意象、婉约的语调,也无整齐的外形和严格的对仗押韵,总体上呈现出自由舒展的氛围且带有明显的议论色彩。

(曾洋洋导读)

【延伸阅读文献】

1. 孙玉石:《现代诗的意象创造之美——重读辛笛的诗集〈手掌集〉》,《诗探索》2004年第Z1期。

2. 李章斌:《历史危机与辛笛诗歌的内部嬗变》,《东吴学术》2014年第5期。

门①

曾 卓

莫正视一眼，
对那向我们哭泣而来的女郎。

曾经用美丽的谎言来欺骗我们的
　　　　　　　　　　是她；
曾经用前进的姿态来吸引我们的
　　　　　　　　　　是她；

而她
在并不汹涌的波涛中，
就投进了
残害我们的兄弟的人的怀抱。

今天，她又要走进
我们友谊的圈子。
她说，她现在才知道
只有我们
才是善良的灵魂。

让她在门外哭泣，
我们的门
　　不为叛逆者开。

作为叛逆者的女郎

曾卓的诗歌《门》在1939年作于重庆，那时他17岁。诗歌以一位女郎为主人

---

① 选自曾卓：《曾卓文集》（第1卷），长江文艺出版社1994年版，第7—8页。

公,在有限的诗行中极尽所能发挥"叙事"的能力。诗歌讲述这位女郎"向我们哭泣""用美丽的谎言来哄骗我们""用前进的姿态来吸引我们",她不同"我们"携手并进,"投进了/残害我们的兄弟的人的怀抱",短短几句将女郎的行为展现在读者面前。在记叙的同时,以最大限度表达情感,态度严肃、果断、坚决:让她在门外哭泣!表达作者对叛逆者的憎恨。

这首诗的"噱头"较为有趣,诗人小小地"玩弄"了一下叙事手法。开头"哭泣而来的女郎"立刻抓住眼球,这时读者按照自己的阅读惯性进行联想,这会是戴望舒笔下撑着油纸伞的女郎吗?会有一段风流韵事吗?是男主人公负了女主人公吗?为何对这样一位哭泣的女郎"莫正视一眼"?她做了怎样的错事?这一意象吊足读者胃口,直到"残害"二字出现。不同于"伤害","残害"这一词的性质极其严重,指向身体的巨大损害,性命攸关。这时读者才稍稍明白,这并非爱情故事,而与生命、信仰密切相关。接下来揭开女郎到来的目的,即"又要走进我们友谊的圈子"。而作者的态度已非常明确——不为叛逆者开!最后诗行与开头相互照应,诗意完整、连贯,如此完成一次叙事的冒险。诗人在最后引入一个新的意象——门,"门"既指现实中的女郎站在门外,也指"心门",因她背叛了我们,我们的友谊之门再不为她敞开。其实不仅阻隔"她",也阻隔所有的"叛逆者"。

《门》的"重复"现象值得回味。开头"曾经……的"结构出现两次,这两个定语修饰的都是"是她",掷地有声,且"是她"另起一行,在听觉效果与视觉效果上,都足以抓住读者眼球。《门》中的人称代词"她"出现频率非常高,尤其是"她又要走进""她说,她现在才知道",多次使用,表明"她"是我们这些人谈论的中心,同时也指明女郎的自私,"她"行事以她自己为中心,所考虑到的只是她,而极少有我们。在很多个"她"中,偶然出现"我们","我们"是被残害的兄弟,有着"善良的灵魂",两者形成强烈对比。最后,《门》的空行、标点符号也需要关注。"是她"置于行末,"不为叛逆者开!"前空两格以引起注意。标点方面,全文多用逗号、句号,全篇情绪在最后抵达高潮,用一个叹号作为情感的附着,语言干净、爽练。

(薛雅心导读)

【延伸阅读文献】

1. 程光炜:《曾卓论》,《当代作家评论》1989年第6期。
2. 罗振亚、龙泉明:《苦难的升华——论曾卓的诗》,《诗探索》2001年第Z1期。

山城和鹰[①]

牛　汉

从远古，灰色的山城
哺育着灰色的鹰

山城衰老了
城角流水里的影子啼泣着

山城衰老了，鹰仍在高天漫飞
蓝色的梦里滑下嘹亮的歌音

鹰旋飞着，歌唱着：
"自由飞翔才是生活呵……"

山城在浑浊的雾中匍匐着
诉述着远古的悲哀

山城在鹰的歌声的哺育下
复活了，鹰成为它的前哨

以自由为生命的鹰

　　牛汉的诗歌《山城与鹰》讲述山城与鹰相互哺育的故事，诗人把时间拉得非常远，开篇便是"远古"时代。遥远的时代"灰色的山城/便哺育着灰色的鹰"，随着时间的流逝，"山城衰老了"，但是"鹰仍在高天漫飞"。它嘹亮的歌音没有在时间的磋磨下喑哑，始终歌唱自由，终于，山城在鹰的歌声哺育下，复活了。短短 12 行，远古的山城完成衰老与复活的轨迹，鹰则生长为歌颂自由的生命体，诗中可见奉献、坚韧、自由、反哺，充满生命的力量与自由的向往。

---

　　① 选自牛汉：《牛汉诗文集》（诗歌卷一），人民文学出版社 2010 年版，第 27 页。

这首诗讲究炼字，因此语言干净简洁，但不失分量。远古时代以"灰色"为底色，仿佛黑白相片，世界在朦胧中透着灰。山城"衰老"，影子"啼泣"，在诗人眼中，它们绝非物品，而会经历人类的一切情感、一切变换。鹰在"天蓝色的梦里滑下嘹亮的歌音"，"天蓝色"与开篇的"灰色"迥然不同，黑白照片突然出现色彩，"滑"既指向鹰飞翔的姿态，也指向歌声的动态与质素。山城在"罪恶的雾"中"哭泣"着"悲哀"，此句显现山城在衰老中的外部世界，"罪恶"一词极为严重。然而在这样艰难的情境下，山城在鹰之歌声的哺育下"复活"，鹰是山城生命的"前哨"。诗歌每个用词极为讲究，力度较重，但这也正体现了生命的重量。现代诗歌跳脱古诗的格律，不限字数，不限长度，意味着诗人得到了充分运用文字的自由，但是自由仍应有限度。牛汉此诗在文字的自由与限度上，做了极佳的典范。

　　《山城与鹰》以"山城"与"鹰"为重要意象，尤其是"鹰"，它在中国传统中一直是具有力量性的动物，毛泽东在《沁园春·长沙》中写道："鹰击长空，鱼翔浅底，万类霜天竞自由。"翱翔天际的鹰从来都是力量与自由的象征，它的强悍与刚烈、不屈与悲壮塑造出顽强的生命力量，无论在何时始终唱着生命的赞歌。诗中唯一一句话"自由，便是生活呵……"点出鹰的生命准则，也是它为何能在山城衰老之后仍然漫飞于天际的原因。"自由"是一切，是自由使鹰高唱，也是自由的吸引让山城复活。牛汉这首诗的鹰还具有救赎的力量，它在山城中成长，也反过来哺育山城，完成对他者的生命救赎。

（薛雅心导读）

【延伸阅读文献】

1. 孙玉石：《鹰的姿态：牛汉的诗》，《文艺争鸣》2003年第6期。
2. 张洁宇：《个人的熔炼与历史的肉身——牛汉的诗学观念、实践及意义》，《华中师范大学学报（人文社会科学版）》2022年第3期。

知识分子[①]

杭约赫

多向往旧日的世界,
你读破了名人传记:
一片月光、一瓶萤火
墙洞里搁一顶纱帽。

在鼻子前挂面镜子,
到街坊去买本相书。
谁安于这淡茶粗饭,
脱下布衣直上青云。

千担壮志,埋入书卷,
万年历史不会骗人。
但如今你齿落鬓白,
门前的秋叶没了路。

这件旧长衫拖累住
你,空守了半世窗子。

向昔日告别的知识分子

  杭约赫(曹辛之)诗歌《知识分子》以十四行诗的形式对知识分子在社会中的情状进行今昔对比。在"旧日的世界"中,知识分子"读破了名人传记",在"一片月光,一瓶萤火"的环境中,过着"街坊上买本相书"的惬意生活。倘若不安于书斋,社会为他们提供一条晋升之路,这是"修身,齐家,治国,平天下"的美好梦想,"脱下布衣便有青云""墙洞里搁一顶纱帽"。他们有理想,也可以凭借自身努力实现理想。于是知识分子凭借着"万年历史"的经验,将"千担壮志,埋入书卷"。

---

① 选自辛笛、陈敬容等:《九叶集——四十年代九人诗选》,江苏人民出版社1981年版,第103页。

但转而情况变了,他们发现读万卷书也无法实现治国、平天下之梦,"齿落鬓白,门前的秋叶没了路"。读书人的"旧长衫"拖住了生命的旅程,"空守了半世窗子"。诗歌在今昔对比中呈现知识分子情况的转变,暗示了中国社会的千年巨变,探讨在当时的社会环境下,知识分子的生存问题。

《知识分子》一诗采用十四行诗的形式,每行8字,分为4段,以"四、四、四、二"行的形式组织起承转合的结构。其韵脚为"AABB/ADCC/ACED/DA",诗人在安排韵脚时,不仅运用叠韵,还用到双声,如"界""记""镜""卷",这种舌面中音听起来比较悠扬,但又带着忧伤,如同拉长的"咿",特别能在声韵上让读者想起旧日的世界,那是如戏声般悠扬的时代。在讲究声音的同时,诗人使用的意象,如"月光""萤火""玻璃镜""布衣""书卷"等,也都在装饰"旧日的世界",这是人与自然世界、与人类世界、与其自身和谐相处的世界。但在第三、四段,意象突然充满哀伤与无奈,"鬓白""秋叶""旧长衫""窗子"都暗示着情境的变化,与此同时用"路""住"这样的韵脚,如同深秋的呜咽声,令人惆怅。这首诗能够做到音韵与意象的恰当融合,两者共同表达出相应的情绪。诗歌还在诗行中使用了标点符号,在如此整齐的十四行诗中,使用标点尤其要谨慎,但这几处标点用得恰到好处。"一片月光,一瓶萤火"是两种自然意象的排列,是悠扬的停顿;"千担壮志,埋入书卷"是读书人的艰辛,是重负之中无奈的停顿;"你,空守了半世窗子"将"你"与"窗子"隔开,一个逗号仿佛看到人的现实处境,也看到"你"与这世界、这时代的隔绝。

(薛雅心导读)

【延伸阅读文献】

1. 臧棣:《论杭约赫的诗歌艺术》,《诗探索》1996年第1期。
2. 唐湜:《忆诗人杭约赫》,《书城》1996年第2期。

骚动的城[①]

唐 湜

洋油箱,孩子们拖着你
正如拖着锋利的犁
犁过大街,犁过城市的心脏
犁在人民的肩背上

罢市,喧嚣的呼喊起来了
罢工,城市的高大的建筑撼动了

昏黄的夜,街灯熄灭了
城市的眼睛熄灭了
城市的脉搏停止了
鬼影似的人们潮水般
涌过来
　　拥过去
一阵风扫灭了城市的浮光
野狼似的卷风滚滚而来
店铺的门窗——嗅寻着黄金的
城市的鼻子随着闭上了
一切香与色——城市的诱惑
都给风吹散了
在戏院里喝彩的绅士淑女
猫似的溜走了
只把那尴尬脸的白鼻头小丑
穿着三不像的五色衣裳
剩在黑暗的空台上

物价从烟突里奔出
像黑烟一样望天上飞

[①] 选自辛笛、陈敬容等:《九叶集——四十年代九人诗选》,江苏人民出版社 1981 年版,第 205—206 页。

洋油箱的声音
播下了不灭的种子
这城市永远不会平静
呵，骚动的城，混乱的城
生活的犁拖着每个人的足步
向城市的腹心奔去

城市在视角变幻中骚动

  唐湜《骚动的城》写的是温州的一次罢工事件。诗歌起首以孩子们拖洋油箱的行为进行讲述，"洋油箱"是温州一带罢市的信号。接着，诗人将视角放大，听觉放开，场面变得开阔雄伟，人们听到罢市"喧嚣的呼喊"，它将"城市的高大的建筑撼动"。诗人急速地带领我们进入到"昏黄的夜"中，"街灯熄灭了""城市的脉搏停止了""城市的鼻子随着闭上了"等诗句描绘了城市的感官。他又迅速捕捉到昏黄之夜中的具体动态，"鬼影似的人们潮水般/涌过来/拥过去"，这些人们的视角再次缩小，看到了"在戏院里喝彩的绅士淑女/猫似的溜走了"，看到了"尴尬脸的白鼻头小丑""剩在黑暗的空台上"。接下来，诗人又将实写转为虚写，提到"物价从烟突里奔出"，同时再次强调诗歌开头的意象"油烟箱的声音/播下了不灭的种子"。最后，诗人将视角拉远，"生活的犁拖着每个人的足步/向城市的腹心奔去"。

  "罢工"是群众参与的大型场面，要将此类事件毫无遗漏地写下是不可能的，那么诗人如何选取场景、采用何种视角、如何裁剪素材都是非常重要的步骤。我们看到唐湜使大型事件进入诗歌的能力，先以具体的场景开篇，再将视角拉远，以宏阔的笔法概括，接着选取罢工事件中最震撼的时刻——夜晚——进行描绘，同时顾及听觉、视觉、触觉、嗅觉。为防止场面太虚，诗人选取了典型具体的人物，最后以"物价""洋油箱"收尾，将视角拉向远方。视角的变换、感官的塑造是《骚动的城》中最精彩的，具体意象与宏大视角的结合，呈现出城市罢工的骚动状态，精彩至极。

  《骚动的城》在语言塑造上也下足了功夫，以语言的骚动带动城市的骚动。孩子们拖着洋油箱"正如拖着锋利的犁"，"犁过大街，犁过城市的心脏/犁在人民的肩背上"，比喻后使用拈连的修辞，将人民遭受的苦难真实呈现，仿佛人民的肩背上都是犁地后的血淋淋的痕迹。"城市的眼睛熄灭""城市的脉搏停止""城市的鼻子随着闭上"等诗句将城市拟人化，形象地展示了城市的变化，绅士淑女"猫似的溜走"又将人拟作物。物价"像黑烟一样望天上飞"，使读者直观看到物价变化，"生活的犁""向城市的腹心奔去"照应开头。整体看来，读者会被这些修辞弄得眼花缭乱，甚至思考会不会修辞过剩？其实这些修辞的大量使用也正暗示着"骚动"的状态，不仅是罢工中的城市在骚动,诗人的诗句也在骚动,目不暇接的修辞正如这骚动的城,语言的状态就是事件的状态。

(薛雅心导读)

【延伸阅读文献】

1. 谢冕:《一位唯美的现代诗人——唐湜先生的诗和诗论》,《诗探索》2004年第Z1期。

2. 蒋登科:《唐湜的诗歌意象理论》,《西南师范大学学报(人文社会科学版)》2005年第5期。

夏　天[①]

朱英诞

沉思的树下
雨来了，摇摆着
醉颜的圆的头
当你是安于死的时候

雨遮过玻璃窗，
百叶窗和窗前的花
成了河的院落
那是你和我的家

你回来了如来避雨
如在对岸，茫然着
儿女们正折好纸船
在树下系缆，而喧哗

隔水的声音是美好的
夏天是出门的日子
想这时绿野无仙踪
雨中的花，雨是你的家

平淡之中亦有波澜

　　朱英诞（1913—1983），原名朱仁健，字岂梦，号英诞。作为在中国现代文学史上学贯中西、艺通古今却被长期湮没的诗人，朱英诞在漫长创作生涯中，始终于历史洪流之外寂寞自守，开辟一方独属自己的诗歌园地。自1930年代登上诗坛，朱氏笔耕不辍五十载，共写作3000余首新诗。其执着的创作热情与创作实绩令人惊叹，谢冕在《暮年诗赋动江关：纪念诗人朱英诞》（《兰州大学学报》2018年第5期）一

[①] 选自朱英诞著、王泽龙主编：《朱英诞集》（第3卷），长江文艺出版社2018年版，第313页。

文中曾盛赞他"学贯中西，艺通古今，诗文灿烂"。《夏天》是朱氏1940年代初期之作，诗作以平易轻灵的语言，勾勒出夏日里一个仿佛再平常不过的雨天，然而，其诗之平淡绝非枯淡，正如朱氏诗论中道："一个人写诗愈多，愈会发现古之诗看似平常，也许是我们无从达到的平常。这里蕴蓄着品格。"（《语默——病中答客问》）仔细品读该诗，便可察觉到其平淡文字下蕴涵的生趣与波澜。

朱英诞主张"新诗散文化"，对新诗语言进行革命。他重视诗思意蕴多于诗歌形式，依其视之，新诗正是因为要集中思力表现真正的诗思，才宁愿扬弃传统诗歌对形式的过分追求。他主张作诗扬弃雄辩的，装饰性的门面语，选用纯净素朴，去伪存真的口语。该理念表现在《夏天》中，便是虚词、连词以及人称代词等的大量使用，如"的"出现12次，"你"/"我"出现5次，旨在以口语化句式营造出一种日常生活的样态。需留意，《夏天》一诗虽书写日常，语言平实，但在理解上依旧不乏晦涩之处，归结缘由，主要在于诗中第二人称代词"你"的多义性与模糊性。诗歌第一节，"沉思的树下/雨来了，摇摆着/醉颜的圆的头/当你是安于死的时候"，令人生出疑惑：此处的"你"是"雨"，还是"雨中花"？第二节，"雨遮过玻璃窗，/百叶窗和窗前的花/成了河的院落/那是你和我的家"，这里的"你"转化为"雨水"。第三节道，"你回来了如来避雨/如在对岸，茫然着/儿女们正折好纸船/在树下系缆，而喧哗"，可推测"你"在此指代诗人"妻子"。第四节同样有"你"出现，"隔水的声音是美好的/夏天是出门的日子/想这时绿野无仙踪/雨中的花，雨是你的家"，此处"你"含义相对清晰，诗中明示"你"即"雨中花"。可见，诗歌每节中的"你"均发生意义转换，其变动不居带来诗意上的晦涩朦胧，也为诗作增添几分耐得咀嚼的韵致，有效拓展了诗意空间。

除了诗语平实晦涩之特色，《夏天》一诗还表现出朱英诞对诗歌意境的匠心营构。朱氏认为作诗如绘画，"意在挥洒"（《〈磨蚁集〉后记》）。他秉持"诗如画然"的诗学理念，倾心于诗画意境的生趣动人。《夏天》中，诗人于牖中窥日，随着其目光由近及远，诗中依次刻画了树下"摇头晃脑"的小花，花朵掩映下的古朴窗框与框中之景——大雨滂沱的院落，仿佛在河对岸的妻子与树下嬉耍的孩童，想象中辽远而泥泞的郊野。可见诗人的感受之细腻，想象之跳脱，其眼光并未局限于狭小书斋中，反倒能驰骋神思，从多维度把握事物当下状态，并立足当下日常展开联想，将凡常之物，寻常之景刻画得饶有趣味。古典意象与自然图景，飞驰想象与悠长韵味，动态与静态的交织，有限与无限的浑融，使朱诗呈现灵动自然，含蓄悠长的意境美。

品读《夏天》可知，朱英诞诗歌平淡充实之境的达成绝非易事，其饱满的诗思，充沛的诗情，敏锐观察力与丰富想象力，以及平易蕴藉的艺术表现，对于平淡诗风的达成缺一不可。

（温琳舒导读）

【延伸阅读文献】

1. 王泽龙：《论朱英诞的诗》，《文学评论》2017年第6期。
2. 王泽龙、任旭岚：《朱英诞新诗与宋诗理趣传统》，《学习与探索》2019年第2期。
3. 废名：《林庚同朱英诞的新诗》，《谈新诗》，人民文学出版社1984年版。

望星空（节选）[①]

郭小川

一

今夜呀，
我站在北京的街头上，
向星空瞭望。
明天哟，
一个紧要任务，
又要放在我的双肩上。
我能退缩吗？
只有迈开阔步，
踏万里重洋；
我能叫嚷困难吗？
只有挺直腰身，
承担千斤重量。
心房呵。
不许你这般激荡！……
此刻呵，
最该是我沉着镇定的时光。

而星空，
却是异样的安详。
夜深了，
风息了，
雷雨逃往他乡。
云飞了，
雾散了，
月亮躲在远方。
天海平平，
不起浪，

[①] 选自郭小川：《郭小川诗选》（上册），人民文学出版社1985年版，第131—133页。

四围静静，
无声响。

但星空是壮丽的，
雄厚而明朗。
穹窿呵，
深又广，
在那神秘的世界里，
好像竖立着层层神秘的殿堂。
大气呵，
浓又香，
在那奇妙的海洋中，
仿佛流荡着奇妙的酒浆。
星星呵，
亮又亮，
在浩大无比的太空里，
点起万古不灭的盏盏灯光。
银河呀，
长又长，
在没有涯际的宇宙中，
架起没有尽头的桥梁。

呵，星空，
只有你，
称得起万寿无疆！
你看过多少次：
冰河解冻，
火山喷浆！
你赏过多少回：
白杨吐绿，
柳絮飞霜！
在那遥远的高处，
在那不可思议的地方，
你观尽人间美景，
饱看世界沧桑。
时间对于你，

跟空间一样——
无穷无尽，
浩浩荡荡。

政治抒情语境下的矛盾表达与思考

　　《望星空》是郭小川在1959年为庆祝人民大会堂的落成而创作的一首抒情长诗，是他历时半年、三易其稿而完成的一首歌颂党和国家的政治颂诗，也是对建国十周年的一份献礼。郭小川是建国后"十七年文学"中有名的"战士诗人"，同时也是一位执着于探索诗艺的诗人。1950年代中期，郭小川借鉴马雅可夫斯基"楼梯式"的诗体，创作了这种在当时的青年读者群中受到很大喜爱与欢迎的参差排列的诗行。后来，郭小川又推出一种全新的诗体，被称为"郭小川体"，这种诗体诗行较长，每个诗段均为4行，每行顿数一致，并用诗逗将其分成两半，讲究押韵和对称。这种诗体既吸收国外的诗歌技法，又富有中国诗歌的均衡美和音乐美，显示出他对中国当代诗歌艺术的独特贡献。

　　《望星空》是一首典型的政治抒情诗，但这首诗的历史评价却几经波折，曾经在当时的社会语境中受到强烈的非议，甚至在特殊时期被"四人帮"一派斥责为是一首表现"资产阶级、小资产阶级的虚无主义"的诗歌，"必须剥去它的衣裳，暴露它的丑态，以便尽早把它埋葬"。那么，这首诗为什么会受到如此多的指责和批判呢？这里面不仅有深刻的社会现实原因，也与诗作中自然情感的流露和政治理念之间的矛盾有关。全诗共有四节，从思想情感上可以分为两部分，前半部分诗人怀着一腔真诚展开想象，从不同的角度对比天上和人间，运用虚实结合的手法，抒写了对浩瀚宇宙的独特感受，但也不可避免地流露出一些低沉、惆怅的矛盾心态。而后半部分却没有顺着这个思路继续写下去，诗人从想象转入现实，通过描绘社会改造的蓝图，强有力地抒发了人类改造世界、征服宇宙的豪情壮志。

　　全诗以"望"为核心，在第一、二节中，诗人化身为一位即将接受重要任务的战士，站在北京街头向星空瞭望。此时的星空是异样的安静，又是无比的壮丽。诗人感受到了星空的美丽和浩瀚，并极力赞美星空："呵，/星空，/只有你，/称得起万寿无疆！"接着，诗人通过联想和想象，意识到自己在伟大的宇宙面前显得异常渺小，而这种渺小感难免引发出诗人内心本能的一种惆怅，也正因为"惆怅"二字遭受很多批判。批评者们认为在这举国欢庆的日子里，"惆怅"这种情绪显然是不合时宜的。然而，联系当时的时代背景，诗人此时的"惆怅"可以视为在特殊年代下迷茫、困顿、犹疑和矛盾心态的一种反映。郭小川在第一、二节中也并没有回避这一点："我爱人间！我在人间生长，但比起你来，人间还远不够辉煌。"面对星空的浩瀚无垠和个人自身的渺小,诗人几乎是本能地发现:"在伟大的宇宙空间里,人生不过是流星般的闪光。在无限的时间的河流里,人生仅仅是微小又微小的波浪。"在这里,诗人将人类在宇宙面前的渺小短暂写到极致,虽然他的设计是采用欲扬先抑的手法,来对第三、四节的政治抒情作铺垫,然而,当诗人面对星空时所不自觉地流露出来的那种忧郁和痛苦的自省,却显示出内心真正的个体和自我意识。

但毕竟诗歌的主旋律是对人生的礼赞,以及对人的本质力量的讴歌。于是,在第三、四节,诗人笔锋一转,把读者的视线引入"北京的心脏"——天安门广场。"忽然之间,壮丽的星空,一下子变了模样",这突然的变化让诗人惊讶,壮丽辉煌的星空变成天安门广场的陪衬,那里不仅有"斟满了芬芳的友谊的酒浆",更"架起了一座银河般的桥梁"。诗人用美好的现实一一否定了之前的惆怅,并理直气壮地宣告:"这才是人间天上","大地的天堂"。接着诗人开始自我解剖,对自己此前的"惆怅"感到自责,而后,他更是怀着豪情唱出:"星空哟,面对着你,我有资格挺起胸膛。"这时,诗人的情感转向对革命的乐观和对人定胜天的精神的肯定。于是,郭小川怀着豪情再次仰望星空,让自己的个体情感充分融汇在伟大的祖国建设和集体的洪流浪潮之中。同时,他也坚定地抒发了自己和同志们建设祖国的信心,肯定了彼此抵御诱惑勇往直前的能力。"可是呵,我和我的同志一样,决不会在红灯绿酒之前,神魂飘荡。"最后,诗人更是满怀热忱地宣告:"人生虽是短暂的,但只有人类的双手,能够为宇宙穿上盛装……出发于盟邦的新的火箭,正遨游于辽远的星空之上。"通过对人类集体精神和创造精神的肯定,郭小川讴歌在祖国建设中人定胜天的豪情壮志,并对当时的政治理念和政治情感进行一种热烈的抒情式的赞扬。

但不难看出,郭小川在《望星空》中一改其往日明朗豪迈的诗风,尤其是在第一、二节中,他用极接近个人情感的语句表现了他对人生、历史的严肃思考和感应。尽管在第三、四节中,他力图用高昂的政治抒情来打消自己的矛盾和疑虑,但作者面对星空时的渺小感却并未被完全冲淡和挥散。相反,他让读者明显感受到了他的内在真实情感与政治抒情理念之间的一种矛盾。这也反映出诗人在激进路线影响下自我迷茫和自我丧失的一种悲剧,而这一悲剧在"十七年"的作家群体中还具有着更普遍的意义。

(梁梦获导读)

【延伸阅读文献】

1. 邵燕祥:《以郭小川为镜,审视我们的灵魂》,《开放时代》2000年第3期。
2. 谢冕:《郭小川的意义》,《文论报》2000年4月1日。

故乡[①]

流沙河

不　这里不是我的故乡
我在这里看见一片荒凉
看见陌生的脸
和好奇的目光

好奇的目光我能够原谅
茫茫的寂寞却使我悲伤
我常常惶惑地问我自己
难道这里就是我的故乡

故乡在我眼中恰似鸟笼
我曾经幻想过云游四方
眺望滔滔黄河奔入大海
观看滚滚秋潮怒打钱塘

乘着快马追风驰过草原
驾着轻舟如箭射下长江
夜登泰山绝顶迎来朝日
晚立戈壁大漠送走夕阳

一声炸雷打碎我的幻想
满怀穷愁我回我的故乡
吟着回环缥缈的思乡曲
两行清泪涌出一番绝望

在绝望中我又与你重逢
雪消冰化眼前万里春光
故乡弃我我却毫不惆怅
你的城市就是我的故乡

[①] 选自流沙河:《流沙河诗集》,上海文艺出版社1982年版,第113—114页。

是重逢亦是初见

  流沙河和许多同时期的文人学者一样，人生充满坎坷，饱经风霜。1957 年，因散文诗《草木篇》被毛主席亲自点名，"假百花齐放之名，行死鼠乱抛之实"，后受到四川省、市两报的猛烈抨击。自此，流沙河的生活发生翻天覆地的变化，从有一定地位的诗刊编辑落魄为人人喊打的"过街老鼠"，接受多种劳动改造。1966 年春天，流沙河作为"专政"对象，被押解回老家金堂县城厢镇，以锯木为生，直到七十年代末才得到平反，此为本诗写作的背景。

  与流沙河的其他诗作一样，《故乡》一如既往地扎根于农村的现实土壤，情感主题朴实无华，通俗易懂。但联系诗人的自身经历分析诗歌文本，读者也许会产生困惑：为什么 1966 年 5 月流沙河已身处故乡却在诗歌开头写道："不，这里不是我的故乡"？在随后的诗歌文本中，诗人向女友、向读者进行了解答。当诗人再次回到故乡时，他不是诗人，不是百姓，而是一名待批判的"右派"，好奇的目光凝视着他，茫茫的寂寞充斥着他，他陌生又无助，惶惑又绝望。正如诗人在第三节所诉"故乡在我眼中恰似鸟笼，我曾经幻想过云游四方"，看黄河水滚滚东流，观钱塘江潮起潮落，在草原飞驰，在戈壁慢走，迎朝日，送夕阳……但这些美好的幻想都随着诗人的被迫回归烟消云散。诗人在绝望中与故乡重逢，穷愁的诗人与荒凉的故乡，一切早已不是昨日的模样，故而诗人只能"吟着回环缥缈的思乡曲，两行清泪涌出一番绝望"。

  诗歌中另一个值得注意的现象是"我"在文本中的反复出现。全诗共六节，而"我"却在诗文中出现了十六次之多，这一方面强化了诗人的情感体验和主观感受，从而使读者更真切地感受到诗人的内心世界；另一方面，"我"的反复出现，是诗人自我反思与自我对话的呈现，反映了诗人的情感状态，如"我常常惶惑地问我自己，难道这里就是我的故乡"。这一疑问不仅是诗人的困惑，也是万千读者返乡后的迷茫，相似的情感体验使诗人与读者建立起进一步的情感连接，进而引发读者对诗人的同情与共鸣，对诗作的理解与领会。

  该诗在形式与节奏上亦是别出心裁，新意满满。全诗共六节，每节四行，除却第一小节外，每节、每行字数均相等（每行 10 字，每节共 40 字），创造出一种视觉上的整齐与和谐，给读者以美的享受。这也是对我国传统的"定行诗"的借鉴与创新，从而使诗歌做到平衡且自由，整饬而不死板。在节奏方面，诗歌朗朗上口，富有韵律感和音乐性。诗歌每节的第二句与第四句的最后一个字都巧妙地押上了韵脚，如第一节的"凉"与"光"、第二节的"伤"与"乡"、第三节的"方"与"塘"、第四节的"江"与"阳"、第五节的"乡"与"望"、第六节的"光"与"乡"都押

"ang"韵。同时，通过韵脚的分析可以观察到"乡"字在诗歌中数次出现，由此感受到诗人对故乡的隽永深情。此外，这样的字行排布也有助于诗歌的传唱与记忆。

真挚热烈的情感、通俗直白的口语、朗朗上口的音律，是流沙河诗作的重要特点。不矫揉造作，不故作高深，读其诗仿若交其友，感受友人的困惑，倾听友人的心声，最后在"交谈"中完成诗作情感主旨的领悟。

（雷芳力导读）

【延伸阅读文献】

1. 流沙河：《流沙河诗话》，四川文艺出版社 1995 年版。
2. 丁永淮：《论流沙河的诗》，《文学评论》1991 年第 3 期。
3. 罗显勇：《从激越飞扬到感时伤世到冲淡平和——流沙河创作思维的两次转型》，《当代文坛》2002 年第 2 期。

冬①

穆 旦

一

我爱在淡淡的太阳短命的日子,
临窗把喜爱的工作静静做完;
才到下午四点,便又冷又昏黄,
我将用一杯酒灌溉我的心田。
多么快,人生已到严酷的冬天。

我爱在枯草的山坡,死寂的原野,
独自凭吊已埋葬的火热一年,
看着冰冻的小河还在冰下面流,
不知低语着什么,只是听不见。
呵,生命也跳动在严酷的冬天。

我爱在冬晚围着温暖的炉火,
和两三昔日的好友会心闲谈,
听着北风吹得门窗沙沙地响,
而我们回忆着快乐无忧的往年。
人生的乐趣也在严酷的冬天。

我爱在雪花飘飞的不眠之夜,
把已死去或尚存的亲人珍念,
当茫茫白雪铺下遗忘的世界,
我愿意感情的热流溢于心间,
来温暖人生的这严酷的冬天。

二

寒冷,寒冷,尽量束缚了手脚,
潺潺的小河用冰封住了口舌,

---

① 选自穆旦:《穆旦诗选》,人民文学出版社 1986 年版,第 135—138 页。

盛夏的蝉鸣和蛙声都沉寂,
大地一笔勾销它笑闹的蓬勃。

谨慎,谨慎,使生命受到挫折,
花呢?绿色呢?血液闭塞住欲望,
经过多日的阴霾和犹疑不决,
才从枯树枝漏下淡淡的阳光。

奇怪!春天是这样深深隐藏,
哪儿都无消息,都怕峥露头角,
年轻的灵魂裹进老年的硬壳,
仿佛我们穿着厚厚的棉袄。

三

你大概已停止了分赠爱情,
把书信写了一半就住手,
望望窗外,天气是如此肃杀,
因为冬天是感情的刽子手。

你把夏季的礼品拿出来,
无论是蜂蜜,是果品,是酒,
然后坐在炉前慢慢品尝,
因为冬天已经使心灵枯瘦。

你拿一本小说躺在床上,
在另一个幻象世界周游,
它使你感叹,或使你向往,
因为冬天封住了你的门口。

你疲劳了一天才得休息,
听着树木和草石都在嘶吼,
你虽然睡下,却不能成梦,
因为冬天是好梦的刽子手。

四

在马房隔壁的小土屋里,

风吹着窗纸沙沙响动,
几只泥脚带着雪走进来,
让马吃料,车子歇在风中。

高高低低围着火坐下,
有的添木柴,有的在烘干,
有的用他粗而短的指头
把烟丝倒在纸里卷成烟。

一壶水滚沸,白色的水雾
弥漫在烟气缭绕的小屋,
吃着,哼着小曲,还谈着
枯燥的原野上枯燥的事物。

北风在电线上朝他们呼唤,
原野的道路还一望无际,
几条暖和的身子走出屋,
又迎面扑进寒冷的空气。

寒冬里的生命之歌

  《冬》写于1976年12月,是诗人穆旦晚年的绝笔之作。他在这一时期正处于寒冷冬季,人生已步入晚年,生存待遇长期遭受不公,诗歌创作也受到诸多限制。1976年12月,整个中国大地经历完一场大风波,开始向好的方向转变,长处寒冷而"心灵枯瘦"的一代知识分子也开始思索人生际遇与社会发展形势,期盼着暖春的到来。《冬》便是诗人深处寒冬荒原之中所吟唱的一曲沉静舒缓的生命之歌,其间渗透着诗人沉重苦涩的内心剖白,也充满一种期盼正义自由的新时代到来的希冀,因而诗歌整体于苦闷沉哀中亦有热流涌动。

  全诗共分为四个部分,每一个部分都相对独立,但又因诗人的生命之思与情感表达紧密连接,诗人由自我的情感抒发,逐渐扩展到社会、民族、人民层面的深入思考,结构严谨,层层推进。

  第一部分均以"我爱"开头,主要描写"我"独自立于寒冬的所见所感。"我"爱在冬日临窗工作、独自思索、缅怀已故亲人,也爱与好友围炉夜话。诗人所爱的并非冬日场景,而是在寒冬中对于生命个性、亲情、友情的向往。人间烟火中潜藏的人性之光流溢于诗人的心田,为他"温暖人生的这严酷的冬天"。为下面几个部分继续抒情做了铺垫。

第二部分将目光转向自然景观,以拟人修辞极写寒冬的严酷。在诗人笔下,寒冬束缚住人的手脚,封住河水的口舌,使得蝉鸣蛙声消失,令一切生机归于沉寂。尽管外在环境压抑至极,但是人依然心怀对春天的希冀、对新生的向往。多日阴霾过后,淡淡的阳光终于还是从枯树枝漏下。"奇怪!春天是这样深深隐藏",这句惊叹表明作者心中对新时代精神的追求并未因沉闷苦恼的环境而湮灭。这一部分末句再次从自然景物描写转入作者内心思想的书写,"年轻的灵魂裹进老年的硬壳,/仿佛我们穿着厚厚的棉袄"。尽管寒冬般的外部条件禁锢了"我们",但"我们"仍拥有"年轻的灵魂",生命个体的青春与激情依然存在。此处充分表明作者对新时代精神、生命的朝气充满追求和理想,将全诗的情感氛围推动到高潮。

第三部分又重新回到对冬的描写,诗人虚设第二人称"你",在对话情境中描写了冬的特点:冬是阻断感情、美梦的刽子手,使心灵枯瘦,使人的行动受到限制。此处承接上文,将冬天进一步具象化为限制个体生命行为的社会环境,直接阐发了对现实社会的不满。在社会性制约之下,"你"只能在品尝夏日亲友寄来的礼品时回味温存,通过阅读小说去往"另一个幻象世界周游"。表明诗人期盼一个充满感情的、自由开放的新社会。

第四部分继续聚焦社会场景,描写冬夜旷野里一群马车夫在简陋的土屋里短暂歇息后,再次踏上漫漫长旅。这些寒夜里依然苦中作乐、毅然前行的旅人形象象征着诗人在暮年种种囹圄之中反抗绝望、向往自由、追寻理想的意志。

全诗四个部分分别以"我""我们""你""他们"四个视角抒写冬天的情境以及诗人深处荒原的所思所感,犹如不同声部发声而又和谐统一的曲调,共同谱写了凝聚诗人一生的风云际会与暮年之思的生命之歌。在经历漫长的精神磨难之后,穆旦对自我、对社会做了智性的沉思,以节制凝练的语言表露自己对时代的回响。诗歌形式上也反映出诗人暮年在语言技法上归于朴素工整的风格,句式整饬精悍,韵位固定,大多数诗行字数一样,语言精炼而发人深省。

(黄仁志导读)

【延伸阅读文献】

1. 易彬:《穆旦评传》,南京大学出版社 2012 年版。
2. 王攸欣:《穆旦晚年处境与荒原意识——以〈冬〉为中心的考察》,《中国现代文学研究丛刊》2007 年第 1 期。
3. 方婷:《批判与感伤杂糅——论一九七六年穆旦诗歌中的季节咏叹和自然意象》,《当代作家评论》2016 年第 1 期。

华南虎①

牛 汉

在桂林
小小的动物园里
我见到一只老虎。

我挤在叽叽喳喳的人群中
隔着两道铁栅栏
向笼里的老虎
张望了许久许久,
但一直没有瞧见
老虎斑斓的面孔
和火焰似的眼睛。

笼里的老虎
背对胆怯而绝望的观众,
安详地卧在一个角落,
有人用石块砸它
有人向它厉声呵斥
有人还苦苦劝诱
它都一概不理!

又长又粗的尾巴
悠悠地在拂动,
哦,老虎,笼中的老虎,
你是梦见了苍苍莽莽的山林吗?
是屈辱的心灵在抽搐吗?
还是想用尾巴鞭击那些可怜而可笑的观众?

你的健壮的腿

---

① 选自牛汉:《牛汉诗文集》(诗歌卷一),人民文学出版社2010年版,第405—407页。

直挺挺地向四方伸开,
我看见你的每个趾爪
全都是破碎的,
凝结着浓浓的鲜血,
你的趾爪
是被人捆绑着
活活地铰掉的吗?
还是由于悲愤
你用同样破碎的牙齿
(听说你的牙齿是被钢锯锯掉的)
把它们和着热血咬碎……

我看见铁笼里
灰灰的水泥墙壁上
有一道一道的血淋淋的沟壑
闪电那般耀眼刺目,
像血写的绝命诗!

我终于明白……
羞愧地离开了动物园。

恍惚之中听见一声
石破天惊的咆哮,
有一个不羁的灵魂
掠过我的头顶
腾空而去,
我看见了火焰似的斑纹
和火焰似的眼睛,
还有巨大而破碎的
滴血的趾爪!

苦难废墟上怒放的生命之花

成熟的诗人大都有自己独特的诗歌发生机制和话语体系,"七月派"诗人牛汉非常擅长把个人的生命体验和人生感悟倾注到某个特定的"客观对应物"中,通过这个熔铸了自己主观情感的"客观对应物",表达具有个人标识度的审美观、价值取向和强烈情感。而这个"客观对应物"也不再是原来的物象,它产生超出其原有的客观意义之外的另一层含义,深深烙上诗人的印记,成为诗歌世界里一个具有独特性和原创性的"存在"。诗人创作态度愈是真诚,情感愈是强烈,这个"存在"的独特性和原创性便愈是突出,其艺术感染力便愈是震撼人心。

牛汉塑造了一系列这样的主客交融的"物象"诗。如被雷电劈过的"半棵树",被砍伐的"枫树",生生不息的"灌木丛",高空中牺牲生命追求自由的"鹰",流尽最后一滴血也要奔向终点的汗血宝马,临死也要呼唤天空的荒原牛。这些形象的共同特点是,它们都是被侮辱和被伤害的生命,它们生命的天空布满了阴霾,阴谋、陷阱、暴力、灾难一次次袭来,在他们的生命里烙下一个又一个难以愈合的伤痕。但这些形象都表现出永不屈服、奋起抗争、信念顽强、人格独立、灵魂高贵的可贵品质。"华南虎"形象尤为鲜明地体现了这些特点。

《华南虎》用近乎写实的手法描写了一只备受折磨,困于牢笼的森林之王,也赞美了一个高贵独立、永不屈服的生命。这首诗可分为三个层次。第一层是侧面描写,用游客反衬华南虎。诗人首先用游客的期待描绘"想象"中的华南虎,有"斑斓的面孔"和"火焰似的眼睛"。然而,处于被囚禁被围观地位的华南虎却并不配合,而是懒洋洋地背对着观众。虽然隔着铁栏杆,观众们依然胆怯、害怕,华南虎与生俱来的威严与气场依然令他们恐惧。华南虎的"怠慢"又令他们恼羞成怒,于是他们撕下文明的表皮,对老虎"砸""呵斥""劝诱",使尽一切办法,企图让老虎屈服。华南虎对这些迫害的反应是极端的蔑视,它"一概不理"!

第二层,诗人笔锋一转,对华南虎进行正面描绘,这是令人心灵极为震颤的一幕,昔日威风凛凛的森林之王受到了残酷的折磨和摧残:"你的每个趾爪/全都是破碎的,/凝结着浓浓的鲜血/你的趾爪/是被人捆绑着/活活铰掉的吗?/还是由于悲愤/你用同样破碎的牙齿/(听说你的它们是被钢锯锯掉的)/把他们和着热血咬碎""我看见铁笼里/灰灰的水泥墙壁上/有一道一道的血淋淋的沟壑/闪电那般耀眼刺目,/像血写的绝命诗!"看到华南虎凄惨的形象,作为游客一员的"我"羞愧离开。第三层则走向高潮:我听见了"石破天惊的咆哮",看见了"一个不羁的灵魂,腾空而去",尽管它巨大趾爪依然是破碎的,仍然在滴血,但是我看到了它"火焰似的斑纹"和"火焰似的眼睛"。诗人用浪漫主义手法,采用奇崛的想象力歌颂华南虎那"不羁的灵魂"和坚强不屈的品质,向有着华南虎般高贵灵魂和不屈精神的人们吼出自己的赞美。《华南虎》用虚实结合的手法向读者奉献了一个既充满沉重感、痛楚感,又满是悲壮感和崇高感的艺术世界。

诗人牛汉的一生是历经磨难的一生,战争、流亡、监禁、劳改等在他的心灵上"布满了伤疤和阴影"。在最苦难的日子里,他没有哀叹,没有颓废,而是将自己的痛苦、抗争、希望全以最大的诚意灌注进诗歌里。是诗歌,让他从灾难和阴影中突围出来。他这样定位自己:"在大千世界中,我渺小得如一粒游动的尘埃,但它是一粒蕴含着巨大痛苦的尘埃。也许从伤疤深处,总能读到历史的真实和隐秘的语言。"他说自己的诗"有深深的根,深入到了一段历史的最隐秘处","是历史结出的一枚果子";"我所有的作品包括散文,是历史的一个活生生的、新鲜的断层,有一种史诗的痛感"。牛汉的诗,是生命之诗,是用苦难的人生汁液浇灌出的鲜花,是不屈抗争的怒吼,是高贵灵魂和生命强者的写照。牛汉的诗既是个人心灵史,也是一代知识分子的心灵和命运的写照。

(叶琼琼导读)

【延伸阅读文献】

1. 孙晓娅:《再生与超拔——论 80 年代以来牛汉的诗歌创作》,《首都师范大学学报(社会科学版)》2004 年第 3 期。

2. 谢冕:《铁骨铮铮一巨树——怀念牛汉先生》,《新文学史料》2023 年第 3 期。

3. 戴聪:《"热血老年"的亲历叙事与新时期文学建设的纪实书写——评〈我仍在苦苦跋涉——牛汉自述〉》,《极目》2023 年第 3 期。

悬崖边的树[①]

曾 卓

不知道是什么奇异的风
将一棵树吹到了那边——
平原的尽头
临近深谷的悬崖上

它倾听远处森林的喧哗
和深谷中小溪的歌唱
它孤独地站在那里
显得寂寞而又倔强

它的弯曲的身体
留下了风的形状
它似乎即将倾跌进深谷里
却又像是要展翅飞翔……

特殊时代下的精神象征

　　《悬崖边的树》是曾卓于1979年在《诗刊》上发表的一首抒情诗。曾卓是抗日救亡浪潮中成长起来的一代诗人，与邹荻帆、绿原等人组织了现代诗歌团体"诗垦地"。1950年代，曾卓受"胡风反革命集团"的牵连，身陷囹圄，几乎给他的文艺创作和个人生活带来灭顶之灾，在"文革"期间又经历精神和肉体的双重折磨，直到1980年才得以平反。

　　本诗创作于万马齐喑的1970年，结合曾卓特殊的人生经历，不难看出诗中所提到的"树"的孤独、寂寞和倔强，很明显具有借物喻人的色彩。"树"作为诗歌中的核心意象，象征着生活在中国大地，历经苦难而又具有坚强意志的广大知识分子，他们如同被吹至悬崖边的树一般，一方面不得不被动地接受着命运和狂风的洗礼，

[①] 选自曾卓：《曾卓文集》（第1卷），长江文艺出版社1994年版，第123页。

但另一方面又始终保持着积极向上的精神和遗世独立的人生态度，表现出他们不屈服于命运和勇于同逆境相抗争的深刻主题。读完《悬崖边的树》，读者脑海中会浮现出这样一个画面：在平原的尽头，一棵树独立生长于悬崖边，它的身上布满着伤痕和裂口，它细小的枝叶早已在风雨的吹打中损折，就连身体都留下风的形状，然而，它强有力的根却牢牢地扎在地里，它每一处完好的枝干都与全身一起积聚着能量，作为一棵树，它似乎被排斥于森林之外，即将跌入深谷，却又像是迎着山谷伸开翅膀，时刻准备自由地展翅飞翔。虽然诗人只用寥寥几笔来勾勒"树"恶劣的生存环境，但是他在字里行间所表现出来的不屈不挠的精神却是丰富而深远的。

《悬崖边的树》是一首充满寓意的咏物言志诗。全诗分为三个小节，以"悬崖边的树"为诗题，从一开始就给人以一种强烈的陌生化的感觉。而且，诗人在开篇前也提前预设一个重要的悬念：树为什么会生长在悬崖边？而后，诗人直接地予以作答，是一股"奇异的风"将它吹到悬崖边上，再往前半步便是万丈深渊。这一节交代了"树"的生存背景，"树"不是从小就生长在悬崖边，而是从另一处被吹到了此地，可见此时，"树"的命运已几乎不受它自己的控制，而是近乎完全由外界因素来决定。而这股"奇异的风"则显然是喻指当时的政治风云，喻示着它的不同寻常和变幻莫测。紧接着，在第二节中，"树"的处境和心境被更深一层地剖示出来：它孤独寂寞的同时又倔强顽强。它倾听着"远处森林的喧哗"和"深谷中小溪的歌唱"，自身却在悬崖边承受着风吹雨打，饱尝"离群"后痛苦的落寞与孤寂。然而，尽管它的状况已不容乐观，尽管被群体和世界的抛弃深深加重了它的疏离和落寞之感，但看似渺小的它却并未倒下，而是依然"孤独地站在那里"，虽然它的内心承受着痛苦，它的身躯上吹打着寒风，虽然它遥听着"森林"与"小溪"可望而不可即的喧闹与歌唱，不知自身下一刻又将被吹往何方。但是，它并不屈服，它的内心时时渴望着自由。在第三节中，尽管在外界的狂风暴雨下，"树"已经被迫"弯曲"自己的躯体而不复挺直，甚至连它的筋骨和血肉也被"留下了风的形状"而布满刀纹与刻痕，但外界的风雨纵使可以深入和摧磨它的肉体，却终究无法征服它顽强不屈的灵魂，"它似乎即将跃进深谷里，却又像是要展翅飞翔"。苦难并不意味着生命之花的凋谢，即使是身被万难，也要在风雨中自由地舞蹈和翱翔，即便只生机一线，也绝不放弃努力和希望。

诗歌形象地抒写了诗人动荡年代中的现实和生命体验，全诗质朴凝练，沉郁顿挫，极富哲理性。诗人笔下这一棵"悬崖边的树"，已成为当代诗歌中一个鲜明的符号，成为一个特殊年代里群体苦难和精神的象征。

（梁梦荻导读）

【延伸阅读文献】

1. 张志扬：《创伤记忆：曾卓的"信仰、寂寞与爱"》，上海三联书店1999年版。
2. 程光炜：《曾卓论》，《当代作家评论》1989年第6期。

相信未来①

食 指

当蜘蛛网无情地查封了我的炉台,
当灰烬的余烟叹息着贫困的悲哀,
我依然固执地铺平失望的灰烬,
用美丽的雪花写下:相信未来。

当我的紫葡萄化为深秋的露水,
当我的鲜花依偎在别人的情怀,
我依然固执地用凝霜的枯藤,
在凄凉的大地上写下:相信未来

我要用手指那涌向天边的排浪,
我要用手掌那托住太阳的大海,
摇曳着曙光那枝温暖漂亮的笔杆,
用孩子的笔体写下:相信未来。

我之所以坚定地相信未来,
是我相信未来人们的眼睛——
她有拨开历史风尘的睫毛,
她有看透岁月篇章的瞳孔。

不管人们对于我们腐烂的皮肉,
那些迷途的惆怅、失败的苦痛,
是寄予感动的热泪、深切的同情,
还是给以轻蔑的微笑、辛辣的嘲讽。

我坚信人们对于我们的脊骨,
那无数次的探索、迷途、失败和成功,

---

① 选自食指:《食指的诗》,人民文学出版社 2000 年版,第 10—11 页。

一定会给予热情客观、公正的评定,
是的,我焦急地等待着他们的评定。

朋友,坚定地相信未来吧,
相信不屈不挠的努力,
相信战胜死亡的年青,
相信未来,热爱生命。

一代人的精神之窗

  《相信未来》是食指1968年创作的一首诗歌,是诗人最广为人知的早期代表作之一。这首诗曾以手抄本的形式在文革时期的地下诗坛广为流传,成为一代知识青年的精神之窗。透过那扇窗户,贫困、悲哀、幻灭、痛苦、迷惘的一代青年看到他们的精神支柱,那是尚保留在潘多拉魔盒中的希望,是以孩子的笔体,用美丽的雪花,在凄凉的大地上写下的四个大字——相信未来!这首诗映射出一代青年的精神处境,肯定了人的尊严与价值,体现出诗人对艺术的忠直、自律与自觉。在当时的社会环境下,《相信未来》是难得一见的带有个人色彩的作品,具有不可替代的历史见证价值和诗史意义。食指不仅是一位具有划时代意义的诗人,他的诗歌创作更是开创了中国诗歌的新诗潮。

  从诗歌形式上看,《相信未来》采用的是"新格律体"。诗人用一扇"窗"为原本灰败、残破、冰冷、混乱、颠倒的生活赋予秩序,使诗之精神凝聚于规整的音节、整齐的音顿与和谐的韵脚之中。《相信未来》由七节四行诗组成,共二十八行。每行诗由八到十四个音节组成,诗歌的节奏以六音顿停延节奏为主,间或夹杂五音顿与四音顿节奏形式,使得整首诗的声音在规律中有变奏,节律和谐而又灵动。例如,可以将诗歌第一节的声音节奏划分为:"当|蜘蛛网|无情地|查封了|我的|炉台,/当|灰烬的|余烟|叹息着|贫困的|悲哀,/我|依然|固执地|铺平|失望的|灰烬,/用|美丽的|雪花|写下:|相信|未来。"这节诗既有单音节音顿,双音节音顿,还有三音节音顿。按语义来分,四行诗均可划分为六音顿,于参差中体现均衡。从韵式上看,诗歌的结尾音节以押"ai"韵(台、哀、来、怀、海)与"ing"韵(睛、情、定、青、命)为主,偶尔隔行押"ong"韵(孔、功),促使诗歌音节和谐,易于诵记与传播。新格律体在食指笔下不仅是一种结构诗篇的手段,更是承载特定情感,体现诗人艺术态度和人生态度的独特形式。

  《相信未来》这首诗的诗行比较长,最长诗行有十四个音节,且多用关联词语来链接诗行，显示诗句之间的逻辑关系，具有散文化的特点。诗中用到的关联词语"当……""依然""之所以""不管""是……还是……"等，都体现出诗歌在语法组织上的形合关系。

（李小歌导读）

【延伸阅读文献】

1. 谢冕：《诗歌理想的转换》，《郑州大学学报（哲学社会科学版）》，1998 年第 1 期。

2. 陈超：《食指论——冰雪之路上巨大的独轮车》，《文艺争鸣》2007 年第 6 期。

小草在歌唱（节选）①

雷抒雁

一

风说：忘记她吧！
我已用尘土，
把罪恶埋葬！
雨说：忘记她吧！
我已用泪水，
把耻辱洗光！
是的，多少年了，
谁还记得，
这里曾是刑场？
行人的脚步，来来往往，
谁还想起，
他们的脚踩在
一个女儿、
一个母亲、
一个为光明献身的战士的心上？
只有小草不会忘记。
因为那殷红的血，
已经渗进土壤；
因为那殷红的血，
已经在花朵里放出清香！
只有小草在歌唱。
在没有星光的夜里，
唱得那样凄凉；
在烈日暴晒的正午，
唱得那样悲壮！
像要砸碎焦石的潮水，
像要冲决堤岸的大江……

---

① 选自雷抒雁：《雷抒雁诗文集》（第1卷），人民文学出版社2013年版，第13—14页。

闪耀着的火的光芒

1979年,张志新烈士"文革"期间为坚持真理与"四人帮"相抗争而遭到残酷迫害的事迹一经发表,便引起全国人民的广泛关注,同时还涌现了大量歌颂、缅怀张志新烈士的文学作品。雷抒雁在《小草里的诗情(答丁晓翁同志问)》中写道:"当我捧读着刊登张志新烈士事迹的报刊时,义愤在我心里燃烧,泪水不停地涌流下来,我的手颤抖着。"对张志新烈士的敬仰、爱戴、同情,对黑暗岁月的不满、愤懑,在他心中积蓄,最终化为浓烈的诗情迸发而出。

该诗以"小草"起兴作为全诗的情感脉络,并穿插"风""雨""我"等多声部的合唱。不同于当时盛行的写实的方式,雷抒雁主要靠意象表达情感,所以该诗以"风说:忘记她吧!我已用尘土,把罪恶埋葬!雨说:忘记她吧!我已用泪水,把耻辱洗光!"开头。借用"风"和"雨"的诉说快速入诗,写在时光的消磨下一切都在慢慢淡去,"罪恶""痛苦"也在逐渐消逝。但是"只有小草不会忘记",因为烈士"殷红的血","已经渗入土壤;已经在花朵里放出清香"。小草是当时苦难和罪恶的见证人,即便以往的痕迹在消失,所有人都在遗忘,唯有小草在日夜为烈士歌唱。作者在提及诗歌的创作缘起时说道:"我总看到一片野草,一摊紫血",他激动地将所有情感倾注在"小草"这个意象之中。"血沃中原肥劲草""疾风知劲草",自古以来诗歌中便有"小草"这个意象的使用。鲁迅的《野草》、惠特曼的《草叶集》也都曾以"草"为题。它可以生长在任何艰苦的环境下,随处可见,那么普通,那么平凡,却那么坚韧。它象征着广大普通的群众,也寄托着平民对社会公平正义的追求,因而"小草"具有诘问和让作者反思的能力。

雷抒雁善于将历史的宏大叙事和个人的生活经验和情感思考相结合。他认为诗歌与时代的关系是复杂的,这既不是"匍匐于时代的脚下",也不是脱离时代沉溺于个人世界,而是以一种"站立的清醒地审视现实的姿态",将心灵的震颤和个人经验相结合后形成诗性的表达。所以《小草在歌唱》不是单纯记录历史事件,而是将诗作为一种"情感见证",书写他作为历史主体进入其中时产生的对黑暗现实的批评与反思,以及引发的对自我的拷问和剖析。诗歌的第二、三部分,在与小草的对话中,"他/她"向我讲述烈士的不平和英勇。面对小草的歌唱,作者痛苦而又严厉地进行自我解剖和反思:"我恨我自己,竟睡得那样死,像喝过魔鬼的迷魂汤,让辚辚囚车,碾过我僵死的心脏!"作为军人,没能挺身而出;作为共产党员,甚至还不如小草。"我曾苦恼,我曾惆怅,专制下,吓破过胆子,风暴里,迷失过方向!"作者以小草鞭挞自己"如丝如缕的小草哟,你在骄傲地歌唱,感谢你用鞭子,抽在我的心上,让我清醒,让我清醒"。在对以往的自己的质询、批判和反思中,寻找埋藏内心的良知与公平，最终诗人实现自我的觉醒，远离了"昏睡的生活"和"愚昧的日子"。

若用一个字形容这首诗，我想那便是"真"字。不同于以往类似于"政治传声筒"式的许多诗歌，该诗是源自内心深处的情感的自然流露。当现实事件在他心中产生强烈的震颤时，他的情绪借助诗歌喷涌而出，所以他的诗歌中充盈着饱满的热情和深刻的体验与反思。雷抒雁曾说："我喜欢那种闪耀着火的光彩，放射着火的灼热的诗，那种诗活跃着生命和力量，使你不想躺下去，而要站起来，跑向前去。"这是他对诗和诗人工作的理解。《小草在歌唱》便是他创作观点的一个实例，全诗呈现出一种热烈、激昂、悲愤的氛围。全诗共五个部分，第一部分是对小草的赞扬，第二、三部分是对自我的诘责，第四部分对烈士牺牲的描写，第五部分对黑暗现实的批判、对未来的期望。每一个部分作者都以一种"火山喷发"式的昂扬的激情写作，流露着他真实的情感。全诗多用短句，一个词、一个短语往往独立成句，使得诗歌节奏鲜明且紧凑，音调铿锵有力。同时，诗歌还多用意象的重复/反复，如诗歌中反复出现"母亲"和"女儿"的意象："谁还想起，他们的脚踩在，一个女儿、一个母亲、一个为光明献身的战士的心上？""呵，年老的妈妈，四十多年的心血，就这样被残暴地泼在地上；呵，幼小的孩子，这样小小年纪，心灵上就刻下了，终生难以愈合的创伤！""她有母亲：风烛残年，受不了这多悲伤！她有孩子：花蕾刚绽，怎能落上寒霜！""母亲呵，你的女儿回来了，她是水，钢刀砍不伤；孩子呵，你的妈妈回来了，她是光，黑暗难遮挡！"除第三部分，每个部分都会反复出现"母亲""女儿"的形象，不仅如此"小草在歌唱"的意象也常被提及。简短的句式、重复的意象、排比的手法、强烈的语气、激昂的语调共同形成该诗气势雄伟、大气磅礴的艺术特色。

（曾洋洋导读）

【延伸阅读文献】

1. 牛宏宝：《变革时代的抒情诗人——雷抒雁诗作略论》，《中国诗歌研究》2002年第1辑。

2. 雷抒雁、牛宏宝：《叩问变革年代的诗境——雷抒雁访谈》，《西北大学学报》2009年第2期。

3. 张孝评：《他是一座桥——简论雷抒雁诗歌的历史定位》，《西北大学学报》2013年第4期。

惠安女子[①]

舒　婷

野火在远方，远方
在你琥珀色的眼睛里

以古老部落的银饰
约束柔软的腰肢
幸福虽不可预期，但少女的梦
蒲公英一般徐徐落在海面上
呵，浪花无边无际

天生不爱倾诉苦难
并非苦难已经永远绝迹
当洞箫和琵琶在晚照中
唤醒普遍的忧伤
你把头巾一角轻轻咬在嘴里

这样优美地站在海天之间
令人忽略了：你的裸足
所踩过的碱滩和礁石
于是，在封面和插图中
你成为风景，成为传奇

美丽忧伤的女性肖像

　　1970年代末至1980年代初，以批判社会现实、歌颂人道主义、高扬主体个性为宗旨的朦胧诗派登上诗坛，诗人们借鉴象征、隐喻、意象等现代主义的诗歌形式对现实进行反思，形成富于时代烙印的朦胧的审美品格。作为朦胧诗派的主要成员，

　　[①] 选自舒婷：《舒婷的诗》，人民文学出版社1994年版，第214—215页。

舒婷立足于女性视角，创作了大量呼唤个体心灵解放与自我意识觉醒的诗歌，《惠安女子》即是这一时期的代表作之一。该诗写于1981年，诗人将目光聚焦于她的家乡附近福建惠安沿海村落勤劳柔韧的传统女性身上，对她们的苦难命运与悲剧性生命体验予以深切的同情关注。

《惠安女子》选择由近至远、由部分至整体的视角来展开对惠安女子美的描绘。在诗的开篇，诗人首先观察到的是惠安女子琥珀色的眼睛，这种典型的东方人的瞳色极具温和内敛的色彩，然而这双眼睛里却有着危险的、不可预知的远方的"野火"，充满着热烈奔放的生命热情。随即诗人的目光向下，看到惠安女子穿戴的富于民族特色与传统美感的民间服饰。这身服饰指征着惠安女子遵循的自古以来男子外出务工、女性辛苦劳作的家庭经济模式，以及男尊女卑观念下的传统婚嫁习俗。但不可忽视的是，饶是长期处于这种规训之下的惠安女子，仍怀有如蒲公英一般四处飘散的少女的梦——那是在日复一日的苦难生活中对个体自由与幸福的期许，即使这种期许只能散落在无边无际的海面上，无法扎根于现实的大地生根发芽。传统与现代、理想与现实的矛盾冲突由此显现：处于现代社会的惠安女子不再像她们的先辈那般，甘心臣服于长期以来凌驾其上的性别制度与伦理规范，而开始有了女性自我觉醒后的独特个体情感与生命体验的需要，但在彼时的现实环境中，这种情感需要仍难以突破和实现，在无法摆脱现实束缚的惠安女子身上，"并非苦难已经永远绝迹"，而只能把苦难和忧伤"咬在嘴里"，藏在心里。吊诡的是，这种古朴美丽、温良隐忍的惠安女子形象满足了现代社会大众的猎奇和审美想象，成为众人眼中的风景和传奇。鲜有人关注她们眼中的"野火"与裸足"所踩过的碱滩和礁石"，在"看"与"被看"的对峙中，她们外在的贤淑美丽与内心的抗争和叛逆构成一种无声的对比，引发诗人对女性命运的关注及其生存困境的反思。

舒婷以其女性特有的细腻笔触和敏锐的洞察力，对惠安女子这道美丽而忧伤的风景展开深入观察，还原她们被遮蔽、曲解的生存本相，发掘她们潜在的苦难与叛逆，融入诗人自身的个体人生感悟及对女性生存困境的喟叹，唤起了读者对她们悲剧性人生体验的关注与思考。

（倪贝贝导读）

【延伸阅读文献】

1. 谢冕：《在诗歌的十字架上——论舒婷》，《文艺评论》1987年第2期。
2. 吴思敬：《舒婷：呼唤女性诗歌的春天》，《文艺争鸣》2000年第1期。
3. 王家铭：《1980年代女性诗歌的日常化书写》，《中国现代文学研究丛刊》2023年第3期。

回　　答[①]

北　岛

卑鄙是卑鄙者的通行证，
高尚是高尚者的墓志铭，
看吧，在那镀金的天空中，
飘满了死者弯曲的倒影。

冰川纪过去了，
为什么到处都是冰凌？
好望角发现了，
为什么死海里千帆相竞？

我来到这个世界上，
只带着纸、绳索和身影，
为了在审判之前，
宣读那些被判决了的声音：

告诉你吧，世界，
我——不——相——信！
纵使你脚下有一千名挑战者，
那就把我算作第一千零一名。

我不相信天是蓝的；
我不相信雷的回声；
我不相信梦是假的；
我不相信死无报应。

如果海洋注定要决堤，
就让所有的苦水都注入我心中；
如果陆地注定要上升，

[①] 选自北岛：《北岛诗选》，新世纪出版社1986年版，第25—26页。

就让人类重新选择生存的峰顶。

新的转机和闪闪的星斗，
正在缀满没有遮拦的天空。
那是五千年的象形文字，
那是未来人们凝视的眼睛。

对称之美

  作为新时期的第一首诗，北岛诗歌《回答》中明显的怀疑主义与批判精神预示着一个新的启蒙时代的到来。北岛于1973年3月15日写完《回答》，1978年首次发表在《今天》创刊号上，第二年春天被《诗刊》转载。诗中激愤的情绪，反讽的手法，宣告式的话语无不彰显着率先觉醒了的孤勇者与黑暗世界对抗的决心。从诗歌形式上看，北岛的《回答》处处与对称美学相呼应。

  首先，《回答》呈现在读者面前的最明显的形式特点是鲜明的视觉节奏，而对称显然是构建诗歌视觉节奏的主要方法。《回答》由七节四行诗组成，每一节诗都有独特的形体，而在诗节内部又无处不对称。一种是以诗行为节奏单位的诗节整体对称。例如诗歌的第一节："卑鄙是卑鄙者的通行证，/高尚是高尚者的墓志铭，/看吧，在那镀金的天空中，/飘满了死者弯曲的倒影。"与诗歌的第四节："我不相信天是蓝的，/我不相信雷的回声，/我不相信梦是假的，/我不相信死无报应。"这两节诗，前者每行均由十个音节组成，后者每行均由八个音节组成，诗节的整体对称使该节诗的外形呈现为整齐的豆腐块。另一种是以诗行为节奏单位的节内局部对称，例如诗歌的第二、三、五、六、七节。以诗歌的第六节为例："如果海洋注定要决堤，/就让所有的苦水都注入我心中，/如果陆地注定要上升，/就让人类重新选择生存的峰顶。"在这节诗中，奇数行由九个音节组成，偶数行由十三个音节组成，两两隔行对称，形成参差对称的视觉节奏形式。

  其次，从声音节奏来看，相同的句式往往产生一致的音顿划分。例如"冰川纪｜过去了，/为什么｜到处｜都是｜冰凌？/好望角｜发现了，/为什么｜死海里｜千帆｜相竞？"诗歌奇数行的节奏形式是两音顿停延节奏，偶数行的节奏形式是四音顿停延节奏。此外，诗歌的韵脚同样是依据对称原则安排的。例如，诗歌第一节偶数行结尾音节"铭"与"影"押韵；第二节的偶数行结尾音节"凌"与"竞"相押；第三节偶数行结尾双音节"身影"与"声音"押韵；第四节偶数行结尾音节"信"与"名"押韵。总体来看，《回答》这首诗通篇体现出对称之美。

（李小歌导读）

【延伸阅读文献】

1. 洪子诚：《北岛早期的诗》，《海南师范学院学报（社会科学版）》2005年第1期。
2. 陈超：《北岛论》，《文艺争鸣》2007年第8期。
3. 唐小兵：《视觉转向、朦胧诗与新时期的想象域：重读北岛的〈回答〉》，《现代中文学刊》2022年第6期。

星星变奏曲[①]

江 河

如果大地的每个角落都充满了光明
谁还需要星星,谁还会
在夜里凝望
寻找遥远的安慰
谁不愿意
每天
都是一首诗
每个字都是一颗星
像蜜蜂在心头颤动
谁不愿意,有一个柔软的晚上
柔软得像一片湖
萤火虫和星星在睡莲丛中游动
谁不喜欢春天
鸟落满枝头
像星星落满天空
闪闪烁烁的声音从远方飘来
一团团白丁香朦朦胧胧

如果大地的每个角落都充满了光明
谁还需要星星,谁还会
在寒冷中寂寞地燃烧
寻找星星点点的希望
谁愿意
一年又一年
总写苦难的诗
每一首都是一群颤抖的星星
像冰雪覆盖在心头
谁愿意,看着夜晚冻僵

[①] 选自江河:《从这里开始》,花城出版社1986年版,第31—32页。

僵硬得像一片土地
风吹落一颗又一颗瘦小的星
谁不喜欢飘动的旗子
喜欢火
涌出金黄的星星
在天上的星星疲倦了的时候——升起
照耀太阳照不到的地方

诗中有乐：星星"变奏"美学

  《星星变奏曲》是朦胧派诗人江河在《上海文学》发表的处女作，也是一首立足于个人生命体验的抒情诗。江河在十年"文革"浩劫中目睹社会的混乱和人情的湮灭，故对"文革"时代的黑暗进行揭露。在《星星变奏曲》中，诗人通过丰富的想象力和细腻的笔触，以"星星""蜜蜂""萤火虫"等意象勾勒光明、美好的世界，展现对人生的深刻思考以及对理想与光明的渴求。诗人以《星星变奏曲》为诗题，颇具有诗歌与音乐结合的巧思。细读《星星变奏曲》，我们可以深刻感受到江河在诗歌中所呈现的"变奏"美学。

  首先是空间形体的节奏感。许霆在《中国新诗自由体音律论》中说道："诗的空间要素是指文字在纸上书写形成的空间形态，或曰诗行排列定位形成的空间形体。"诗人在创作过程中会利用分行、分节、标点等方式构造诗歌特有的空间形体。从整体来看，《星星变奏曲》由两个基本对称的诗节组成，每一节十七行，都以"如果大地每个角落都充满了光明/谁还需要星星，谁还会"的假设句开头，具有一气呵成的气势，集中展现了空间形式的对称美。同时，诗歌需要依据一定的审美原则来进行诗行的分布，诗行的长短变化也构成旋律节奏的变化。以《星星变奏曲》的第一节为例，"如果大地每个角落都充满了光明"作为首句句式最长，随后句式逐渐变短，"谁不愿意""谁不喜欢"句式达到最短句，随后句式渐长，形成了"长—短—长—短—长"的行顿节奏，与此相呼应的则是"起—伏—起—伏—起"的顿挫的节奏感。尽管诗歌的第一节只有十七行，但它却以其独特的节奏设计，构建了完整的音乐结构，在朗读时能够产生抑扬顿挫的效果。

  其次是情感基调变化带来的诗歌"变奏"。"变奏"手法多运用于音乐领域，是指在原旋律的基础上，通过添加修饰、变形，创造出更加丰富的音乐表现形式。这种技巧的使用不仅能丰富乐曲的层次，而且能给予听众更多的想象空间。而在《星星变奏曲》中，诗人以乐入诗，以"变奏"的手法展现不同的情感起伏，在打破线性叙述中给诗歌增添激情与活力。在诗歌的第一节，诗人以"谁不愿意""谁不愿意""谁不喜欢"的三次反问引出意象群,其中囊括"蜜蜂""萤火虫""星星"等自然意象,一系列意象连续且自然地转换,勾勒出诗人向往的光明世界。如果说第一节的情感基调是平和且舒缓的,那第二节的情感基调则渐趋激昂。在诗歌的第二节,诗人用两个"谁愿意"句式代替第一节的两个"谁不愿意"句式,但保留两节共同的"谁不喜欢"句式。我们从中可以看出,"谁不愿意"行组与"谁愿意"行组在相同的位置上对等排列,这种对等排列的设计不仅使诗歌两节形成前后结构的呼应以及诗歌整体节奏的统一,而且也推动情绪的进一步发展。在相同位置的对等排列中,"谁愿意"行组的情感相较于"谁不愿意"行组更加激昂,使得诗歌呈现出回旋前行的情绪律动。两个"谁愿意"句式在内容上转向对黑暗现实的否定,由此推动情绪在最后的"谁不喜欢飘动的旗子"达到顶峰。"飘动的旗子""火""金黄的星星"等词语很容易让人联想到飘扬的五星红旗,可见诗人从对"文革"下的黑暗岁月的批判转向对光明未来的向往,在此时的情绪进一步加深,在诗歌末尾达到高潮。可以说,对等结构的两节诗歌呈现出不同的感情基调,诗人的情绪变化带动诗歌由平缓到激昂的节奏韵律变化,从而使诗歌有曲有折,跌宕起伏。

总的来说,《星星变奏曲》兼具诗歌的文学性与音乐的节奏感,对称结构的诗节分布以及诗歌内部的情绪节奏共同构成诗歌的"变奏"美学,使得字里行间充斥着情绪流动,能够将诗人内心的复杂情愫娓娓道来。由此,《星星变奏曲》凭借其深刻的主题和独特的美学风格,成为中国当代诗歌的经典之作。

(韩林妍导读)

【延伸阅读文献】

1. 吴思敬:《追求诗的力度——江河和他的诗》,《诗探索》1984年第1期。
2. 杜书瀛:《宅居谈诗——"朦胧"和"朦胧派"》,《文艺争鸣》2021年第6期。
3. 许霆:《中国新诗自由体音律论》,复旦大学出版社2016年版。

生命幻想曲[①]

顾 城

把我的幻影和梦，
放在狭长的贝壳里。
柳枝编成的船篷，
还旋绕着夏蝉的长鸣。
拉紧桅绳
风吹起晨雾的帆，
我开航了。

没有目的，
在蓝天中荡漾。
让阳光的瀑布，
洗黑我的皮肤。

太阳是我的纤夫。
它拉着我，
用强光的绳索，
一步步，
走完十二小时的路途。
我被风推着，
向东向西，
太阳消失在暮色里。

黑夜来了，
我驶进银河的港湾。
几千个星星对我看着，
我抛下了
新月——黄金的锚。

[①] 选自顾城：《顾城诗全集》（上），江苏文艺出版社 2010 年版，第 67—69 页。

天微明，
海洋挤满阴云的冰山，
碰击着，
"轰隆隆"——雷鸣电闪！
我到哪里去呵？
宇宙是这样的无边。

用金黄的麦秸，
织成摇篮，
把我的灵感和心
放在里边。
装好纽扣的车轮，
让时间拖着，
去问候世界。

车轮滚过
百里香和野菊的草间。
蟋蟀欢迎我，
抖动着琴弦。
我把希望溶进花香，
黑夜像山谷，
白昼像峰巅。
睡吧！合上双眼
世界就与我无关。

时间的马，
累倒了。
黄尾的太平鸟，
在我的车中做窝。
我仍然要徒步走遍世界——
沙漠、森林和偏僻的角落。

太阳烘着地球，
像烤一块面包。
我行走着，
赤着双脚。

我把我的足迹,
像图章印遍大地,
世界也就溶进了
我的生命。

我要唱
一支人类的歌曲,
千百年后
在宇宙中共鸣。

荒滩上开出的小花

  在众多朦胧诗人中,顾城被称为"童话诗人",这不仅是说他的诗歌始终是柔和、干净、纯美的,更是指他一生都对诗歌保持一种天真得如同孩子一般的热爱,写下数首充满童真的"童话诗"。而纵观顾城的诗,我们能够发现这种"童心"在早期诗歌中就已出现,并且贯穿于顾城一生的创作之中。《生命幻想曲》是顾城1971年写下的诗歌,这一年他刚15岁,和被下放的父亲一起生活在山东农村里,每日与"田野""昆虫""野花"为伴,他在荒滩的沙地上用手指写下这首《生命幻想曲》,却已悄然埋下独属于顾城的"童话王国"的最初种子。

  《生命幻想曲》一诗以丰富的想象力写下一个少年幻想中的远游,全诗分为上下两节,写到"我"的两次远行。第一次的"我"从清晨出发,历经一天一夜,被阳光曝晒,被狂风吹倒,最终"我"在黑夜迷失了方向,被"电闪雷鸣"击得溃逃。但第二次"我"带上"灵感和心",终于唱出"在宇宙中共鸣"的人类之歌。两次远行,区别在于前一次"没有目的","我"被阳光、大风这样的外物推着仓促前行,迷失在无边的宇宙之中,但后一次的"我"多了主动性,"我"以时间为"轮",带着"希望"的花朵,甚至用双脚丈量世界,最终找到了生命之歌。正如顾城所自叙:"它使我确信了我的使命,我应走的道路——我要用我的生命,自己和未来的微笑,去为孩子铺一片草地,筑一座诗和童话的花园。"这首诗是顾城第一次对自然和自我的发现,不仅与后来的朦胧诗思想十分相似,是对人性、理想与自由的追求,整首诗都以"我"的视角缩写,更是将诗歌从"宏大叙事"拉回了诗人自我性灵的抒发。在无人烟的一个荒滩上,顾城发现自己"童话王国"的第一朵小花。

  这首诗的意象十分清新,而尤为可贵的是诗歌中的"太阳""星星""夏蝉"等事物都生发出主体性。在顾城笔下,自然万物都获得生命,"太阳"用"强光拉着我","几千个星星对我看着","我"用双脚丈量大地,发现自然万物,"世界也就溶入了我的生命"。这种对自然的直接讴歌、赞扬，使得诗中的一花一草都拥有了主体性，它们构成顾城"童话世界"的重要部分。

在诗歌节奏上，这首诗的节奏随着诗人的情感而自然流动。从整首诗看，全诗以"我"的行动为线索，因此每小节都属于同一个画面，安排较为对称，多为短句。具体地看，第一、二节的节奏又有所不同，第一节"我"的行动是失败的，因此句式多为被动关系，如"太阳"拉着我，"我"被风推着，"我"的航行被"没有目的"困扰而迷失了方向；词语的色彩也是晦暗不明的，"强光""阴云"等形成一幅暗沉的画。而第二节中，句式则转换为主动关系，"我"问候世界、"我"把"希望溶进花香"、"我"行走着……与前一次不同，"我"主动拥抱自然，运用带有积极色彩的主动句，诗歌的节奏也随之跃然起来；在词汇上，"金黄麦秸""百里香和野菊""黄尾的太平鸟"等词语不仅色彩更丰富，也更加温暖和明亮，形象地写出了"我"对宇宙、自我的发现。

尽管《生命幻想曲》整首诗都还带着一种稚气，但无论是从思想上还是形式上，都已经透露出顾城作为一个诗人的独特性，这种带有"灵气"的诗歌，在他之后的创作中，不仅没有消失，还在继续朝着深刻、隽永发展。

（黄舒美导读）

【延伸阅读文献】

1. 王建永：《从"童心"到"童话"——论顾城诗歌创作的童心视角》，《当代文坛》2009年第4期。

2. 张江：《当代诗歌的"断裂"与成长：从顾工到顾城》，《文艺研究》2013年第7期。

一代人①

顾城

黑夜给了我黑色的眼睛，
我却用它寻找光明。

一代人的心灵史

《一代人》是顾城于 1979 年写下的笔记型小诗，1980 年刊发在《星星》诗刊。全诗仅 18 个字，却是顾城最广为人知的诗作之一，同时也是朦胧诗的代表作品。该诗如同它的名字一样，被一代人认为言说了他们真实的经历与心境。

全诗仅由两个短句组成，虽然诗题为《一代人》，是一个颇为庞大的概念，却没有实写一代人生活上种种真实细节。顾城以敏锐的观察力在首句中制造一个场景，即在伸手不见五指的"黑夜"中，人无法看到前方，陷入焦躁不安的情绪之中。相比于直观地去描写人们的肉体或精神创伤，这种氛围感的塑造更让人紧绷神经，仿佛要坠入那近乎窒息的时代中去。而第二句则形成情感逻辑上的转折，前一句所塑造的窒息情境被打破了：尽管长夜漫漫，但"我"仍在执着地"寻找光明"。如果说前一句让人们沉浸到"旧时"的创伤回忆当中，那么这一句则是将人拉回到"当下"，在新的时代里人们有了新的希望，有了对于理想的追求。"黑夜"和"光明"一暗一亮，这两个不和谐甚至包含巨大反差感的意象，这时就形成了情感上的巨大张力，这种张力为人们在阅读诗歌时提供情感宣泄的可能性，或许这就是人们反复诵读这首短诗的原因所在。

这首诗是"一代人"的缩影，更是"一代人"共同喊出的新的时代之音。《一代人》《远与近》都是顾城自觉地站在"朦胧诗人"行列所作的诗歌，他说看到北岛《回答》、芒克《土地》、舒婷《致橡树》后，他觉得他们是"一样的"，因此他们这群极具使命感的青年，共同唱出一个新的诗潮——朦胧诗。在谈及"朦胧诗"是什么时，顾城道："这类新诗的主要特征，还是真实——由客体的真实，趋向主体的真实，由被动的反映，倾向主动的创造。从根本上说，它不是朦胧，而是种审美意识的苏醒，一些领域正在逐渐清晰起来。""主体""主动"这些词概括了朦胧诗之于现

---

① 选自顾城：《顾城诗全集》（上），江苏文艺出版社 2010 年版，第 283 页。

代诗的含义,往事荒谬黑暗,"而我却用它来寻找光明",他们要告诉世人:人的主体性并未失落,人仍可以用"我",而不是"我们"去打破过去,创造未来。在审美层面,这首短诗就如顾城所说是一种审美的"苏醒",它不再是"十七年诗歌"的那种直抒胸臆,而是回到现代诗歌,甚至是古典诗歌的含蓄隽永,避开情感的直抒,采用一明一暗两个隐喻,构建了富有情感张力的动态景象。

《一代人》不仅是一代人心灵史的代言,塑造了历史转折期一代人在创伤中带着希望再出发的心理结构,同时也是诗歌审美层面的现代性回归,意象的朦胧、意旨的多义,这首诗和其他朦胧诗一起赋予现代新诗新的可能。

(黄舒美导读)

【延伸阅读文献】

1. 顾城:《"朦胧诗"问答》,《文学报》1983年第24期。
2. 黄健:《一代人的心灵雕塑——论顾城的诗〈一代人〉》,《浙江大学学报(社会科学版)》1995年第4期。

鹿的角枝[①]

昌　耀

在雄鹿的颅骨，生有两株
被精血所滋养的小树。雾光里
这些挺拔的枝状体明丽而珍重，
遁越于危崖沼泽，与猎人相周旋。

若干个世纪以后，在我的书架，
在我新得的收藏品之上，才听到
来自高原腹地的那一声火枪。——
那样的夕阳倾照着那样呼唤的荒野。
从高岩，飞动的鹿角，猝然倒仆……

……是悲壮的。

悲剧是对美的破坏

　　昌耀被认为是20世纪中国诗人中少数"越写越好"诗人之一，在昌耀的研究中，一个被认可的观点是其对汉语诗歌语言有拓植之功。昌耀写于1982年3月2日的这首《鹿的角枝》，可以作为一个管窥的视点。

　　《鹿的角枝》这首诗的触角来自诗人自己书架上的鹿角标本，引发诗人对"若干个世纪"（虚拟性的时间）前的一个场景的生动想象：充满精气和神性的雄鹿逃遁，与猎人周旋，最后惨然倒下，这是一个震撼人心的悲剧。在诗人的眼中，雄鹿是美的形式的化身，雄鹿的鹿角像是"被精血所滋养的小树"，在雾光里显得"挺拔""明丽""珍重"，这是自然造就的美，不是被驯化的美，"遁越于危崖沼泽"，这是自然造就的灵性和敏锐。然而，它还是难以摆脱被"猎人"捕杀的命运。我们可以想象它惊惧的眼神，疲惫的逃遁。"那样的夕阳倾照着那样呼唤的荒野。/从高岩，飞动的鹿角，猝然倒仆……"猎人捕杀雄鹿，是由他们之间的自然生存法则决定的，

[①] 选自昌耀：《昌耀诗文总集》，青海人民出版社2000年版，第188页。

本来也无所谓悲剧，但这是一只闪烁着生命力光辉和具有警幻灵性的雄鹿，它被猎杀，寓意美被扼杀。此外，诗中"鹿的角枝"作为一种标本，它既凝聚着美的形态，它同时也作为一种悲剧的象征载体，我们或许可以隐约感受到在雄鹿的身上投射了诗人对过往一代人命运的思考，学者张桃洲认为此诗抒写的是昌耀那一代人的共同处境，指出："有必要把昌耀及其诗歌放到20世纪后半叶风云变幻的社会历史语境中予以考察，看看个体如何通过抒写周旋、游离于时代之中和之外，最终将历史的束缚和重压转化为一种诗的资源。"（张桃洲《昌耀年谱·序》）从这个角度看，此诗也因为有历史的纵深感，而更加突出其悲剧意蕴。

《鹿的角枝》原来收录在1986年青海人民出版社出版的《昌耀抒情诗集》，后来的通行版本与1986年的版本有一些差异。诗歌形式上由原来17行三节变为10行三节，在分行和标点上做了一些更改。昌耀曾自认为是一个"大诗歌观"的主张者与实行者，他说："我并不强调诗的分行……也不认为诗定要分行，没有诗性的文字即便分行也终难称作诗。相反，某些有意味的文字即便不分行也未尝不配称作诗。诗之与否，我以心性去体味而不以貌取……我并不贬斥分行，只是想留予分行以更多珍惜和真实感。"（昌耀《昌耀诗文总集》）昌耀虽然不是十分强调分行，但是这首诗两个版本的分行形式上的变动却十分明显，如在1986年版的诗歌中这三行："在我新得的收藏品之上／我才听到来自高原腹地的那一声／火枪。——"在后面的版本被改为两行："在我新得的收藏品之上，才听到／来自高原腹地的那一声火枪。——"之前的版本把"火枪"二字单独成行，似有意强调雄鹿命运悲剧性转折的那一瞬，后面的版本的诗句较之前一版本，却有刻意淡化之意。此诗在分行、断句上的改动（字词完全没有改动），虽然没有影响诗歌整体的语义表达，但是诗歌内在情感上的变化却是明显的。

陈超先生在评价昌耀诗歌时说，"昌耀的诗笔锋隐忍而酷厉，情境开阔而紧张，隐喻尖新而真实"。《鹿的角枝》这首诗是最好的证词。

（高周权导读）

【延伸阅读文献】
1. 燎原：《昌耀评传》，人民文学出版社2008年版。
2. 张光昕：《昌耀论》，作家出版社2018年版。

紫金冠[①]

昌　耀

我不能描摹出的一种完美是紫金冠。
我喜悦。如果有神启而我不假思索道出的
正是紫金冠。我行走在狼荒之地的第七天
仆卧津渡而首先看到的希望之星是紫金冠。
当热夜以漫长的痉挛触杀我九岁的生命力
我在昏热中向壁承饮到的那股沁凉是紫金冠。
当白昼透出花环。当不战而胜,与剑柄垂直
而婀娜相交的月桂投影正是不凋的紫金冠。
我不学而能的人性觉醒是紫金冠。
我无虑被人劫掠的秘藏只有紫金冠。
不可穷尽的高峻或冷寂唯有紫金冠。

知识分子的人文精神理想

　　《紫金冠》是昌耀写于 1990 年 1 月 12 日的一首诗,诗题目中的"紫金冠",现实中又名"太子盔",为王子、权贵家族的公子或年轻有为将领的头盔,是金贵之物,而昌耀这首诗歌中的"紫金冠"却不是现实之物,而是一种抽象之物,是一种理想的化身。

　　诗人一开始就坦陈:"我不能描摹出的一种完美是紫金冠。"虽说如此,诗人还是竭力用繁复的意象赋形写意。那么这完美的"紫金冠"到底是什么?诗人说:"我喜悦。如果有神启而我不假思索道出的/正是紫金冠。"既然是神祇能够通过我之口而表达出来的,那么它在形态上可能是一种抽象之物,它只能通过神人交会的方式让我感知,并让我喜悦。后面四句,"我行走在狼荒之地的第七天/仆卧津渡而首先看到的希望之星是紫金冠"/"当热夜以漫长的痉挛触杀我九岁的生命力/我在昏热中向壁承饮到的那股沁凉是紫金冠",当诗人在狼荒之地的迷途,在生命力受到扼杀的危险之际,给予"我"指引和救赎的是"紫金冠",紫金冠是希望之星,是拯救生

---

① 选自昌耀:《昌耀诗文总集》,青海人民出版社 2000 年版,第 477 页。

命的甘泉。"当白昼透出花环。当不战而胜,与剑柄垂直/而婀娜相交的月桂投影正是不凋的紫金冠。"在希腊神话中,月桂代表着"阿波罗的荣耀"。在罗马时期,人们用月桂编织花环戴在胜利者的头上,譬如人们常说"诗人的桂冠",乃是指着胜利加冠。传说中,月桂有驱魔避邪作用,在圣诞节,月桂常常被用来装饰,因此这里的紫金冠无疑寓喻着荣耀和正义。

最后三个肯定句式,诗人说"不学而能的人性觉醒"是紫金冠,"无虑被人劫掠的秘藏"是紫金冠,"不可穷尽的高峻或冷寂"是紫金冠,诗人以"人性觉醒""秘藏""高峻或冷寂"这三组具有不及物性的抽象之物作为本体,以"紫金冠"为喻体,以及充满肯定的语气,来言说人类所求索的高贵的精神品格。总的来说,《紫金冠》表面上意象迷离,在精神指引上却单纯如一,即人类自身所求诸的救赎自我的精神信仰。黄梁说:"《紫金冠》高悬于人文世界的峰顶,但又潜藏于人心深处。高悬处是对生命之信仰,是生命唯一之救赎;信仰生命,即相信生命本来具足良知良能,它内藏于吾心不假他求"。(黄梁《黄梁新诗史》),如果结合1990年代初的历史人文语境,审视诗人及同时代知识分子的命运和忧虑,或许更能把握此诗的要义。可以说,《紫金冠》是昌耀晚期诗作中的具有代表性作品,是一个可以窥见诗人晚期心境的重要窗口。

(高周权导读)

【延伸阅读文献】

1. 敬文东:《对一个口吃者的精神分析——诗人昌耀论》,《南方文坛》2000年第4期。

2. 张桃洲:《昌耀的诗歌成就及其历史地位——一次讲座的记录》,《武陵学刊》2013年第1期。

月　　亮[①]

傅天琳

妈妈你走了多久我记不清了
你走了我天天晚上趴在窗口念月亮
念月亮从 D 字到 O 字到 C 字

我念得很轻，害怕小猫听见
它会笑我快做学生了还想妈妈
可是妈妈你听得见，可是妈妈
　　你听见我念完 C 字
　　又从 D 字到 O 字你要回来

你要回来我要在鸟声开放的树林子接你
一边亲你一边念好多字母给你听
你会说这才是妈妈的女儿嘛
妈妈想女儿还要工作
女儿想妈妈也要不忘认字

妈妈你走了多久我记不清了
你走了我天天晚上趴在窗口念月亮
念月亮从 D 字到 O 字到 C 字
也不知究竟是念月亮念拼音还是念妈妈

最是动人唤娘声

　　当代女诗人傅天琳出生于 1940 年代，成熟于新时期。她是一位真诚地用诗歌书写自我生命体验的诗人。作为一位女诗人，童真和母爱是她诗歌永恒的主题。她的诗构思精巧，诗风细腻，善用修辞，明白如话。《月亮》这首诗鲜明地体现了傅天琳

[①] 选自傅天琳：《太阳的情人》，北方文艺出版社 1990 年版，第 45—46 页。

诗歌的艺术特色。

　　这是一首看起来很简单但是颇具匠心的小诗。它从儿童的角度，用孩子的口吻诉说对妈妈的思念。它选择一个日常的场景：在一个又一个夜晚，孩子痴痴仰望夜空，遥望月亮，在月圆月缺中念叨着妈妈，想念着妈妈，苦苦等待妈妈回来。他（她）从月缺等到月圆，再从月圆等到月缺，冬去春回，妈妈却不知何时归来？在时光之沙哗哗的流动中，读者看到一双清澈明净的眼睛，眼巴巴地盯着渐渐饱满又渐渐残缺的月亮，诉说着自己单纯而又真挚迫切的心事。纯真的童心在一声声地呼喊：妈妈，我想你！简单的场景却渲染出极为动人的情感和氛围，除了作者的叙事角度和擅长裁剪，还要归功于作者妙用修辞。这首诗两次运用通感手法：一是变视觉为听觉：把无声的"看"通过一个"念"字变成有声的朗读，无声的"思念"与有声的"念叨""念书"在这里巧妙地合二为一。二是化动态为静态：把月亮动态的变化通过字母"D""O""C"描绘成一张张静态的图画，一个个静止的字母。该手法极妙：月亮的变化是缓慢的，从圆到缺要一个月，从缺到圆又要一个月，时间一天天、一月月、一年年地过去，孩子对母亲的思念之情从未稍减，孩子遥望天空的举动从未停止！在这日日夜夜的遥望、企盼和思念中，变化的月亮在越来越迫切和沉重的想念中幻化成挂在夜空中的拼音字母，而孩子日复一日地凝视则如同在坚持不懈地念书！因为那是妈妈期望的呀！那小小孩童思念的执着、坚定、热切令人又心疼又感动！读到此，读者也会忍不住暗自发问：母亲啊，你何时回家抚慰这小小童心，满足他（她）真挚热烈的期盼？

　　这首诗的过人之处还在于对感情变化细致入微的刻画。起句是急急地热切的诉说："妈妈你走了多久我记不清了/你走了我天天趴在窗口念月亮/念月亮从D字到O字到C字"；接着语气缓和下来，节奏也慢下来，感情变得羞涩，还有点小心翼翼："我念得很轻，害怕小猫听见"，因为"它会笑我快做学生了还想妈妈"。害怕被小猫听见心事，可以推测出这是一个学龄前的幼儿，大概五岁左右，正在用一颗纯洁无邪的童心体验这人间的情感，探索这复杂多变的世界。他（她）眼含着晶莹的泪花，用委屈又"邀功"的口气跟妈妈诉苦："可是妈妈你听得见，可是妈妈/你听见我念完C字/又从D字到O字。"接着又扭摆着小身体大声向妈妈撒娇："你要回来你要回来我要在鸟声开放的树林子接你。"可是不管他（她）怎么出尽百宝，妈妈仍旧没有回来。懂事的孩子给妈妈找原因，妈妈是爱我的，妈妈也会回来的，只是"妈妈想女儿还要工作"，然后扬起稚气的小脸向妈妈保证，"女儿想妈妈也要不忘认字"！在日复一日的期盼中，在一次又一次的失望中，孩子的情绪渐渐低落下去，但是对妈妈的思念和期望妈妈归来的心情仍然一如既往："妈妈你走了多久我记不清了/你走了我天天趴在窗口念月亮/念月亮从D字到O字到C字/也不知究竟是念月亮念拼音还是念妈妈。"结尾这一段如同睡眼蒙眬的孩子梦呓般嘟嘟囔囔，不管是清醒着还是在睡梦中，孩子对妈妈的爱，对母子（女）团聚的期盼从来不变！这一段既是对开头的呼应，让诗歌在形式上形成一个闭环，又细腻地写出孩子由信心满满的期待到渐渐失望，但仍在失望中期待的心态。

《月亮》对孩子心理的捕捉十分精准，对孩子心态细微的变化写得细致动人，入木三分，在读者的心里产生强烈的共鸣。这首诗的构思非常巧妙：作者描绘日常生活中常见的一个很容易被人忽略的场景，但因为其常见且细微，更能在读者心里产生共鸣，更具有打动人的力量；另外，这首诗实际上是从侧面歌颂了母爱，是从侧面描写母亲对孩子的牵肠挂肚，日夜思念。母子连心，孩子在想妈妈，妈妈同样也在思念孩子，对孩子深深的爱，让母亲充满歉疚地想象孩子的委屈和期盼。

精巧的构思，细腻的描写，真挚的情感，鲜明的形象，让这首小诗如一颗晶莹剔透的水晶，耐得起反复的琢磨，产生无尽的回味。

（叶琼琼导读）

【延伸阅读文献】

1. 张艳梅、马一鸣：《唤醒万物的灵魂——傅天琳诗歌创作论》，《当代文学研究》2022 年第 4 期。

2. 刘大伟：《"果树"的姿态与精神——傅天琳诗歌创作论》，《当代作家评论》2023 年第 4 期。

尚义街六号[①]

于　坚

尚义街六号
法国式的黄房子
老吴的裤子晾在二楼
喊一声　胯下就钻出戴眼镜的脑袋
隔壁的大厕所
天天清早排着长队
我们往往在黄昏光临
打开烟盒　打开嘴巴
打开灯
墙上钉着于坚的画
许多人不以为然
他们只认识凡高
老卡的衬衣　揉成一团抹布
我们用它拭手上的果汁
他在翻一本黄书
后来他恋爱了
常常双双来临
在这里吵架　在这里调情
有一天他们宣告分手
朋友们一阵轻松　很高兴
次日他又送来结婚的请柬
大家也衣冠楚楚　前去赴宴
桌上总是摊开朱小羊的手稿
那些字乱七八糟
这个杂种警察一样盯牢我们
面对那双红丝丝的眼睛
我们只好说得朦胧
像一首时髦的诗

[①] 选自于坚：《于坚的诗》，人民文学出版社2000年版，第250—253页。

李勃的拖鞋压着费嘉的皮鞋
他已经成名了　有一本蓝皮会员证
他常常躺在上边
告诉我们应当怎样穿鞋子
怎样小便　怎样洗短裤
怎样炒白菜　怎样睡觉　等等
八二年他从北京回来
外衣比过去深沉
他讲文坛内幕
口气像作协主席
茶水是老吴的　电表是老吴的
地板是老吴的　邻居是老吴的
媳妇是老吴的　胃舒平是老吴的
口痰烟头空气朋友　是老吴的
老吴的笔躲在抽桌里
很少露面
没有妓女的城市
童男子们老练地谈着女人
偶尔有裙子们进来
大家就扣好钮子
那年纪我们都渴望钻进一条裙子
又不肯弯下腰去
于坚还没有成名
每回都被教训
在一张旧报纸上
他写下许多意味深长的笔名
有一人大家都很怕他
他在某某处工作
"他来是有用心的，
我们什么也不要讲！"
有些日子天气不好
生活中经常倒霉
我们就攻击费嘉的近作
称朱小羊为大师
后来这只羊摸摸钱包
支支吾吾　闪烁其辞

八张嘴马上笑嘻嘻地站起
那是智慧的年代
许多谈话如果录音
可以出一本名著
那是热闹的年代
许多脸都在这里出现
今天你去城里问问
他们都大名鼎鼎
外面下着小雨
我们来到街上
空荡荡的大厕所
他第一回独自使用
一些人结婚了
一些人成名了
一些人要到西部
老吴也要去西部
大家骂他硬充汉子
心中惶惶不安
吴文光　你走了
今晚我去哪里混饭
恩恩怨怨　吵吵嚷嚷
大家终于走散
剩下一片空地板
像一张空唱片　再也不响
在别的地方
我们常常提到尚义街六号
说是很多年后的一天
孩子们要来参观

细微日常生活的书写

　　有关这首诗的具体创作时间,不同版本有不同的标注。有人曾向于坚本人进行过求证,他这样回复:"《尚义街六号》1985年3月是对的,我还有原稿,时间出入主要是一般发表不注明时间,所以编诗集时只是凭记忆。其他诗歌也有这种情况。"

因此，此处采用于坚本人认定的时间。1980年代中期，有关朦胧诗的讨论进一步加深，同时新生代的"第三代诗人"也逐渐登上历史舞台，他们以反对朦胧诗的姿态建构自身诗歌写作样态，多反映日常生活，诗歌中少有隐喻，并且语言上也更加口语化。于坚的这首《尚义街六号》就是其中的代表之一。

在表现的主题上，《尚义街六号》这首诗已经褪去崇高和庄严，转而向着世俗与日常的方向进行精细的刻画。诗歌中不再有诸如"理想""未来""希望"等词语，取而代之的是对一个个具体人具体生活状况的切片式描写，挖掘普通人日常生活中蕴含的诗意。正是基于此，这首诗完全放弃以往诗歌中常见的隐喻手法，转而以客观现实的笔法进行直接描写。诸如日常生活中的排队上公共厕所、情侣间的吵架、日常的闲谈等，展现出生活在尚义街六号中几个文学青年的日常生活状态。同时这种叙事也并不是完整的叙事，而是一个个具有特色的生活场景的拼接。这种日常生活场景的拼接就像电影蒙太奇的手法一样，将发生在尚义街六号这一空间内的事情串联起来，既相互独立、各具特色，又共同构成人物真实鲜活的生活本貌。这种碎片化的叙事，一方面突出日常生活中的细节，在细节中展现生活中真实流露的诗意；一方面又在尚义街六号这一现实空间内形成整体，将其中每个细节都纳入世俗化、日常化、客观化的范畴内。就如同古典诗词中意境之于意象的关系那样，构成一个新的言说空间。

正是由于这样日常的叙事化表现，使得这首诗歌几乎放弃了除分行外的一切形式规制。诗歌不再要求句式的整齐，而是依照叙事的需要安排句子长短。也不再用韵脚，而是怎样表达顺畅明白就怎样表达，真正做到"诗到语言为止"。但同时这并不意味着这首诗就完全放弃节奏，而是以一种更为日常化的符合表达逻辑的口语化的语言节奏进行表达。例如"老吴的裤子晾在二楼/喊一声　胯下就钻出戴眼镜的脑袋"，这种长短句之间的交错与停顿就构成口语化的表达节奏。不仅如此，诗歌中日常化口语的应用既是诗歌展现叙事内容的需要，也是诗歌表达的重要特点。日常化的叙事如果语言表达过于书面化，则难免产生隔膜之感，而如果用口语化的语言进行表达则更为顺畅。于坚本人也十分擅长口语的运用，能做到精确、晓畅、富有节奏又不至于沦入俚语。整体而言，这首《尚义街六号》体现出1980年代中期诗歌创作反崇高、反隐喻、叙事化、口语化的新样貌。

（樊嘉亮导读）

【延伸阅读文献】

1. 于坚：《传统、隐喻与其他》，《诗探索》1995年第2期。
2. 陈仲义：《叙述与抒情的"博弈"——以于坚诗为中心》，《扬子江文学评论》2023年第1期。

黑色睡裙[①]

唐亚平

我在深不可测的瓶子里灌满洗脚水
下雨的夜晚最有意味
约一个男人来吹牛
他到来之前我什么也没想
我放下紫色的窗帘开一盏发红的壁灯
黑睡裙在屋里荡了一圈
门已被敲响三次
他进门时带着一把黑伞
撑在屋子的中间
我们开始喝浓茶
高贵的阿庚自来水一样哗哗流淌
甜蜜的诺言星星一样动人
我渐渐地随意地靠着沙发
以学者般的冷漠讲述老处女的故事
在我们之间上帝开始潜逃
他捂着耳朵掉了一只拖鞋
在夜晚吹牛有种浑然的效果
在讲故事的时候
夜色越浓越好
雨越下越大越好

黑夜的重构　女性意识的反抗

　　女性主义理论的发展影响到多种艺术的内容呈现和主题表达。随着1980年代以来中国逐步开放,女性诗歌也受到这一理论的影响,从而形成"女性自白派"诗歌,唐亚平就是其中代表诗人之一。她的诗歌一方面带有明显的古朴、荒蛮、神秘的贵

---

① 选自唐亚平:《唐亚平诗集》,上海人民出版社2016年版,第90—91页。

州地方特色，另一方面还具有深刻的女性自觉与反抗意识。后者集中体现在唐亚平的组诗《黑色沙漠》中，而这首《黑色睡裙》就是其中之一。

在这首诗想要表达的主题上，有分析指出其是通过描写一种求而不得的性冲动，来表现女性自我意识的觉醒与表达，但这种解释似乎并不贴切。诗歌中的"我"从一开始就知道自己是约男人来吹牛的，并且在"他到来之前我什么也没想"。可见这其中的有关性的隐喻很可能只是一种浮于表面的描写，或者说是一种看似追随女性通过表达身体的欲望，来体现自身独立存在这一观点的误导性表述。而诗人真正的意图则是将女性与男性的地位对调，换言之是将男性的行为放在女性的身上，形成一种反差，从而彰显女性的自我意识以及对父权的反抗。例如诗中提到喝浓茶、聊天时的吹捧以及像学者一样冷漠的态度等。同时，"上帝的潜逃"一方面可以理解为理智与理性的滑稽逃离，另一方面则意味着上帝已经不是嘲笑人类的思考，而是不忍卒听选择逃跑，可见其谈话内容之荒谬。这些描写很容易让人联想到男性在和女性聊天吹牛时，那种欲擒故纵的惯用姿态和自我感觉良好的油腻自信。因此诗人想要表达的很可能是，女性为什么不能像男性对待女性那样对待男性？而此时前面紫色窗帘、红色壁灯、黑色睡裙等富有性暗示意味的意象，也就与其行为形成反差，呈现出一种戏剧化的表达效果。

有学者指出这首诗是《黑色沙漠》中唯一一首叙事诗（陈剑澜《谁的 80 年代？——重读唐亚平〈黑色沙漠〉》），而这种叙事也并不是像小说一样的固定视角的叙事，而是更偏向戏剧的自白。其中既有"我"对约会前后发生什么的表达，也有跳脱出当时具体事件的类似旁白说明和总结。这种叙事方式无疑增强作为诗歌叙事中心的"我"的权重，也将"我"的感受扩散到整篇诗歌的叙述中，形成一种戏剧性的自白叙事。在语言上，诗歌选择口语的表达方式，并且仅保留分行的现代诗建构形式，整体上更偏向日常化的叙述。特别是诗歌最后两行"夜色越浓越好/雨越下越大越好"，连用五个"越"。初读似乎有不通顺的感觉，但却将表意上步步加深的递进关系，以及语言节奏上的紧迫感展现得淋漓尽致；并且全诗不用标点符号，即使在"我放下紫色的窗帘开一盏发红的壁灯"这样的长句中也未添加标点，仅靠分行的形式分隔句子，这体现出诗人个性化的诗歌形式。可以说，这首诗从内容到形式都展现出一种个性化的特色，体现出女性意识的觉醒和对男权的反抗。

（樊嘉亮导读）

【延伸阅读文献】
1. 谢冕：《从盆地走向高原》，《唐亚平诗集》，上海人民出版社 2016 年版。
2. 张建建：《女性的诗学——唐亚平论》，《诗探索》1995 年第 1 期。

亚洲铜[①]

海 子

亚洲铜，亚洲铜
祖父死在这里，父亲死在这里，我也将死在这里
你是唯一的一块埋人的地方

亚洲铜，亚洲铜
爱怀疑和飞翔的是鸟，淹没一切的是海水
你的主人却是青草，住在自己细小的腰上，守住野花的手掌和秘密

亚洲铜，亚洲铜
看见了吗？那两只白鸽子，它是屈原遗落在沙滩上的白鞋子
让我们——我们和河流一起，穿上它吧

亚洲铜，亚洲铜
击鼓之后，我们把在黑暗中跳舞的心脏叫做月亮
这月亮主要由你构成

东方精神与现代意识的融合

1984年10月，海子《亚洲铜》问世。1985年春，四川省东方文化研究学会、整体主义研究学会《现代诗内部交流资料》第1期正式刊出。1988年12月，溪萍编《第三代诗人探索诗选》（中国文联出版公司）将其收入。1990年8月，《花城》第4期发表这首诗。1997年由西川主编的《海子诗主编》将该诗位列海子全集之首。《亚洲铜》的诞生是海子面对1980年代初的诗歌史分野的一次自觉、自省的诗歌本质化尝试。面对着从1970年代后期到1980年代中期的过渡，诗歌在朦胧诗人、第三代诗人的笔下图景纷呈的现状，海子在《亚洲铜》里显现走出一条自觉的、成熟的诗歌自新之路，具体体现为一种古典意蕴与西方形式、东方精神与现代意识的融合。

---

① 选自海子：《海子诗全编》，上海三联书店1997年版，第3页。

《亚洲铜》全诗四节，皆以"亚洲铜，亚洲铜"开头，形式工整，音韵上又以"tong"音反复咏叹、叠唱，与结尾之处的"击鼓之后"的鼓声，和"在黑暗中跳舞的心脏"搏动的声音形成形式与意蕴上的交合，这一精巧之处让诗人跳跃的诗思在诗歌内部的旋律中得以缠绕、收紧，而以"亚洲铜"为核心的象征之义又逐渐显影。"亚洲铜"是"亚洲"这一现代地理词汇和"铜"这一既是现代的，更是暗含着东方青铜文明的象征意象的结合，这一创变让诗歌要旨在诗行之中，又在诗歌之外。它是绵延着炎黄子孙的土地文明，生长出现代精神的原始空间，亦是在历史长河中赓续东方传统的指向标，要在黑夜中以视觉的"月亮"唤起生命个体的声音。而这古典文化、东方精神与现代意识交相辉映的诗意，正是由海子独特的艺术之思建构而成。在诗行之中，诗歌除了依次选用"埋人的地方、青草、白鸽子、月亮"这几个主意象来营构一种地下、地上、天上，最后再凝聚到天地之间的"人"，即心脏的内部结构，同时还在第二、三小节中的分行中形成了一种独特的诗歌节奏。"你的主人却是青草，住在自己细小的腰上，守住野/花的秘密"和"看见了吗？那两只白鸽子，它是屈原遗落在沙滩上的/白鞋子"这两句都利用跨行和空格的方式，使得诗歌在视觉、听觉上都形成一种宽阔、绵延之感，达到以形写意的诗歌境界。此外，该诗中有大量的"是"字句和设问句，让"亚洲铜"的文化之声在层层递进式的疑问、判断、回答中叩问个体心灵，在诗人自白式的抒情中直击诗歌的本质。

在众多诗人中，海子因其《亚洲铜》一类的经典之作，为中国当代诗歌史提供了一条从语词出发，抵达诗歌精神的时代路径。骆一禾说："中国的有志者，仍于80年代的今日，寻找自己的根，寻找新思想以冲刷陈腐的朽根，显露大树的精髓，构成新生。"《亚洲铜》及其海子，重新连接断裂的文脉，从古典文化到现代诗歌，再从当代西方艺术的多元技巧中，寻找着诗歌的根，将它指向了一条人类的、原始的、本质的诗歌之路，而它"传统与现代"的共生、融合为当今的诗坛提供可资借鉴的经验。

（王欢导读）

【延伸阅读文献】

1. 张伟栋：《自动写作、多调互换与实体的观念——论海子诗歌的抒情语调兼及新诗的音乐性问题》，《文艺争鸣》2019年第3期。

2. 郭瑾：《海子诗歌命名的发生学考察——以〈诗学：一份提纲〉、短诗〈亚洲铜〉等、长诗〈太阳·七部书〉为中心》，《文艺争鸣》2022年第5期。

祖国，或以梦为马[①]

海 子

我要做远方的忠诚的儿子
和物质的短暂情人
和所有以梦为马的诗人一样
我不得不和烈士和小丑走在同一道路上

万人都要将火熄灭　我一人独将此火高高举起
此火为大　开花落英于神圣的祖国
和所有以梦为马的诗人一样
我借此火得度一生的茫茫黑夜

此火为大　祖国的语言和乱石投筑的梁山城寨
以梦为上的敦煌——那七月也会寒冷的骨骼
如雪白的柴和坚硬的条条白雪　横放在众神之山
和所有以梦为马的诗人一样
我投入此火　这三者是囚禁我的灯盏　吐出光辉

万人都要从我刀口走过　去建筑祖国的语言
我甘愿一切从头开始
和所有以梦为马的诗人一样
我也愿将牢底坐穿

众神创造物中只有我最易朽　带着不可抗拒的死亡的速度
只有粮食是我珍爱　我将她紧紧抱住　抱住她在故乡生儿育女
和所有以梦为马的诗人一样
我也愿将自己埋葬在四周高高的山上　守望平静的家园

面对大河我无限惭愧
我年华虚度　空有一身疲倦

---

① 选自海子：《海子诗全编》，上海三联书店1997年版，第377—378页。

和所有以梦为马的诗人一样
岁月易逝　一滴不剩　水滴中有一匹马儿一命归天

千年后如若我再生于祖国的河岸
千年后我再次拥有中国的稻田　和周天子的雪山　天马踢踏
和所有以梦为马的诗人一样
我选择永恒的事业

我的事业　就是要成为太阳的一生
他从古至今——"日"——他无比辉煌无比光明
和所有以梦为马的诗人一样
最后我被黄昏的众神抬入不朽的太阳

太阳是我的名字
太阳是我的一生
太阳的山顶埋葬　诗歌的尸体——千年王国和我
骑着五千年凤凰和名字叫"马"的龙——我必将失败
但诗歌本身以太阳必将胜利

在诗人易朽与诗歌不朽之间

　　《祖国，或以梦为马》创作于 1987 年，正是海子创造"大诗"(《太阳·七部书》)的中期，诗人以此诗展开诗歌、语言和祖国之间的关系，表达一种英雄主义般的情怀，以"我必将失败，而诗歌本身以太阳必将胜利"的宣言成就了"海子的《离骚》"(张清华语)。1990 年 8 月，《花城》第 4 期发表海子《最后的诗篇》，其中《祖国，或以梦为马》便刊载其中，扩大了其诗歌传播力度。《祖国，或以梦为马》的问世是诗人面对 1980 年代中后期多元、不定的时代风向，向理想主义的一次致敬和冲锋，具体体现为三个层次：卫道诗歌精神、革新文化语言、召唤诗歌事业的永恒。

　　全诗共九节，皆有"我"的字句在其中穿行。第一、二节中诗歌以"我"展开精神（远方）与物质、烈士与小丑、火种与黑夜几组矛盾的观察和思索，在火种将熄的现世里，"和所有以梦为马的诗人一样"，做诗歌精神忠诚的卫道者。第三、四节中诗人被囚禁在"……祖国的语言和乱石投筑的梁山城寨/以梦为上的敦煌……"弥漫而成的文化语言谱系，既是灯盏给予诗人以光环，同样也隐蔽着更大的太阳光圈，诗人以"我也愿将牢底坐穿"破釜沉舟式的祈愿在语言的困境中渴求着生还。

第五至第九节中，诗人同样以"我"的视角展开，将粮食、高山、大河、河岸、稻田、雪山等语言剥脱政治文化的外衣，还给语言本身，直指物质的本质，视线向内，铺垫出"我"生命的易朽和失败，将"我选择永恒的事业"召唤出诗歌生命的永恒。全诗中"我"字勾连起诗人的情绪，在层层递进式的"我"的字句中形成严密、坚实、硬朗的诗歌结构，搏动着词语的律动，体现了诗人对诗歌理想的赤诚和坚决。而另一面，诗歌不止是以强烈的"我"之色彩挑动情绪，大量反复出现的"我要做""我也愿""独将""我甘愿""我也愿""我选择""就是要""我必将"等词语也加大了情绪的张力，使得海子理想主义的火焰燃烧愈烈。而诗人独将举起的理想之火中，诗歌的语言不以整饬、工整的诗行展开，除了少量的行间破折号和引号加以解释，诗行间也不见标点区隔。诗歌以一种激情散射开去，诗句或长或短，行间直接以空格区隔，表示一种情绪的延缓或停顿，在长句中更是将"育女"和"天马踢踏"提行空格，使得全诗在高昂阔进的情绪节奏中还潜伏着一股散乱、绵延、低沉的心灵潜流。诗人在矛盾中自我拷问，自我思索，在一张一弛的合奏间坚定了诗人的理想和诗歌事业的永恒。

"我必将失败/但诗歌本身以太阳必将胜利"是诗歌的结尾，以谶言式的语言回答了诗人"以梦为马"的绝望和希望，渗透了诗人对诗歌理想的永恒追求，也同样是一次诗歌语言革新的尝试。海子以祖国借喻，承载着诗人独特的表达，促成该诗的广泛传播和经典化。海子的一生，也像此诗一样，互相成为彼此最为生动、深情的注脚，坚决而赤诚的诗歌信念，热烈而真切的诗歌行动，不仅使得诗人成为时代的文化符号，也推动着当代诗歌的语言革新和精神建构。

（王欢导读）

【延伸阅读文献】

1. 燎原：《扑向太阳之豹——海子评传》，南海出版公司2001年版。
2. 张清华：《海子六讲之二：以梦为马的失败与胜利、远游与还乡：海子诗歌入门》，《文艺争鸣》2019年第3期。

在哈尔盖仰望星空[①]

西　川

有一种神秘你无法驾驭
你只能充当旁观者的角色
听凭那神秘的力量
从遥远的地方发出信号
射出光来，穿透你的心
像今夜，在哈尔盖
在这个远离城市的荒凉的
地方，在这青藏高原上的
一个蚕豆般大小的火车站旁
我抬起头来眺望星空
这时河汉无声，鸟翼稀薄
青草向群星疯狂地生长
马群忘记了飞翔
风吹着空旷的夜也吹着我
风吹着未来也吹着过去
我成为某个人，某间
点着油灯的陋室
而这陋室冰凉的屋顶
被群星的亿万只脚踩成祭坛
我像一个领取圣餐的孩子
放大了胆子，但屏住呼吸

仰望中唤醒　超验中谦卑

　　《在哈尔盖仰望星空》是诗人西川的成名之作，也是西川前期"纯诗"的集大成之作。该诗写于1985年，后收入诗集《西川的诗》。1985年，从北京大学毕业的西

[①] 选自西川：《西川的诗》，人民文学出版社1999年版，第37页。

川到中国西部远游,在青海湖附近一个叫作哈尔盖的小镇,西川时常仰望星空,生命受到极大的震撼,挥笔写下这首名篇。全诗共21个诗行,情感起承转合,诗境纯净浩渺,诗歌主题开放,令人咀嚼不尽,回味无穷。

全诗以"神秘"开篇,"无我""我""物我""非我"在抒情主体中不断变换,情感在起承转合中深邃,生命在仰望中唤醒。诗人先以一个"旁观者的我"代入,任凭宇宙间不可驾驭的神秘力量来感召你,惊觉你,穿透你,唤醒你。接着抒情主体回归到"我","我"不仅从高处俯瞰自己身处的蚕豆般大小的物理空间,而且从低处仰望浩瀚的星际,双重垂直视角的设置,让平淡的视觉景观有了多重深意。接着,诗人将"我"化为自然界的"物我","河汉""青鸟""青草""马群""风"这些植物、动物、风、河代表着不同的生命形态,它们在诗人的笔下活灵活现,传递了宇宙、生命和历史时空的信息,它们一直存在从未间断和消失。最后,"物我"又变幻成"非我",这个"非我"是"某个人的我",是"某个陋室的我",是"领取圣餐孩子的我"。经历了"无我""我""物我"后的"非我",变得纯粹又虔诚,大胆又谦卑,受到神秘力量洗礼后的"我"最终被唤醒,愈加澄明。

读西川的诗,除了对抒情内容感知之外,把握其诗歌的歌唱调式亦是趣事。通读《在哈尔盖仰望星空》,我们发现全新的抒情节奏是轻盈的、典雅的、柔和又令人迷醉的,而不是世俗的对大自然的赞颂和惊叹。全诗没有一个"!",也没有"啊",但却给人带来远胜于感叹号和世俗感叹语气所蕴含的感叹效果。这是西川对感叹口吻的有意抑制,从而获得一种超验化的抒情节奏。诗人在这种超验的行吟节奏中,深植了谦卑的灵魂。

西川的《在哈尔盖仰望星空》不仅在其自身创作生涯中有着里程碑式的意义,而且在中国新诗史上也有不可低估的价值,这首诗的个体生命书写,以及其鲜明成熟的个性化抒情,在中国新诗史上具有审美转型的作用。

(王金凤导读)

【延伸阅读文献】

1. 敬文东:《从超验语气到与诗无关——西川与新诗的语气问题研究》,《中国现代文学研究丛刊》2018年第10期。

2. 贺嘉钰:《"换轨"之前与它指向的可能性——西川的油印诗集与他早期的诗》,《文艺争鸣》2021年第8期。

致敬（节选）[①]

西 川

二、致敬

苦闷。悬挂的锣鼓。地下室中昏睡的豹子。旋转的楼梯。夜间的火把。城门。古老星座下触及草根的寒冷。封闭的肉体。无法饮用的水。似大船般漂移的冰块。作为乘客的鸟。阻断的河道。未诞生的儿女。未成形的泪水。未开始的惩罚。混乱。平衡。上升。空白……怎样谈论苦闷才不算过错？面对岔道上遗落的花冠，请考虑铤而走险的代价！

痛苦：一片搬不动的大海。

在苦难的第七页书写着文明。

多想叫喊，迫使钢铁发出回声，迫使习惯于隐秘生活的老鼠列队来到我的面前。多想叫喊，但要尽量把声音压低，不能像谩骂，而应像祈祷，不能像大炮的轰鸣，而应像风的呼啸。更强烈的心跳伴随着更大的寂静，眼看存贮的雨水即将被喝光，叫喊吧！啊，我多想叫喊，当数百只鸟聒噪，我没有金口玉言——我就是不祥之兆。

欲望太多，海水太少。

幻想靠资本来维持。

让玫瑰纠正我们的错误，让雷霆对我们加以训斥！在漫漫旅途中，不能追问此行的终点。在飞蛾扑火的一刹那，要谈论永恒是不合时宜的，要寻找证据来证明一个人的白璧无瑕是困难的。

记忆：我的课本。

爱情：一件未了的心事。

[①] 选自西川：《大意如此》，湖南文艺出版社1997年版，第159—174页。

幸福仿佛我们头顶的云朵。我们头顶的云朵仿佛天使的战车：混乱的和平！面临危险的事业！

一个走进深山的人奇迹般地活着。他在冬天储存白菜，他在夏天制造冰。他说："无从感受的人是不真实的，连同他的祖籍和起居。"因此我们凑近桃花以磨练嗅觉。面对桃花以及其他美丽的事物，不懂得脱帽致敬的不是我们的同志。

但这不是我们盼待的结果：灵魂，被闲置；词语，被敲诈。

诗歌教导了死者和下一代。

诗体的转型　诗思的坚守

《致敬》被视为西川从纯诗向杂体诗的转型之作。1992 年 9 月，《致敬》部分章节在周伦佑主编的《非非》刊发。同年 12 月，《致敬》全文首发在萧开愚、孙文波主持的《九十年代》。西川曾在《大意如此·自序》中谈到过自己诗歌创作转型的缘由："80 年代末、90 年代初中国社会以及我个人生活的变故，才使我意识到我从前的写作可能有不道德的成分：当历史强行进入我的视野，我不得不就近观看，我的象征主义的、古典主义的文化立场面临着修正。"面对"如何将自己的'尴尬''两难''困境'诉诸笔端"的问题，此时期的西川致力于杂诗诗体的创造，来实现诗歌形式服务于诗歌内容，内容造就诗歌形式的诗学转向。

《致敬》由八首诗组成，八组诗看似零碎混乱，毫不相干，实则彼此勾连。这种勾连是词与词互文的勾连，是视听节奏的勾连，是内在求真意志的勾连，是关于诗思坚守的勾连，是多个"我"多声部吟唱对话"悟道"的勾连。先是，"夜"贯穿始终。尽管第五部分和第六部分没有语词"夜"，但是"睡眠""点灯""黑暗""幽灵"同样无不与"夜"相关，"夜"这一意象将全诗进行了一重诗语的勾连。次是，视听节奏的勾连。诗中反复出现的词语，如"血液""牲口""石兽""磨刀师傅""鸟儿""蜘蛛""灯""青年""仙女""乌鸦""黄鼠狼""扫街人""老鼠""飞蛾""羊群""大鸟""豹子""肉体""未出生的儿女""蟋蟀""女神""男人""刘军""美女""狐狸精""巨兽""婴儿""鹦鹉""老虎""毛驴""大雁""少女""鸽子""鸟雀""树木""毒蛇""葵花""姑娘""水手""妻子""太阳鸟""死者""尸体""幽灵""灵魂""老太婆""海子""孩子""叛徒""猫""北极熊""狼群"等，这些存在物的行为和感受，至少可以理解为是创作者精神和情感的反映。这种多声部的情感投射，将看似独立的碎片诉说，紧紧纽扣为一种统一的情感，或在致敬，或在哀悼，或在致敬的哀悼。再是，求真意志，或言对诗思坚守的纽扣。从"夜"篇章中的"第一声总是难听的",到"致敬"中"这不是我们盼待的结果:灵魂,被闲置;词语,被敲诈",到"居室"篇"我必须大叫三声,叫回我自己",到"巨兽"中"你由于血光而觉悟",到"箴言"中"没有回声的思想难于歌唱",到"幽灵"篇中"转化的幽灵必将赤裸,而赤裸的幽灵显现,不符合我们存在的道德",到"十四个梦"中"我没有失约",再到"冬"篇章中的"你不能冒充我活在这世上""寒冷低估了我们的耐力",诗人在八个篇章中反复言说了对求真的坚持。从这个角度来看,《致敬》看似破碎的诗篇结构,并没有弱化诗思的内在质地。

西川是1990年代诗歌转型的重要代表诗人,《致敬》更是被学界视为其诗歌转型的里程碑。这首诗是诗人诗歌语言、诗歌文体的综合创造,也是诗人灵魂的一次探险,它们共同促进了1990年代诗歌"个人写作"的历史转变。

(王金凤导读)

【延伸阅读文献】

1. 柯雷:《西川的〈致敬〉:社会变革之中的中国先锋诗歌》(穆青译),《诗探索》2001年第Z1期。

2. 陈超:《西川的诗:从"纯于一"到"杂于一"》,《华中师范大学学报(人文社会科学版)》2012年第1期。

海的形状①

蒋　浩

你每次问我海的形状时，
我都应该拎回两袋海水。
这是海的形状，像一对眼睛；
或者是眼睛看到的海的形状。
你去摸它，像是去擦拭
两滴滚烫的眼泪。
这也是海的形状。它的透明
涌自同一个更深的心灵。
即使把两袋水加一起，不影响
它的宽广。它们仍然很新鲜，
仿佛就会游出两尾非鱼。
你用它浇细沙似的面粉，
锻炼的面包，也是海的形状。
还未用利帆切开时，
已像一艘远去的轮船。
桌上剩下的这对塑料袋，
也是海的形状。在变扁，
像潮水慢慢退下了沙滩。
真正的潮水退下沙滩时，
献上的盐，也是海的形状。
你不信？我应该拎回一袋水，
一袋沙。这也是海的形状。
你肯定，否定；又不肯定，
不否定？你自己反复实验吧。
这也是你的形状。但你说，
"我只是我的形象。"

---

① 选自蒋浩：《修辞》，上海三联书店2005年版，第152页。

捕捉诗意的"形状"

自2002年始，诗人蒋浩在海南居住三年，创作了一系列以大海作为观察视角的诗歌。《海的形状》就是其中一首，写法别致且影响力较广。蒋浩注重把大海的意象从日常生活中剥离出来，通过写实与虚构并置的方式抵达概念语言、逻辑推理等无能为力的精神世界的复杂经验，以技抵道，使他诗歌中的"海"与历代的海洋诗之间既有承续又有明显的区别。

"海的形状"是这首诗的标题，因其涉"海"，因此又被归为"海洋诗"。作为一种题材写作，"海洋诗"一直被提起，却从未被精确定义。因此，什么样的诗才是"海洋诗"呢？就像在诗歌开篇，诗人以提问的方式引发对"海的状形"的整体认知与审美思考，但他并没有给出唯一的答案，而是说"我都应该拎回两袋海水"，并把这"两袋海水"想象为"一对眼睛"，暗示观察大海的独特视点。观察视点的变化必然引发人们对"海的形状"的认知改变，因此不同人眼中的大海是各有区别的。历代的海洋书写，虽然是"涌自/同一个更深的心灵"，但却有着丰富而复杂的海洋书写形态，"鱼""细沙""轮船""潮水""盐"等意象，不同的观察视点的海洋书写共同构建了复杂而多元的"海的形状"。因此要全面把握"海的形状"则需要从不同的视点去观察、去思考，正如诗人所说的"你肯定，否定；又不肯定/不否定？你自己反复实验吧"。

如何在诗歌中表现变幻莫测的"海的形状"？诗人在结尾中说"这也是你的形状。但你说/我只是我的形象"，即以文学形象的呈现来把握复杂的审美经验。因为诗人所要传达的审美经验既融于形象之中，但又溢于形象之外。在这里"海"作为一种文学形象超越"海"本身，而返回到关于文学形象的探讨上，从而使《海的形状》呈现为一种元诗写作。需要注意的是，蒋浩在这里用的是"海的形状"，而不是"大海的形状"。在中国古典涉海诗中，"海"作为古老的文化意象和文化原型，既有审美陶冶，也有情志激发，譬如《观沧海》（曹操）、《春日望海》（李世民）等。五四新文化运动之后，西方文明挟带着陌生海洋气息进入中国，在中国现当代诗歌中，"大海"一度替代"海"成为涉海诗的意象用词。从郭小川的《致大海》（1957年）到舒婷的《致大海》（1973年），"大海"意象不再仅仅是自然水域，而是心灵层面的寄寓，自我理想的载体，一字之差的词语表达背后潜藏的却是西式文明的强势入侵与中国审美语境的改变。1980年代中国当代诗歌界掀起海洋诗写作的热潮。许多诗人笔下的海洋诗脱离日常经验，以"欲写之大海"的宏大替代"亲见之大海"的真实。1983年韩东发表《你见过大海》，从内容意义和语言形式上双重解构被精英化的"海洋想象"，卸下人为赋予大海的光环，是对后来的海洋诗书写者的一种提醒，使后来的海洋诗沿着写实与虚构的途径创作出更多优秀作品。蒋浩就是其中的优秀作者之一。从"大海"转回"海"的使用,包括他系列组诗《游仙诗》中以古今对话所构建的诗歌话语,或许可以视为是诗人对中国古典诗歌的致敬。

这首诗在意象的建构上既有写实,也有虚构,实现一种诗意的弹性。这种弹性也体现在语言的使用上,突出诗歌语言的对称感、重叠性,与诗歌情境的层层推进相呼应,特别是"海的形状"这个句式以波浪涌动的形式出现在诗歌的不同位置,暗合了"大海的形状",从而使这首诗具备了一种崭新、跃动而又丰富、复杂的审美经验。

(许陈颖导读)

【延伸阅读文献】

1. 张伟栋:《蒋浩诗歌观念的"语言—历史机制"》,《东吴学术》2019年第6期。

2. 一行:《大海的修辞,或自然诗的双引擎——读蒋浩的〈诗·沙滩上〉》,《上海文化》2019年第7期。

3. 杨碧薇:《当代汉语新诗的新疆经验》,《中国文艺评论》2023年第8期。

镜　子①

路　也

一面从未照过的镜子最透明
其内部的时间是凝固着的
它盲目、寒冷、空旷，像处女
只有风在流连顾盼
在里面照映着某种空想
其实，这时候的镜子还不是镜子

使镜子真正成为镜子的
该是一个充满期冀与忧伤的女人
她在岁月的躯体里种植豌豆或蔷薇
以白日梦替代什么也不是的生活
她有这么一面挂在墙上的心扉
美丽的隐私使平面玻璃充实起来
表情像汉语一样闪烁歧义和双关

镜子是可以拷贝的软盘
往它的最深层遥望
一长串多年贮存的映像呈透视效果
排成一条幽长幽长的隧道
初春的嫩绿一定会变成深秋的枯黄
无论多么衰老，这女人都可以穿透镜子
沿隧道返回青春年少的时光
在那里，她依然眼眸如星
黑发永远拖在脑后，像泛滥的柔情

镜子是她的信仰，她的乌托邦
今生与她最相爱的，不是别人
而是囚禁在镜中的那一个

---

① 选自《长江文艺》1999年第5期。

两个女人如此对称地
栖居在不同的深渊里
连光阴也被复制出蒙蒙的影子
无数瞬间在镜子重重叠叠
成为同一瞬间

镜面蒙尘,那叫遗忘
如果镜子出现裂痕
那是命运遇上了劫数
心撕裂过才知道什么叫沧桑
如果镜子彻底摔碎
那就是一个宇宙遭到了毁灭
那样的碎片真的不亚于一场号啕

镜子:观照女性自身的媒介

  路也是当代诗坛的一位重要女诗人,从 1990 年代至今,出版有《地球的芳心》《山中信札》《城南记》《从今往后》《一个人在火星上》《天空下》《大雪封门》等诗集。路也的诗歌擅于在日常生活中发掘不平常的意象与情感,在女性固有的细腻基调上显现出一种柔中带刚、清新旷达的写作气质。

  路也通过《镜子》书写出一个女人成长蜕变的人生经历与沧桑体验。作为整首诗的核心意象,"镜子"是挂在墙上的心扉,是可以拷贝的软盘,是凝固了女人光阴的乌托邦。透过镜子的表面,看到的是执着于种植豌豆或蔷薇的日渐衰老的女人,而镜子的背面,折射的是女人曾经眼眸如星、黑发如云的年少时光。现实中囿于凡尘俗事的女人与记忆中恣意昂扬的青葱少女走过漫长的时光在镜中相遇,令人不禁反思:岁月从女人身上带走了什么,又恩赐了什么?露西·伊利格瑞认为:"有鉴于'她'变得不能说出她的身体正在遭受着什么,在为她被人倾听而设的舞台上,她被剥去了她寄予期望的词语……有关已编纂的、诸表征的、她所遭受的、她所'渴望'的,甚至她引以为乐的都发生在另一个舞台上。"当女性不再埋首于日常琐碎的家庭生活,而开始反省自身的生存意义与存在价值,便有了这场以镜子为媒介的跨越时空对话的产生。

  镜子不仅是女人通往过去的媒介通道,更作为女人观照自身的影子存在。女人过去的影像、记忆和故事通过镜子得以被讲述。反观之,镜子也经由女人的对镜自照来印证自身成为镜子。二者相互赋予对方合法性身份。进一步来看,未照过的镜子是澄澈透明的，一如洁净明朗的少女，单纯而未经世事；当少女成长为"一个充满期冀与忧伤的女人"，她过往的经历与心事填满镜子，镜子也变得闪烁幽暗；而经过漫长岁月蒙尘、出现裂痕乃至摔碎的镜子，不正是历经沧桑的女人命运的写照？那摔碎一地的镜片，恰如一个女人破碎不堪的生活和内心。在这里，镜子作为一个容器，以其包容性、多面性及易破碎的特点和女人具有了相似相通性。

  借由镜像来审视女性的成长和生存体验，在卞之琳的《水成岩》一诗中可找到类似的阅读观感："水边人想在岩石上刻一点字迹：/大孩子见小孩子可爱，/问母亲'我从前也是这样吗？'/母亲想起了自己发黄的照片/堆在尘封的旧桌子抽屉里，/想起了一架的瑰艳/藏在窗前干瘪的扁豆荚里，/叹一声'悲哀的种子！'——/'水哉，水哉！'沉思人忽叹/古代人的感情像流水/积下了层叠的悲哀。"值得玩味的是，卞之琳诗中发黄的照片和路也诗中蒙尘的镜子类似，同样具有见证、记录的镜像功能，二者借此在书写女性的沧桑命运和生存体验上有着异曲同工之妙。

（倪贝贝导读）

【延伸阅读文献】

1. 杜书瀛：《读路也——与吴思敬论诗书》，《南方文坛》2022年第6期。
2. 露西·伊利格瑞：《他者女人的窥镜》，河南大学出版社2018年版。

前　　世[①]

陈先发

要逃，就干脆逃到蝴蝶的体内去
不必再咬着牙，打翻父母的阴谋和药汁
不必等到血都吐尽了。
要为敌，就干脆与整个人类为敌。
他哗的一下就脱掉了蘸墨的青袍
脱掉了一层皮
脱掉了内心朝飞暮倦的长亭短亭。
脱掉了云和水
这情节确实令人震惊：他如此轻易地
又脱掉了自己的骨头！
我无限眷恋的最后一幕是：他们纵身一跃
在枝头等了亿年的蝴蝶浑身一颤
暗叫道：来了！
这一夜明月低于屋檐
碧溪潮生两岸

只有一句尚未忘记
她忍住百感交集的泪水
把左翅朝下压了压，往前一伸
说：梁兄，请了
请了——

中国蝶的幻变穿越

　　陈先发的《前世》是他创作井喷期的作品，保留着他早年诗歌的理想主义气质，以现代精神重写梁祝的爱情典故，想象超凡，细节传神，技法娴熟。

---

① 选自陈先发：《前世》，复旦大学出版社 2005 年版，第 2 页。

这首诗的人称有着精心设置，构思巧妙。它采用现代自由诗的形式，随着内在心绪峻急地推进，多处跨行，第一节语感激越，连续五次重复"脱掉了"，叙写"他"失控的至美瞬间，褪除层层束缚奔向本初的自然生命，化为一缕精魂于蝶中。第一节末尾里穿插"我"内心的声音，一直延伸至第二节的开头，隔断了"他"与"她"爱情故事的完整叙写，仿佛戏剧里的独白。第一人称"我"的凸显，强化了全诗的情感倾向，"无限眷恋"表明对理想主义爱情的向往，只有纯粹的生命才配有神圣的情感，而生命臻于原初需要冲破重重的桎梏，人间不容他们，只能逃到蝶的世界，孤注一掷得令人"震悚"。正是在"我"的旁观下，迎来化蝶的刹那。在第二节，超验的想象最终与日常生活场景接通，捕捉到生动的细节，"把左翅压了压，往前一伸"，保留了"她"化蝶后对于尘世的依恋，结尾的"请了——"余音缭绕，节奏低缓，至此一出悲怆的戏剧落了幕，收尾举重若轻，精妙绝伦。全诗"他"部十行用三个句号和一个感叹号来展现"他"的决绝高迈，"她"部五行以破折号收尾，"她"对尘世的依恋暗示着凡心尚未完全褪除，两节的力的失衡似乎点破了理想与现实的"裂隙"。在《前世》里，第一人称"我"可分裂为多个角色，不断在他者中确证自己，欲图成为完整的"我"。诗中"我"的穿插更像是一场隐身失败后的现身，不过是全诗强化情感倾向的"设置"，感性因素得以突显，生命最高的真实显影，但"我"也是复杂多变的矛盾体，既是化蝶的见证者歌赞者，也是梁祝爱情典故的"评判者"，"我"的声音的加入，使得诗歌的意义变得多维立体。

《前世》里的意象复杂多义，具有个人化色彩。在这首诗里，"蝴蝶"是多元复杂的存在，一经千年后通灵人唤醒，一变为有温度的精灵，诗中用"一颤"，"暗叫道：来了"来表明人蝶之间的心灵相通，"蝴蝶"跳跃着炽热的心，因为纯粹到直抵生命本质，成为东方化的"深度意象"。《前世》里，"蝴蝶"不是作为俗滥的象征而存在，它趋向本体的晦暗，成为斑斓的自足体，甚至指向诗歌写作本身，"要逃就逃到蝴蝶的体内去"也可暗指卓然独立的诗歌创作。在陈先发的诗里，"蝴蝶"千变万化，分裂的、虚无的、疲倦的早年的"亡蝶""掀开天堂的红色膝盖"(《春天的死亡之书》)，或是后来化为"涂满想象力的苦液"的"枯叶蝶"向诗人诉说(《枯叶蝶》)，甚至如同"玫瑰"一样指向诗歌的语言，"蝴蝶的斑斓来自它的自我折磨"(《自然伦理》)，无论怎样变化，均自有令人迷惑的神秘气质。

《前世》是中国化的中国诗，添入古风，诗中的第一节以"这一夜明月低于屋檐/碧溪潮生两岸"收尾，以景写情，戏剧对白"来了！""请了/请了——"气韵悠长。此外，这首诗在时间上是模糊含混的，这也与中国古典诗歌暗合，题目是"前世"，写的何尝不是今生？生与死，生命的轮回，这都是陈先发诗歌创作偏爱的主题，延续到《秋日会》《最后一课》《伤别赋》《鱼篓令》《我是六棱形的》《白头与过往》诸篇里，幽灵闪现，肝肠寸断。《前世》以生死轮回超越尘世，化用了梁祝的爱情典故，以夹有沉痛的轻盈叩问现实，含有现代精神的反省。

陈先发的《前世》凸显了汉语诗歌的当代性，注重内心的语言修辞，中国蝶以东方化的深度意象成为陈先发诗歌创作的新的出发点,它可作为陈先发前后期诗歌的分界标志,从"天真的暴烈"逐渐转向沉郁幽渺。

(周少华导读)

【延伸阅读文献】

1. 段吉方:《陈先发诗歌:生命的昭示》,《文艺争鸣》2008年第6期。
2. 王东东:《大象的退却,或江南的对立面——论当代诗歌中的南方想象》,《扬子江文学评论》2023年第2期。

铜莲说①

古苍梧

不长在池塘里
　长在大厦的荆棘中
不濯于清涟
　呼吸着城市的乌烟
你
　依然不妖
　依然不染

不撑起田田的翠绿
你
　仍直立风中
　传送着
　古远的芳香
　不凋落
　一片花瓣

因为
在我们的时代里
你也一样
不诞生于水
　诞生于火

心火淬炼的精神图腾

　　古苍梧的《铜莲说》创作于 1980 年代初，是对香港雕塑家文楼的"莲的联想"系列城雕作品的题诗，一改这位香港本土诗人《钢铁巨人》时期的舒放空泛，比他

---

　① 选自潘万提：《古苍梧诗选》，四川文艺出版社 1987 年版，第 62—63 页。

早期的抒情诗更凝练隽永,有着历经沧桑后的光色定净,技法炉火纯青。

《铜莲说》诗行整饬,节奏铿锵,明确有力,适合朗诵。全诗三节,不加标点(与同时期的《昙花》有意不加标点不同,倒非刻意为之),多处跨行,舒展中力求整饬,采用对称节式,节内对称而节间并不对称,第一节第2、4、6、7行退后一格,第二节的第3、4、5、6、7行均退后一格,第三节的第5行退后一格,对仗整齐又错落有致,第一节和第二节中"你"单列一行,突显抒情对象,这在他追慕的诗人何达的《无题》《朗诵诗》《老鞋匠》诸诗里多有所见,语言经济,朗诵效果绝佳。此诗多用短句,每节末行都以两顿四言双音收尾(节间"二二"音顿),短促激越,读起来恢宏清朗。

《铜莲说》运用中国古典诗词手法反映现代精神,实现了传统与现代的有机结合。这首诗以诗歌形式仿写周敦颐的《爱莲说》,化用中国古典诗文中的名句,全诗正文没有出现一个"莲"字,处处展现花中君子的气度,对抒写对象以"你"相称,以莲喻人,隐而不显,意蕴更含蓄深厚,这正是中国古诗词的技法,形式上又很现代,一任内在情绪节奏铺展。这首诗采用空间推移逐层递进的手法。第一节以远景入镜,点染抒情对象所处喧嚷污浊的都市环境,"依然不妖/依然不染",这是化用《爱莲说》中的名句"出淤泥而不染,濯清涟而不妖",颠倒次序,以"不染"收尾,应和前面的"城市的乌烟"。第二节近景特写,"直立风中",传送古香,永不凋落,在在有君子之风。第三节推向深远,托物言志,突显主旨,诗眼在尾句,"不诞生于水/诞生于火",借铜莲歌颂"我们"这一代人在恶劣环境中坚韧的精神品格,"铜莲"这一核心意象,早已融于"我们"这代人的精神本质中,成为香港左派文人风骨的象征。"火"的意象传承自古苍梧仰慕的艾青的名诗《煤的对话》《火把》里精神之"火",一直燃烧到冷战格局下的香港战后一代知识分子保钓反美侵越的历史热潮,及其后的革命的狂热之梦里,"我们"以行动抒写香港知识分子民族意识高涨的时代风潮中介入社会现实的生命之诗。

古苍梧的《铜莲说》易读耐读,语言浅白,节奏畅快爽利,既有直得深刻,又暗含曲得精致,这种夹杂古风的现代诗一直延续到他后期的诗,不隔断传统,对外界保持开放的姿态,回归古典,却有着新的时代内涵,追寻文化之根,想象"中国",重新思考香港精神,以个人独特的方式来探索诗歌新的意境,推动了香港诗歌本土化。

(周少华导读)

【延伸阅读文献】

1. 王光明:《从"望乡"到"望城"——香港城市诗歌的一个侧面》,《福建论坛(人文社会科学版)》2001年第5期。

2. 古远清:《香港当代新诗理论批评发展轮廓》,《中国海洋大学学报(社会科学版)》2007年第6期。

你的名字[①]

纪 弦

用了世界上最轻最轻的声音，
轻轻地唤你的名字每夜每夜。

写你的名字。
画你的名字。
而梦见的是你的发光的名字；

如日，如星，你的名字。
如灯，如钻石，你的名字。
如缤纷的火花，如闪电，你的名字。
如原始森林的燃烧，你的名字。

刻你的名字！
刻你的名字在树上。
刻你的名字在不凋的生命树上。
当这植物长成了参天的古木时，
啊啊，多好，多好，
你的名字也大起来。

大起来了，你的名字。
亮起来了，你的名字。
于是，轻轻轻轻轻轻地唤你的名字。

永恒的圆舞曲

纪弦是台湾现代派诗歌的重要代表人物，主张写"主知"的诗，强调诗的本体

[①] 选自纪弦：《纪弦诗选集》，江苏文艺出版社2018年版，第120页。

意义，提出"横的移植"理念（即在诗歌创作中融入西方现代主义元素），创办《现代诗》诗刊和现代派诗社，与覃子豪、钟鼎文并称为台湾诗坛三元老，享有极高声誉。

受时代背景和动荡局势的影响，纪弦的一生颠沛流离，大致可分为三个时期，即大陆时期、台湾时期、留美时期，大陆时期是纪弦的内心隐痛，台湾时期是纪弦的文学巅峰，留美时期或可看作晚年之定。1948年纪弦从上海前往台湾台北成功中学任教，开启其人生第二阶段，诗歌《你的名字》的创作即在1952年，因此关于这首诗歌的主旨情感也就有了两种角度的解释，多数学者认为其是一首爱情诗，表现的是作者对所爱之人的眷恋深情，也有学者认为这是诗人思念家乡的诗。两种解释各有其依据，加之诗人的创作有意抽象化，故而给诗歌披上了一层唯美朦胧面纱。

首先，是诗歌的中心意象选取之妙。如果你要写爱人，不能只写爱人的秀发；如果你要写爱人，不能只写爱人的容颜；如果你要写爱人，不能只写爱人的身形……对此，诗人绞尽脑汁、研精覃思，最终将所爱之人抽象为一个带有悬念式的符号——"你的名字"，它具有爱人的一切特征与品质，是爱人的文字化身。这种中心意象的抽象化不仅给读者留有联想与思索的空间，更在一定程度上抑制了诗情的直白倾泻，使诗歌带有一种中国传统特有的含蓄之美。其次，以名字借代爱人也是符合中国乃至世界的文化印象。"当听到你的名字时，我竟比你先抬起了头"，除本人外，爱人一定是对"你的名字"最敏感的人了。这或许是爱屋及乌，又或许是潜意识里无数次的描摹，故而诗人将自己对所爱之人深切浓烈的情感都浇注在爱人的名字里。随着每一声，每一笔，"你的名字"犹如藤蔓紧紧缠绕在诗人的心房，延伸，收紧。

在艺术上，这首诗歌充满了浪漫主义色彩，呈现出一种回环复沓的旋律之美。诗歌虽短，却体现在很多个方面。其一，"最轻最轻的"与"轻轻地"是一种接连的词语复沓，诗人将所爱之人视若珍宝，因此即使是呼唤"你的名字"，诗人也要柔和的、轻声的、温情的。此外，中心意象"你的名字"在诗中更是反复出现，全诗共18行，而"你的名字"在15行中均有出现，由最初的娓娓私语到后面的激越陈情，再回归到轻声呢喃，这又何尝不是作者情感的起伏变化呢？其二，"如日，如星，你的名字""如灯，如钻石，你的名字""如缤纷的火花，如闪电，你的名字""如原始森林的燃烧，你的名字"此四行乃句尾短语的复沓。紧接着"刻你的名字"又形成下一节的句首复沓，这使全诗节奏感和感染力更强，读起来圆顺和谐，旋律优美。其三，"刻你的名字！""刻你的名字在树上。""刻你的名字在不凋的生命树上。"层层递进，诗人对所爱之人的澎湃情感随着诗行的增长得到充分表达，寄予了诗人对爱情的执着和对永恒的追求。最后，首两句"用了世界上最轻最轻的声音，轻轻地唤你的名字每夜每夜"与尾句"于是，轻轻轻轻轻轻地唤你的名字"构成一种首尾回环结构，通过形式上的对称与内容上的呼应升华诗人的情感，增强诗歌的感染力，同时给读者一种优美的听觉享受，绵延诗歌的意境，让人回味无穷，与徐志摩的《再别康桥》有了异曲同工之妙。

中国现代著名诗人流沙河曾高度评价纪弦："他在诗歌方面的成就是非常了不起的，可以完全用散文的语言写出一些非常现代、又浅显易懂并且有趣味的诗，这很不容易。他的那首《你的名字》写得真好啊，读起来奇妙无比。"2013年纪弦逝世，伊沙更是沉痛惋惜，认为"他是台湾现代诗的开山鼻祖"，"他的离去标志着一个时代结束"。要想学习新诗，离不开台湾的现代诗；要想充分了解台湾的现代诗，一定不能错过纪弦这位诗坛翘楚，以及他的代表作《你的名字》。

（雷芳力导读）

【延伸阅读文献】

1. 郭枫：《天地闭，贤人隐，狼之独步——论纪弦人品风格与诗歌艺术》，《文学评论》2014年第5期。

2. 黄一：《上海—台北—海外：中国新诗现代化的一种路径——百年中国新诗史中的百岁诗人纪弦》，《暨南学报（哲学社会科学版）》2014年第6期。

3. 孟樊：《纪弦的现代主义诗作》，《现代中国文化与文学》2014年第1期。

如歌的行板[①]

　　痖　弦

温柔之必要
肯定之必要
一点点酒和木樨花之必要
正正经经看一名女子走过之必要
君非海明威此一起码认识之必要
欧战，雨，加农炮，天气与红十字会之必要
散步之必要
遛狗之必要
薄荷茶之必要
每晚七点钟自证券交易所彼端
草一般飘起来的谣言之必要。旋转玻璃门
之必要。盘尼西林之必要。暗杀之必要。晚报之必要。
穿法兰绒长裤之必要。马票之必要
姑母继承遗产之必要
阳台、海、微笑之必要
懒洋洋之必要

而既被目为一条河总得继续流下去
世界老这样总这样：——
观音在远远的山上
罂粟在罂粟的田里

生存之必要

　　痖弦是台湾诗坛上对后世影响较大的诗人，他虽然作品不多，却有多首名篇流传后世。《如歌的行板》即是其代表作之一，曾一度风行，引起不少人争相模仿，即

[①] 选自痖弦：《痖弦诗选》，四川文艺出版社1987年版，第76—77页。

使以今天的眼光来看，此诗仍是不可复制的佳作。

《如歌的行板》延续了痖弦诗歌《深渊》中的主题：肯定生存之必要。诗歌对这一主题的呈现，与诗中的意象和意象群密不可分，粗看这首诗歌的意象，可谓天马行空，缤纷破碎，细看实则都是人们生活世界的点滴汇集，有近的如酒、木樨花、散步、遛狗、薄荷茶、盘尼西林、晚报之类，有远的如欧战、暗杀、加农炮之类。当然，意象之远近是相对的，实则看人们卷入了怎样的生活，从这个角度说，诗歌中这些意象无疑具有表征作用，对应着的是人们悠闲的、琐碎的、庸常的、愉快的、烦恼的日常实相，生活所给予的有时并不都是人们主动索求之物，因此也不是人人都能安然领受。所以诗人才会用感叹的口吻说出："而既被目为一条河总得继续流下去的/世界老这样总这样：——观音在远远的山上/罂粟在罂粟的田里。"不仅生活之流有不可抗拒的一面，现实世界中的善（观音）与恶（罂粟）也总是时时并存。诗人有意告诉我们，接受生存世界的种种，并认可它，这是此诗的思想性所在。诗人张默评价痖弦的诗歌时说："痖弦的诗有其戏剧性，也有其思想性，有其乡土性，也有其世界性，有其生之为生的诠释，也有其死之为死的哲学，甜是他的语言，苦是他的精神，他是既矛盾又和谐的统一体。"从此诗中即可窥见一二。

此外，《如歌的行板》一直被谈论得多的是它形式上的特点。全诗共有18个"×××之必要"的句式，重复密度之高，在现代诗歌中也很少见，一般来说，诗歌写作除却固定的诗歌体式创制的需要，一般要避免字词、句式上的重复，痖弦的这首诗歌却反向行之，以"之必要"的高密度句式营造了一种韵式上的音乐性，同时为了疏解"之必要"韵式的单一，诗人在"之必要"的前缀部分自由变换语义节奏，如"一点点酒和木樨花之必要""懒洋洋之必要""阳台、海、微笑之必要"。这种张弛自如的词义组合，使得诗歌的节奏从"之必要"的惯性中获得一种舒展的自由。在句式上，诗行长短错落，句式上的跨行，如"每晚七点钟自证券交易所彼端//草一般飘起来的谣言之必要。旋转玻璃门/之必要。盘尼西林之必要。暗杀之必要。晚报之必要"，令人目不暇接而又有秩序。可以说，此诗乃是形式与主题相辅相成的佳构，"之必要"的句式在情感态度上本身就含有认可生存实相的意味，而其句式的重复效果，无疑强化了诗歌"肯定生存之必要"的态度。

《如歌的行板》是一首具有形式感和深刻主题意蕴的诗歌，它的形式的创新具有不可模仿性。它剥开人类生存的现实之核，给予我们直面生存的勇气，它的价值无疑超越了它所产生的时代。

（高周权导读）

【延伸阅读文献】

1. 陈怀恩导演：《他们在岛屿写作：如歌的行板》，中国台湾，2014年。
2. 李章斌：《痖弦与现代诗歌的"音乐性"问题》，《文学评论》2019年第5期。
3. 陈仲义：《一本诗集搭建一个世界——痖弦诗歌论》，《中国现代文学研究丛刊》2021年第12期。

乡　　音[①]

郑愁予

我凝望流星，想念他乃宇宙的吉普赛，
在一个冰冷的围场，我们是同槽拴过马的。
我在温暖的地球已有了名姓，
而我失去了旧日的旅伴，我很孤独，

我想告诉他，昔日小栈房坑上的铜火盆，
我们并手烤过也对酒歌过的——
它就是地球的太阳，一切的热源；
而为什么挨近时冷，远离时反暖，我也深深纳闷着。

落在梦土上的流浪之歌

郑愁予的《乡音》属于他创作巅峰时期的佳作，融古典诗词技法于现代诗，用词考究，意象丰赡轻灵，联想丰富，节奏和缓悠长，带有他早期诗作委婉柔美的风格。

《乡音》音律和谐，内在情绪形成纯美音节。全诗共两节，每节四行，每行长短句相间，自由舒放，节奏明快，第一节第二行末尾"的"字与第二节第二行末尾"的"字重复，这两个"的"字与第二节最后一行末尾的"着"都押 e 韵，第一节第一行的前半句"我凝望流星"末字"星"与同节第三行句尾末字"姓"双声叠韵，第二节第二行前半句"在一个冰冷的围场"末字"场"与第二节第三行前半句"它就是地球的太阳"末字"阳"均押 ang 韵，都为三顿八言双音收尾（节间"三三二"的音顿重复），第二节第三行后半句"一切的热源"末尾的"源"字与同节最后一行的中间半句"远离时反暖"末尾的"暖"字都押 uan 韵，这两半句又均为两顿五言双音收尾（节内"三二"的音顿重复），两节最后一行都以"而"字来表转折，如果整首诗竖排，节间和节内音顿的重复显得尤为明显。

该诗构思巧妙，正文里没有出现"乡音"二字，于无见有，匿而实显，北地

[①] 选自郑愁予：《郑愁予诗选》，中国友谊出版公司 1984 年版，第 60 页。

"我"与旧侣聊天喝酒吟诗高歌，在在有乡音，将诗人当时居基隆听不懂周遭喧嚷的闽南方言品赏不了北地故乡美食的现实困境省略之，哀而不怨，更为含蓄蕴藉。这首诗的巧思还在于冷暖对比的设置。第一节第二行回忆"我们"在围场扬鞭策马归来的片段，那自是郑愁予所眷恋的北寒荒野少年们儒侠并举驰马扬剑的快意人生，旧族之子将门之后的诗人由思乡自感身世，"我"偏居温暖的热带，赢得天才诗人的盛名，仍觉"孤独"，诗中北地"冰冷的围场"与南方"温暖的地球"构成对比，昔日文武并举的凌云之志与而今诗人实如微尘般存在的现实也构成对比，这是实写。第二节前两行追忆"我们"北地冬日欢聚客栈的热闹场景，故土旧侣把酒高歌之热，反衬眼下"我"偏居海岛更多是落寞孤冷，暗示辗转北原南岛两地个体心境的差异，第二节第三行泛起感性的心浪，乡音连带的乡愁如同情感的热流，慰藉着离人的心，由远及近，回到现实，情之高热止于理之冷静，尾句最终以人生之感叩问苍穹，早年兵荒马乱中破败阴冷的北原，为何成为萦绕游子心头挥之不去的彩云？热歌往昔，冷观现实，至此，今与昔，冷与暖，实与虚，化为缩行的欧化长句内敛于这首抒情短诗里，层次细腻，极富张力。

《乡音》的意象繁复朦胧，意蕴幽渺，令人回味。诗中多辽阔豪迈的意象，既有"流星""宇宙""地球""太阳"类的天体意象，也有"围场""栈房""马""酒""铜火盆"类的北地风物意象，眼前之景多省略或留白，以昔日乡情之热（"围场""栈房""炕""马""太阳""酒""铜火盆"营造的乡情）反衬今日落悬于海岛的孤冷（"流星""宇宙""地球"构建的现实），冷暖设置尤为出色，点染出乡音阻隔而生的一片愁思。该诗的核心意象是"流星"，诗人将之比作"宇宙的吉普赛"，即自由不羁的流浪者，并以之自况，"我凝望流星"，其实也是诗人在凝望自己，感慨身世，喟叹人生。郑愁予曾在《山居的日子》（1952年）里将夜空里的星图比作"诗人的家谱"，扬言"我凿深满天透明的姓名"。在这里，"流星"预言他大半生四处漂泊的宿命，诗人从大陆到台湾，再到美国，最后落籍金门，飘蓬辗转，几乎是背负一生的乡愁流浪。"流星"意象与他诗歌里的"陨星"（《生命中小立》）都是被赞美的对象，流逝和陨落都绝美，因为在他看来"一切的声色，不过是有限的玩具"（《崖上》，1952年），展现了20世纪50年代郑愁予以随缘自足旷达洒脱之心，从容面对生命的无常。他这一时期吟唱的流浪之歌里有着参透人生的洒脱不羁，"我自人生来，/要走回人生去"，"你自遥远来，/要走向遥远去"（《小河》，1951年），"这土地我一方来，/将八方离去"（《偈》，1954年），让读者看到徜徉于异乡山水的落魄旧族于酸苦中自赏自乐的潇洒风姿。

此外，这首诗的人称变幻富有新意，标点具有深意。首句主要以"我"之眼观大千世界，抒发一己之乡愁，第一节第一行的"他"似指"流星"，也可指向自己（人称互换），"我"凝望"流星"也可暗指反观自己。"我们"与"同槽""并手""对酒"相对应，似乎指我和"旅伴"志趣相通性情相投。第二节第三行用"它"暗指饱含乡情的乡音，藏匿的抒写对象，诗中人称或互换或模糊化，反而营造了朦胧多义的审美空间。第二节第三行末尾的破折号含有省略的意思，有着点到为止的隐痛，最后两行乡音的热流与感悟玄理之冷静构成对比，故以分号连接。诗行中的长短句以逗号隔开，颇似宋词，既古典又现代，这种古典与现代的融合也反映在用词上，诗里"围场""名姓""栈房""铜火盘"类旧物旧词与"宇宙""地球""太阳""吉普赛"等新词洋名并置混合，催生出惊奇的新意，足见郑愁予的诗歌语言融古化欧的创造力。

郑愁予的《乡音》令人沉醉，冷暖对比的设置，意象的浩渺深邃，诗行的组接颇似宋词，欧化长句又很现代，用白话写出华美迷人的音节，有着哀而不伤的含蓄蕴藉，代表其他早期诗歌偏阴柔的格调，此"愁予风"深深影响了台湾诗坛的年青一代。

（周少华导读）

【延伸阅读文献】

1. 杨牧：《郑愁予传奇》，载《郑愁予诗选集》（代序），志文出版社1983年版。
2. 沈奇：《美丽的错位——郑愁予论》，《华文文学》2010年第2期。
3. 张松建：《中国台湾现代诗对新加坡的影响：以痖弦、洛夫、管管为中心》，《中国现代文学研究丛刊》2019年第12期。

风　　铃①

余光中

我的心是七层塔檐上悬挂的风铃
　　叮咛叮咛咛
此起彼落，敲叩着一个人的名字
——你的塔上也感到微震吗？
这是寂静的脉搏，日夜不停
你听见了吗，叮咛叮咛咛？
这蛊人的音调禁不胜禁
除非叫所有的风都改道
铃都摘掉，塔都推倒
只因我的心是高高低低的风铃
　　叮咛叮咛咛
　　　此起彼落
敲叩着一个人的名字

爱如风铃的吟唱

　　乡愁与爱情是余光中诗歌的重要母题。余光中的新诗创作，经历了从西化向传统的回归，他也因此被台湾诗坛称为"回头浪子"。在诗体形式上，余光中也强调古今与中西的融合："文言宜于表现庄重、优雅、含蓄而曲折的情操，而白话则明快、直率、富现实感……我理想中的新诗语言，是以白话为骨干，以适度的欧化及文言句法为调剂的新的综合语言。"在此基础上，余光中致力于创立一种古典诗中的"古风"和西方古典诗中的"无韵体"（blank verse）相融合的"从头到尾一气不断的"诗体，在其乡愁诗和爱情诗的实践中，则表现出一种娓娓道来、情致缠绵的艺术效果。

　　《风铃》是余光中1981年创作的新诗，收入诗集《隔水观音》。诗人通过独特的中国传统意象以及叠词的反复运用，使整首诗呈现浓厚的古典特质。七层塔、风铃

---

① 选自余光中：《余光中诗选》（刘登翰、陈圣生选编），中国青年出版社2004年版，第215页。

是佛教文化与中国传统文化深度融合的产物，诗人将思念恋人的心比拟为塔檐上随风摇摆，无处安定的风铃，因堕入相思而变得小心翼翼。每一次风动都引得风铃发出"叮咛叮咛咛"的声响，每一次"叮咛叮咛咛"都是在"我"的心中回响着恋人的名字，这种思恋此起彼伏、日夜不停，一波又一波地搅动诗人的心绪，不知这种辗转反侧的相思是否也为"你"所听见，所感知呢？恼人的是，相思之苦不为理性所动摇，不管对方知晓与否，这种极致的爱都已深入"我"心，除非"风都改道""铃都摘掉，塔都推倒"，才得以断了相思，这便与古代乐府诗《上邪》中"山无陵，江水为竭。冬雷震震，夏雨雪。天地合，乃敢与君绝"有了异曲同工之妙。

余光中认为："诗的节奏正是诗人的呼吸，直接与生命有关。"由风铃这一古典意象带来情感的具象化与音乐化，使得诗中"我"的相思之情有了九曲回肠、悠游回荡的宿命感。整首诗在句式的编排上长短相间，参差错落，通过视觉和听觉的挪移停顿来推动诗人情感的缓急流动。诗人有意打通诗歌与音乐的边界，选取如"叮咛叮咛咛""敲叩""微震""脉搏""此起彼落"等具有韵律感的词汇来凸显诗歌的音乐特质，在诗句的末尾多用"铃""咛""停""禁"等字押韵，使诗歌富于玎珰玲珑的音律美感。

（倪贝贝导读）

【延伸阅读文献】

1. 余光中：《谈新诗的语言》，《余光中集》（第7卷），百花文艺出版社2004年版。

2. 古远清：《余光中评说五十年》，文化艺术出版社2008年版。

后记

　　笔者所在的高校是一所师范院校，本人曾在其中求学，相继完成硕士、博士学业，后又留校任教，迄今已近二十年。从本人的学习经历、学术实践、教学感受来看，新诗教学是一个很重要但又很难把握的问题。大多数本科生还在延续"知识内容介绍"加"思想主旨阐发"的解读模式，即便是研究生，也很难将文本细读深入到文体形式分析和审美意义探索相结合的层面。师范院校的本科生和研究生，有很大一部分毕业后从事中小学语文教学工作，始终绕不开新诗解读的问题。鉴于此，我们觉得很有必要选取一部分中国新诗经典作品进行导读实践。

　　我们的编写者虽然来自各个高校，但有个共同特点，大都出自华中师范大学王泽龙教授领衔的学术团队。王泽龙教授长期耕耘在诗歌领域，注重诗歌基础理论、形式诗学的建构，门下弟子也多从基本诗学形式问题出发，诸如节奏、虚词、对称、分行、听觉、视觉、语言、叙事、修辞等各个维度展开研究，团队默默探索着建构现代诗学本土话语体系，虽未必成熟，但一直在这一领域努力着。王泽龙教授领衔的国家社会科学基金重大项目"中国新诗传播接受文献集成、研究及数据库建设（1917—1949）（16ZDA240）"其中有一子课题研究现代学校教育与新诗的传播接受，在某种程度上也涉及新诗解读在教育场域中的演变历史，而我们这本《中国新诗经典导读》则是面对当下教育语境的新诗解读实践，是理论研究的现实延伸，是我们学术团队力图将学术研究与教育教学相结合的一种集体努力，也是致力于新诗传播接受的一次实践。

　　感谢王泽龙教授一直以来对学术团队的精心培育，王泽龙教授之前主编的《中国现当代文学经典作品选讲》出版后得到不少好评，最近又由高等教育出版社修订再版，给本书的编写提供了范例，同时王泽龙教授也亲自指导本书写作，给予全方位帮助。同时，本书还受到华中师范大学中国语言文学一流学科建设的资助。责任编辑梅杰先生热心学术，工作高效，给我们许多指导。诸位编写者不辞辛劳，精诚合作。在此一并致谢！

　　需要说明的是，本书中的部分诗歌文本选用原文，存在"的""地""得""底"混用、"那""哪"不分等不符合现行编校规范的现象，为尊重历史原貌，不予改动。当然，本书肯定还存在诸多不足，欢迎各位读者朋友批评指正，我们力图在以后的工作中不断完善。

王雪松
2024 年 9 月 1 日